CIRIACO

Los colores del alma

CIRIACO

Los colores del alma

José Luis Meneses

*"Aunque no tenemos el poder de elegir de dónde venimos,
todavía podemos elegir hacia dónde vamos"*

Stephen Chbosky

1

En 1939 el frente catalán se hunde y el ejército de Franco entra en Barcelona. Un año antes, la ciudad había sido sometida a un intenso bombardeo, especialmente el puerto y el casco antiguo. La miseria y la grandeza de edificios centenarios yacían entre montañas de escombros que obstaculizaban el paso de los transeúntes, que deambulaban por las calles sin rumbo fijo en busca de algo que llevarse a la boca. Los barcos, medio sumergidos en las aguas del puerto, conformaban un paisaje desolador en el que se congregaban luces, sombras y muerte.

Las gaviotas, desnudas de odio, sobrevolaban las plomizas, sucias y pestilentes aguas, alimentándose de peces que flotaban sin vida sobre ellas, con sus panzas plateadas mirando al sol. Un grupo de niños, gitanillos de tez morena y negros cabellos, de puntillas sobre los amarres y ajenos a la barbarie producida por la ambición de poder, lanzaban piedras a los aviones que, una y otra vez, sobrevolaban la ciudad llenando de ceniza y cascotes todos los rincones.

«¡No pasarán!», gritaban los pósteres de guerra que ocultaban las heridas causadas por la metralla en las fachadas de los edificios y en las almas de sus ocupantes. *«¡No pasarán!»*, insistían con reiteración los malintencionados carteles a sabiendas de que tan solo iban a prolongar el sufrimiento y la agonía de unos seres corrientes, los de a pie, que, como en tantas y tantas ocasiones, se ven implicados y manipulados por intereses ajenos a sus necesidades y costumbres.

Pasaron. Las deseables e indeseables tropas pasaron. El 26 de enero de 1939, las primeras unidades del Frente Nacional entraron en Barcelona sin encontrar la más mínima resistencia. La bandera roja y gualda, tatuada en las torres de los tanques, en las puertas de los camiones, en los cascos metálicos calados hasta las orejas y en las hombreras de los victoriosos combatientes, asomó en cada cruce de calles pintando a su paso, con los mismos colores, los primeros balcones de las torres de Pedralbes. Después, la bandera apareció tendida en los balcones de Sarriá, en los de la avenida Diagonal, en los del paseo de Gracia, en la plaza Cataluña y en las Ramblas. Las Ramblas de los plataneros, la de las flores, la de los pájaros, la de las putas, de los chulos y macarras. Hasta el mismísimo dedo índice de la estatua de Colón se tiñó de los mismos colores. Como el de Colón, los brazos de los barceloneses se levantaron al paso de los jóvenes soldados que, por casualidades de la vida, les había tocado combatir con el ejército vencedor.

Había tanta certeza respecto a cómo iba a trascurrir el futuro inmediato, que todo el mundo se echó a la calle para aclamarles. Los que no salieron a recibirles era, simple y llanamente, porque habían muerto o porque caminaban por las cunetas en largas y silenciosas columnas, con los brazos caídos y las almas heridas hacia el exilio.

No hubo disparos ni resistencia en toda la ciudad. Tres años de muerte, miseria y hambre habían acabado con las fantasiosas expectativas de vendedores de paraísos, de palabreros de una existencia mejor en un país diferente. El maldito juego había acabado y se había perdido la partida. Cualquier anhelo miraba hacia los que entraban con la victoria en las manos, recorriendo una a una las calles de la ciudad. ¿Por qué oponer resistencia? ¿Por qué disparar? ¿A quién disparar?

¿Distinguiría la bala al padre, al hermano, al hijo, al amigo o al vecino que venía harto de guerra y tristeza en la caja del camión? *«¡No!, no disparéis»,* se gritaba en silencio desde cada esquina con lágrimas en los ojos. En esos momentos se anteponía la esperanza del reencuentro, de la recuperación del abrazo y el beso, ausentes durante tres inacabables años. *«¡Madre!»,* gritó un joven soldado, casi un niño, mientras saltaba del camión sin armas ni banderas y corría, con los brazos abiertos, hacia un grupo de personas apostadas en el cruce de Montaner con Aragón. *«¡No!, no disparéis, que nadie dispare, que no haya más balas, no quiero oír más ruidos…»,* podía leerse en las dilatadas pupilas de las madres y en sus frentes arrugadas por la desazón y el sufrimiento.

2

Durante los días siguientes todo el mundo se mostraba muy activo y ocupado. En el aire flotaba el ansia por volver a la normalidad, al pasado conocido y tranquilo, al quehacer de cada día, aunque dicho quehacer fuese no hacer nada, o fuese un quehacer aburrido, monótono, áspero como la garganta seca o tenso como la vejiga que pierde en su carrera hacia el retrete la primera gota de orín.

La gente iba y venía por las casas, calles, paseos, avenidas y plazas, como si de un día normal de trabajo se tratase. En la zona alta, los señores volvían a ser señores. Enfundados en sus trajes de fina lana, en sus abrigos de cachemir, en sus sombreros de fieltro, en sus relucientes coches negros, volvían a dar breves pero imperativas órdenes a sus chóferes impecablemente ataviados. Las manos, asidas al volante y ocultas bajo guantes blancos, esperaban inquietas de nuevo las programaciones de los primeros días de posguerra.

—A la fábrica —escuchó el chófer de uno de los señores, espachurrado con distinción en el asiento trasero de piel del resplandeciente Mercedes.

—Sí, señor.

—Al casino —decía con aplomo otro mientras ojeaba las distinciones militares tendidas en su pechera.

—Sí, señor.

—Al ayuntamiento.

—Sí, señor.

—Al arzobispado.

—Sí, señor.

—A casa de la Paqui.

—Sí, señor —respondía el afortunado chófer que esperaría pacientemente, no más de cinco minutos, a que su señor descargase su señorial semen entre las piernas de la deseada.

—¡Ah!, y la discreción habitual —puntualizaba el señor que dejaba a la Paqui mojada e insatisfecha.

—Descuide, señor, la de siempre —respondía el afortunado chófer que regresaría a casa de la Paqui al acabar su jornada, a rematar, con un par de polvos bien dados, la faena torpe y precipitada de su encendido señor.

La señora del señor de las *Paquis* y las de los otros señores volvían a hacerse cargo de pisos, casas, torres y mansiones, y a asumir sus altas responsabilidades domésticas con el mismo talante que antes de que se iniciase la contienda. Su primer cometido consistía en poner todo en su sitio, en recuperar el "antes" y en conseguir que la vida volviese a ser como era. Joyas y dinero eran rescatados de escondites improvisados tras las baldosas del baño, bajo las tablas del parqué de roble de los amplios salones, o de los fondos de armario para ocupar, de nuevo, las vacías cajas de caudales custodiadas por retratos al óleo que inmortalizaban a sus ilustres antecesores. Las copas de cristal de Mura de color vino rojizo, las figuras de caolín, los cubiertos y las bandejas de plata de Leoncio Meneses volvían a ocupar su sitio en las vitrinas de los vetustos muebles de caoba.

De nuevo, las despensas se llenaban de alimentos que llegaban, sin libretas de racionamiento de ningún tipo, a las casas de los afortunados. Las niñeras volvían a bañar a los privilegiados infantes, a soportar sus impertinencias, sus precoces órdenes y amenazas, a planchar sus ropitas y a preparar los inmaculados uniformes con los que acudirían a los más que inmaculados colegios, estratégicamente ubicados en los mejores barrios de la ciudad.

Los benditos y bendecidos crucifijos, algunos de ellos caprichosamente mutilados por la desalmada barbarie roja, ocupaban de nuevo su lugar sobre los cabezales de los lechos repartidos en las inconmensurables alcobas. Otros, eran llevados a los artesanos del barrio gótico para que restaurasen las sacrílegas amputaciones.

Las sirvientas, ataviadas con delantal y cofia de un blanco intachable, corrían a la voz de sus señoras descubriendo los muebles delicadamente protegidos por sábanas blancas de lino. Entusiasmadas por tanta algarabía, corrían y saltaban como damiselas por toda la casa abriendo porticones, contraventanas y persianas para que la luz y la buena fortuna entrasen de nuevo en las venturosas vidas de sus señores.

La derecha más españolista salía a la calle luciendo sonrisas encantadoras aderezadas con muecas que delataban un inquietante afán de revancha. *«Ha llegado nuestro momento»*, podía leerse en sus cuidados y comedidos labios. Con paso firme y marcial, sus ilustrísimos recorrían, festivos y no festivos, las señoriales avenidas de la nueva Barcelona. La Barcelona de ellos, la Barcelona de los palacetes, la de los principales de quinientos metros cuadrados, la de los pisos con capillas privadas y ajardinadas terrazas, la de las viviendas con fronteras y distintivos ornamentales que dividían la zona noble y la de servicio.

Lujo y hacinamiento, riqueza y miseria se encontraban cada mañana bajo el mismo techo sin darse la mano, ni siquiera los buenos días. La derecha más españolista era dueña de una Barcelona y una Cataluña integrada en una España que desayunaba, almorzaba y cenaba al compás y al son de trompetas señoriales. Una España que recordaba, amenazante e insistente, la necesidad de vestirse con las costumbres de antaño y con los valores necesarios para vivir y asegurar el acceso, en un futuro más o menos próximo, al reino de los cielos.

Los curas, enfundados de nuevo en sus negros hábitos, improvisaban misas en iglesias y plazas. Elevaban sus cálices, dando gracias a un Dios permisivo con unos y distante con otros, descerebrado en la forma y contradictorio en el fondo, tallado en marfil y en codiciado oro, a imagen y semejanza de los que ostentan su custodia. Un Dios, como de costumbre, en paradero desconocido, ausente, ilocalizable, desentendido, ciego, sordo y mudo.

También las monjas, que volvían a acariciar con sus habilidosos dedos las cuentas del rosario, ajustaban las cofias a sus cabezas y regresaban a sus gruesos, opacos y oscuros atuendos grises, marrones o negros que les permitirían ocultar una vez más, quizás definitivamente, sus contornos femeninos. Su "bosque encantado", complacido y complaciente, que dio servicio y acomodo, no solo a los del gremio, sino también a combatientes y no combatientes con escasos escrúpulos y nulos sentimientos religiosos, quedaba clausurado y precintado por conveniencia o por imposición. El placer disimulado convivía en sus rostros junto al dolor y la tristeza por tener que despedirse de un tiempo en el que habían sacado provecho del caos y la confusión.

3

En la otra Barcelona, la que más escuchó los silbidos y bramidos de las bombas, la que todavía olía a pólvora y a orines, la de las calles estrechas, la de los balcones con ropa tendida, la de los niños chutando pelotas de trapo, la de los bares de barrio con sus caseras, sifones y espléndidas tapas, en esa otra Barcelona, los vecinos tapaban con sucios cartones los huecos de las ventanas. Los cristales, que en otros tiempos lucían limpios y les protegían del frío, habían saltado por los aires expulsados por las ondas expansivas de unas bombas que buscaban sin contemplaciones cumplir con su misión, la de *«fulminar sin más preámbulos al enemigo o, al menos, infligirle un severo castigo».*

Los famélicos vecinos de esta "barcelona", que carecía de mayúscula, echaban el bofe tratando de poner una pizca de orden en sus miserables viviendas. Los "no señores" improvisaban camastros en las esquinas de las habitaciones, de los cuchitriles de veinte metros cuadrados que aún se mantenían en pie. Los sucios colchones habían perdido gran parte de la lana blanca y compacta que antaño les había hecho confortables y ahora, fluía deshilachada y ennegrecida a través de las múltiples heridas causadas por la metralla. Los armarios ya ni siquiera alojaban perchas, y de las imaginarias solo colgaban recuerdos, sombras del mono de trabajo o del traje de boda que luego se utilizaría los domingos. Sombras de trajes soñados, imaginarios, que nunca existieron, pero que siempre estuvieron allí. Sus puertas de madera habían ido a parar, al igual que las patas de las sillas, las tronas, las cunas de bebé, los marcos de fotos y hasta las contraventanas, al fuego que se improvisaba en cualquier rincón para lograr algo de calor en los inacabables y gélidos días de invierno.

Ahora, los necesitados, apresurados y temerosos supervivientes improvisaban de nuevo fuegos para volatilizar cualquier cosa que pudiese delatarlos. Carnés, panfletos, fotos, periódicos, libros, o cualquier otro documento que pudiese evidenciar simpatías hacia todo aquello que no circulase en paralelo con el nacionalcatolicismo del momento, eran arrojados directamente a las llamas del infierno, sin parada de aclimatación en el purgatorio.

Mientras unos quemaban apresuradamente material subversivo e indecente, otros se echaban a la calle en busca de algo que ponerse a la boca. Caminaban pegados a las paredes, discretos, con sus andares y sus miradas, con los cuellos levantados y las manos en sus vacíos bolsillos. De la mañana a la noche, deambulaban por la ciudad con la incertidumbre de si sería el último día en que volverían a ver a sus mermadas y desnutridas familias.

Los maestros de los colegios públicos, "presuntos rojos" desde el mismo día en que acabó la contienda, eran incapaces de despojarse de una palidez que les delataba en sus primeros días de clase. Para no errar el tiro escribían una y otra vez en las pizarras y hacían escribir a los niños en las primeras páginas de sus nuevos cuadernos el *"Cara al sol"*, el *"Padrenuestro que estás en los cielos"*, *"¡España, una, grande y libre!"*, *"¡Viva Franco!"*, y otros textos de similar naturaleza, mientras esperaban, hora tras hora, que el rostro del nuevo director o de alguna autoridad civil o militar apareciese tras el cristal de la pequeña ventana de la puerta de la clase. De nada sirvieron las lágrimas ni los propósitos de enmienda para muchos de ellos.

—Me gustaría despedirme de mis alumnos…, de mi mujer…, de mis hijos… —suplicaban algunos antes de que los arrastraran fuera de las aulas.

—Tú no te vas a despedir ni de tu puta madre —escucharon de los policías de paisano que les sacaban a empujones de las clases ante la despavorida mirada de los alumnos y les conducían por los estrechos y despintados pasillos. Un furgón policial les aguardaba, sin ningún tipo de discreción, ante la entrada principal del colegio con sus puertas traseras abiertas de par en par.

—¡Arriba, cabrones!

—¡En marcha! —ordenaba el policía, que llevaba tatuado en la manga de su abrigo gris plomizo el yugo y las flechas.

—Unos cuantos "rojos" menos —añadía el chófer mientras giraba la llave y arrancaba el agotado motor del furgón que, de la mañana a la noche y también de madrugada, trasladaba a los desafortunados desde cualquier barrio de la ciudad hacia la comisaría de la Vía Layetana, hacia la Modelo, hacia el Monte de los Judíos, Montjuic, o directamente hacia cualquier paredón de las afueras de la ciudad.

Los periodistas, necesitados de un respiro como el resto de los mortales, regresaban a sus emisoras y periódicos para proclamar a los cuatro vientos las bondades de los vencedores y las veleidades de los vencidos. Los que se habían significado con sus artículos de prensa o comentarios por radio ya ocupaban plaza en el ruedo de La Monumental. Allí esperarían a que un juicio sumarísimo les hiciese ir a parar, en el mejor de los casos, a una abarrotada y pestilente cárcel de aquí o de cualquier otro lugar del país, incluidas las de las alejadas islas Canarias o de alguno de los asentamientos hispanos del norte de África.

Durante todos aquellos años de guerra, de las cárceles salieron inocentes y a las cárceles entraron inocentes. ¡Había tanta inocencia y tanta indecencia en aquellos tiempos!

4

Barcelona recobraba sosegadamente su aspecto de siempre. La primavera acudió en su ayuda llenando de luces y de colores las calles y plazas de la ciudad. Las frondosas copas de los plataneros, con sus alegres verdes, ocultaban los desperfectos que todavía eran patentes en numerosas fachadas. El sol hacía más corta la noche, más soportable el frío, invitaba a salir, a pasear, a sentarse en los bancos de las plazas, en los soportales, suscitaba el reencuentro, la tertulia, los cotilleos, el olvido de todo aquello que nadie quería recordar.

Los tranvías, abarrotados, llevaban hasta el trabajo a aquellos que no se habían significado y también a los que, habiéndose significado, aunque fuese ligeramente, reconocían y aceptaban su desliz y daban claras muestras de arrepentimiento. Los barcos, medio sumergidos en las sucias y malolientes aguas del puerto, recobraban el nivel de flotación y las "Golondrinas" reanudaban su trayecto de domingo transportando a parejas de enamorados desde Colón hasta un faro que volvía a gritar a los cuatro vientos, ¡Tierra…!

En las Ramblas, quioscos y tenderetes desplegaban sus toldos, los mismos tenderetes y toldos que decoraban y ambientaban Barcelona antes de la contienda. Los pajarillos, de nuevo presos en pequeñas jaulas de confección artesana, reanudaban su canto. Las flores, embutidas en tiestos y jarrones de barro, llenaban los estantes a la espera de lucir en los ojales de las nuevas chaquetas, en los balcones retorcidos por la onda expansiva de las bombas, en los mausoleos de los cementerios y en las fosas comunes improvisadas a lo largo de carreteras y caminos.

El poder había cambiado de manos, y de los procesos sumarísimos y de las ejecuciones inmediatas se había pasado a los procesos sumarísimos y a las ejecuciones inmediatas. La cuestión antes y ahora era sobrevivir. Vivir como fuese, pero vivir. Sobrevivir al caos, al hambre, a la miseria, a los vecinos delatores, al frío del invierno, a los rosarios, a las misas interminables, a la prepotencia del cacique, a la arrogancia del comisario chusquero, a los cinturones de castidad, al manoseo de los curas, a las películas recortadas y a la prensa censurada. Resultaba difícil, sobre todo para aquellos que se instalaban en el recuerdo, ocultándose bajo un espeso manto de lágrimas.

Eso, no les sucedió a Lola y a Paco. Ajenos a la preguerra, a la guerra y a la posguerra, al fervor patriótico y al odio fratricida, habían apostado por vivir el día a día sin otra preocupación que no fuese la de mantener el pellejo a salvo y la de alimentar, fuese como fuese, sus cuerpos serranos. Fueron años difíciles, pero no para ellos. Gracias a su capacidad de adaptación, a su instinto de conservación y ajenos a cualquier principio ético o moral instaurado por el mandatario de turno, vivían y deambulaban por una Barcelona caótica como si fuese el mismísimo paraíso.

No había objeto de valor entre los escombros de las casas que se escapase a los ojos de Paco. Tampoco billetero que se le resistiese en los innumerables actos de exaltación nacional en cines y teatros, en corridas de toros o en los oficios religiosos que continuamente se celebraban en las recuperadas y rehabilitadas iglesias profanadas y ultrajadas por las desalmadas hordas "rojas". Paco estaba encantado con lo del "brazo en alto" y con el entusiasmo de los conciudadanos al cantar el *"Cara al sol"*. Tal algarabía le procuraba una serie de facilidades para el ejercicio de su profesión que bien hubiera deseado tener en otros tiempos.

A Lola no la paralizó la agitación de aquellos años, ni siquiera cuando los bombardeos exigían un rápido y responsable recogimiento. No hubo ni había "artefacto", republicano o nacional, que no encontrase cobijo y consuelo en su hermosa, frondosa y salvaje jungla. Marineros, estudiantes, policías, curas, toreros, burgueses, estraperlistas, militares, traficantes y turistas extraviados constituían una fauna variopinta que aseguraba su supervivencia.

El "paraíso" de Lola, como Suiza, se había convertido en un territorio neutral al que todo el mundo podía acudir con independencia de cuáles fuesen sus ideas y principios. Lola solo imponía dos condiciones: moneda de curso legal que fuese aceptada por el Banco de España de Plaza Cataluña y, no entrar ni salir del bosque encantado sin "chubasquero", aunque en esto último se mostraba bastante flexible.

¡Qué tiempos aquellos!, el poder y el dinero para los ricos, para los curas de mitra y para los militares de sombrero de plato. La miseria para los pobres, para los que alimentan su alma y encuentran la calma en la fe de Cristo, o en ideales políticos o sociales difíciles de encajar en un país prolijo en habla y parco en reflexión. La vida, la de cada día, la que cuando falta, falta, y cuando sobra, sobra, era para Lola y para Paco, solo eso, simplemente vida.

5

Le encontraron una fría y húmeda noche del mes de abril a la puerta de su casa. No disponía, ni siquiera, de una canasta que distanciase su diminuto y desnudo cuerpo de las sucias, resquebrajadas y orinadas losetas de la estrecha acera de la pestilente y sombría calle del concurrido barrio del Raval, un barrio que despierta cuando el sol se esconde y aparece por la noche regalando tiempo para el regocijo y el desenfreno. Un harapiento pedazo de tela rojiza con olor a mar ocultaba sus vergüenzas y mantenía en su sitio las deposiciones de quién sabe cuántas horas de soledad y llanto.

Paco, mantenía con dificultad la verticalidad gracias al brazo derecho que le anclaba a la pared. El izquierdo pendía muerto del hombro, balanceándose rítmicamente como el péndulo de un antiguo reloj de pie. Las piernas, exageradamente separadas, le apuntalaban a tierra, demorando así una caída que podía producirse en cualquier momento. Una mancha de orín descendía por una de las perneras del pantalón desde la bragueta entreabierta, por la que asomaba un trozo de calzoncillo, hasta un dobladillo que había ido llenándose de tan detestable pócima.

El estado de embriaguez en el que se encontraba era tal, que no le permitía ver más allá de su mocosa nariz, y mucho menos darse cuenta de que un "churumbel" yacía plácidamente a sus pies. El retoño mantenía su boquita y los ojos bien abiertos, probablemente pasmados por el espectáculo que le ofrecía gratuitamente este nuevo mundo al que acababa de llegar o, quizás, porque intuía que algo no iba bien y que él, sin comerlo ni beberlo, pronto iba a verse involucrado en algún turbio y desagradable asunto.

Lola, la compañera sentimental de Paco, contemplaba, como de costumbre, el espectáculo desde la acera de enfrente mientras apuraba las últimas gotas de un tinto avinagrado que se resistía a abandonar la botella de cristal y cuyo destino era el de acabar hecha añicos en mitad de la calzada. El olor, el color y la escena invitaban a los transeúntes, que a esas altas horas de la noche merodeaban por las estrechas calles del barrio, a mantener una distancia de precaución de no menos de cincuenta metros.

Ahí estaba plantada Lola Vinuesa, la puta más hermosa y verbenera de este lado del Mediterráneo, desafiando a la luna y apurando los últimos minutos de una noche más de concupiscencia y liviandad con su fiel compañero, amante, marido y protector, Paco Blanco. Lola lucía una camisa de seda de color rojo escarlata que pendía de sus femeninos hombros, abierta de par en par, después de haber sembrado de botones las concurridas Ramblas. Sus firmes y proporcionados pechos mantenían la compostura gracias a la ayuda de unos sostenes que se resistían a perder el privilegio de salvaguardar unos atributos deseados y envidiados por las demás putas del barrio. Sus piernas, separadas, impedían que las bragas, que en otro tiempo fueron de fina puntilla y de un blanco irreprochable, cayesen al suelo, expuestas a ser perforadas por los largos y afilados tacones de sus zapatos rojos.

Su estado, en sintonía con el de Paco, no le impidió ver que, entre las piernas de su bien amado, se encontraba un objeto novedoso, un elemento extraño. En un principio pensó que se trataba de algún animalillo callejero, un perrillo o quizás un gato, abandonado por algún desalmado, cuya moralidad o escrúpulos le habían impedido cortarle el cuello y jalárselo. Frunció el ceño y dirigió, con enorme esfuerzo, su mirada hacia el bulto inanimado, y entonces se percató de que lo que allí había no era otra cosa que un angelito.

—¡Coño, Paco…! Estás meando encima de un chavalillo.

La palabra "chavalillo" fue el detonante. La primera arcada despertó de las profundidades del atormentado estómago de Paco y, por su boca, salió proyectada, sin control, la primera arcada. El singular disparo apenas rozó los escasos cuatro pelos del neonato, pero fue el preludio de lo que se le avecinaba y que no tardó más de un suspiro en llegar. Una descomunal papilla, de todos los sabores, olores y colores, se dirigió, desde su abierta y distorsionada boca, hacia la cara del pequeño. Fue su primera papilla, probablemente, la que le salvó la vida.

Recuperado provisionalmente el *oremus*, Paco dio un paso torpe y mal calculado hacia atrás, y al quedarse sin acera se precipitó, como un kamikaze, contra el sucio y húmedo asfalto de la maloliente calle Unión. Sentado, y con un dolor en los glúteos que clamaba al cielo, balbuceó las primeras palabras claras de las últimas tres horas de una nueva noche de licencia, lujuria y vicio.

—¡Hostia, Lola…!, aquí hay un chico.

—Ya te lo había dicho, guarro, antes de que le pusieras perdido.

Lola se acercó dando tumbos. Su mano derecha conseguía que sus bragas no fuesen a besar el suelo, mientras la izquierda ocultaba sus gruesos y descoloridos labios rojos abiertos por el asombro. Zarandeó con la punta del zapato al acribillado pequeñuelo para asegurarse si el animalillo en cuestión estaba vivo o había viajado ya al reino de los muertos.

— ¡Está vivo! …, Paco…, ¡se mueve!

El bebé, de no más de unos días a juzgar por su reducido tamaño, por la ausencia de lenguaje y de movimientos coordinados, improvisó un llanto aterrador. Movía sus manos de lado a lado como si quisiera sacarse de encima a esos dos violentos personajes, venidos de quién sabe dónde, a cebarse con él, o, quizás, porque el olor y el sabor de la papilla le habían dado los primeros argumentos para detestar este extraño mundo al que acababa de llegar. La mano de Lola taponó su boca mientras su mirada, extraviada por momentos, recorría uno a uno todos los balcones del vecindario.

—Le vas a asfixiar, ¡bruta!

—Tú métete en tus asuntos, ¡guarro!, ¡medio hombre!, casi ahogas a la criatura.

—Ha sido un accidente. Yo no sabía…

—Tú nunca sabes nada. Ni siquiera hacerme un crío.

Nada pudo impedir que el instinto maternal apareciese, como flor en primavera, en las neuronas de Lola. Las emociones fluían sin parar con tanta intensidad, como si se tratara de una parturienta primeriza. Su alcoholizado estado modificaba a capricho los objetos, mientras en el teatro de sus ojos se representaban escenas que solo había experimentado en sueños. *«Se veía en la habitación de la planta de maternidad de un limpio hospital con un recién nacido entre sus brazos. De sus pezones brotaban sin cesar chorros de leche, blanca y pura, saciando ipso facto el apetito de la criatura. Las enfermeras canalizaban el caudaloso flujo formando un cauce que sorteaba las camas de las otras parturientas, salía al pasillo, empalmaba con la calle Pelayo, bajaba por las Ramblas hasta desembocar en el mar. Paco, a su lado, con cara de no haber roto un plato en su vida, vestía una elegante chaqueta blanca sobre una camiseta de marinero con rayas horizontales. En el ojal de la americana cruzada con botones dorados lucía una preciosa rosa roja. Un ángel de luz descendía lentamente desde el mismísimo cielo, atravesando paredes y techos, hasta situarse en la cabecera de su cama. Lola viajó un instante entre sus alas, abrazada y colmada de una felicidad que no había experimentado nunca».*

—¡Soy mamá! —gritó Lola al despertar del brevísimo sueño en mitad de la calle Unión—. ¡He tenido un hijo…! —susurró balbuceante y espatarrada, tendida sobre el sucio asfalto, poco antes de perder el conocimiento.

6

Lola y Paco vivían en un pequeño piso de alquiler en la calle Unión, encima del bar *La Carmela* y debajo de una azotea agrietada que regalaba chorretones de agua sucia todos los días lluviosos del año. Una estrecha escalera, apenas iluminada por una bombilla amarillenta que pendía del techo, conducía desde la puerta de la calle a la del piso. Tras ella, una estancia de unos treinta metros cuadrados desempeñaba las funciones de sala-comedor-cocina, y todavía quedaba espacio para un confortable sofá que se transformaba en cama en un abrir y cerrar de ojos. Por un pequeño balcón que daba a la calle Unión entraba la luz, tamizada por unos visillos que Lola había confeccionado con ánforas en el centro y ribeteados con las pertinentes puntillas.

El olor a pescadito frito del bar y el fandango de un barrio en permanente ebullición se filtraba por todas las rendijas del habitáculo. El piso de Lola y de Paco, disponía de un solo dormitorio con una pequeña ventana que daba a un diminuto patio comunitario. La habitación era lo suficientemente amplia para albergar una cama de matrimonio, un armario ropero y, tras una impactante cortina roja, un lavamanos con su espejo, un váter y un pequeño plato de ducha. Si durante veinte años el piso había sido suficientemente grande para acoger a Lola y a Paco, a los amigos de Paco y a los clientes de Lola, no había por qué preocuparse con la llegada del pequeño y afortunado retoño.

Lola le puso de nombre Ciriaco, como su abuelo Yaco, un escurridizo y extravagante marinero que murió en Marsella, algunos meses después de la llegada del retoño, a causa de una sífilis bien cogida y mal curada. A pesar de que las visitas de su abuelo eran breves y espaciadas, a Lola le gustaba recordarlas por los calurosos y afectuosos momentos que compartían cuando el barco de su abuelo, un destartalado carguero que navegaba con bandera caboverdiana, atracaba en el puerto de Barcelona.

El abuelo era el único pariente que le quedaba a Lola después de que sus padres, ajenos a toda cuestión política, fuesen fusilados al iniciarse la guerra civil acusados de pertenecer a todo, excepto al club de los con suerte. Yaco tampoco alargó su estancia en este mundo. En la memoria de Lola quedó grabada la noche en que esperaba a su abuelo en el puerto, como en otras ocasiones, y su abuelo no llegó. Aquella larga, estúpida, fría y húmeda noche de principios de invierno no le vio descender por la pasarela del barco. Un marinero del carguero bajó por ella, oculto tras una espesa niebla, y le entregó, sin mediar palabra, una pequeña caja de cartón como las que se utilizan en las zapaterías. Después de abrazarla largo rato con su mirada, le soltó las manos que ayudaban a Lola a sostener la caja y se alejó en la oscuridad con el silencio de la noche.

Lola estuvo sentada en el espolón hasta que los primeros rayos de sol aparecieron en el horizonte, pintando la superficie del mar con un degradado azul de cobalto, de un envolvente carmín de garanza y de un naciente amarillo indio. Perdida en la noche entre los recuerdos, no vio al *Santo Antao* soltar amarras y zarpar como de costumbre al alba. Se levantó despacio y caminó sin prisas Ramblas arriba, hacia su casa, con la vieja caja de zapatos bajo el brazo y el corazón roto. La dejó sobre la mesa del comedor sin abrirla y permaneció sentada frente a ella el resto del día.

Aquella noche no se sintió con ánimos ni para dar un solo servicio a sus habituales clientes. Paco, apostado entre la puerta de la casa y la del bar de *La Carmela*, pedía disculpas a los que hasta allí se habían desplazado.

—Lo siento, Lola, hoy no se encuentra bien.

—¿Está enferma? —preguntó uno de los clientes.

—Nada del cuerpo, son cosas del alma —respondía Paco, mientras arqueaba las cejas y dirigía su mirada algo más allá del más allá.

—¿Importantes?

—Una noche, Javier, démosla una noche.

—¿Puedo ayudar? —preguntó otro.

—No, Juan, gracias… gracias —respondió Paco.

—¿Y ahora yo qué hago? —protestó un cliente visiblemente contrariado.

—Ya sabes, Jordi… manita —respondió Paco, mientras dibujaba en el aire unos arqueados y rítmicos movimientos con su mano derecha.

El silencio de la noche acabó imponiéndose. Lola, que había estado echada todo el día, se levantó, acercó una silla a la mesa del comedor y abrió muy lentamente la tapa de la caja de zapatos que había dejado sobre el hule de plástico. Podía haber de todo, menos lo que a ella le hubiera gustado encontrar: a su abuelo. Su lugar lo ocupaba un envase de cristal, con agua de alguno de los mares por los que había navegado, uno más, como los que le traía siempre que desembarcaba.

Lola se emocionó al recordar el abrazo de su abuelo mientras le susurraba al oído. *«En el mar siempre encuentras la paz, la soledad y, con ellas, a ti mismo. Solo Dios pudo crear el mar y quedarse después la mar de ancho»*. Más tarde, sacó un trozo de pan como el que utilizaba, según le contó una vez, para atraer a las gaviotas: *«las atraigo cuando quiero. Luego les doy de comer o las puteo. Sobreviven las inteligentes, las que no se fían de mí, aunque les cante o les hable en latín. ¡Recuérdalo siempre, Lola!»*.

También había una fotografía de ella, con no más de cinco o seis años, en brazos de su abuelo. Lola le abrazaba con fuerza y él, sonreía sin miedo a que su nietecita le separase la cabeza del cuerpo. En otra, su abuelo abrazaba a una hermosa mujer mestiza en una playa de arenas blancas frente a un mar en calma vestido de color verde esmeralda. En alguna ocasión le había confesado a Lola: *«Me gusta acostarme con mujeres, pero no despertarme con ellas. Solo me sucedió una vez y su color y su calor hacen que mis noches sean, desde entonces, más largas»*.

En el fondo de la caja había un sobre cerrado. Excepto los recuerdos, la caja no contenía más de lo que esperaba, ni tampoco menos. Todo era predecible, excepto una breve nota escrita a mano en el exterior del sobre que decía: *«Entregar al doctor Armengol»*. Cogió el sobre entre sus manos y lo acercó a sus mejillas. Cerró sus ojos después de que dos lágrimas con sabor a sal recorrieran su rostro hasta la comisura de sus labios.

Permaneció despierta en su oscuridad y en la oscuridad de la noche, casi hasta el amanecer. Dejó que los recuerdos aparecieran sin llamarlos y desaparecieran sin poner resistencia. Volvió a sentir el calor del abrazo y la tristeza de las despedidas. Se embriagó de olor a mar. Cuando los primeros rayos de luz se filtraron por la ventana, abrió los ojos y, sin prisas, guardó el sobre cerrado y los otros recuerdos en la pequeña y vieja caja de cartón.

7

El doctor Armengol, amigo de Paco y de Lola, extendió, un par de días después del afortunado hallazgo, un certificado de nacimiento en el que hacía constar que el pequeño Ciriaco había nacido en el domicilio familiar la madrugada del 23 de abril de 1940. Que sus padres eran Dolores Vinuesa y Francisco Blanco. Que el peso al nacer era de dos kilos seiscientos gramos y que, tras realizar el reconocimiento médico pertinente, certificaba que gozaba de buena salud y que respondía a los estímulos y demás pruebas neonatales adecuadamente.

El doctor Juan Armengol se quedó viudo nada más iniciarse la guerra civil. Su esposa, una candorosa y devota mujer de clase alta, había encontrado la muerte en la iglesia de la Concepción junto al sacerdote que la confesaba. El mismo día de su fallecimiento, el inspector Márquez citó al doctor Armengol para acompañarlo a la profanada iglesia. Entre los escombros apilados en la sacristía, encontró a su esposa y al sacerdote semidesnudos y abrazados. *«Estos rojos anarquistas son capaces de todo»,* dijo el inspector Márquez mientras cubría con una casulla morada los cuerpos que yacían tendidos sobre la fría y grisácea piedra del suelo. En los pocos segundos que el doctor permaneció frente a ellos, entendió la impasible y distante relación que había caracterizado su matrimonio durante los últimos años. Sin quererlo, cuatro "rojos" exaltados habían puesto en orden, con cuatro mortíferas granadas, el desorden de su vida. Al despedirse, el inspector Márquez concluyó:

—No hay mal que por bien no venga. En fin, doctor, le doy mi más sentido pésame.

—Gracias, inspector.

—Si necesita algo ya sabe dónde encontrarme —le respondió mientras se despedía.

El doctor Armengol encontró entre las piernas de su amiga Lola, con la que no había fornicado para no incumplir sus votos matrimoniales, algo más que los buenos deseos con los que le había animado el inspector Márquez. Antes de que quedasen obstruidos sus conductos seminales y que los espermatozoides caducasen sin poder llegar al paraíso, Juan, se lanzó al ruedo antes de que finalizase el preceptivo tiempo de luto. Ninguno de los numerosos pésames de familiares, colegas y amigos sirvió para mejorar su estado de ánimo fruto del engaño al que había estado sometido por su difunta, devota e infiel esposa. Solo en el abrazo de Lola halló la paz y el consuelo que necesitaba. Su rostro, que encontró cobijo inicialmente entre sus brazos, se acomodó poco después entre sus pechos y descendió sin tiempo que perder, entre risas y llantos, hasta los confines del universo. El amor, que apareció entre la lengua y los labios, se proyectó cintura abajo a una velocidad vertiginosa y fue replegándose, centímetro a centímetro, como una ola cuando se retira de la orilla, hasta llegar al corazón donde decidió instalarse.

—No es mi interés desplazarle —le decía el doctor a Paco cuando apuraban, ya entrada la noche, las dos últimas cañitas en el bar *La Carmela*.

—No se preocupe, doctor, el corazón de Lola es grande. Hay sitio para dos —concluía Paco.

—Es usted comprensivo y...

—Venga, doctor, no me venga con arrumacos. Es usted un buen hombre…, un amigo, y los amigos, digo yo, ¿para qué están?

—Gracias, Paco.

—Ah, pero eso sí, si le haces daño a mi Lola, te rajo, aquí mismo, sin contemplaciones. Y que te quede claro, primero te corto los huevos.

El doctor Armengol bajaba a visitar a Lola cada noche desde la calle Diputación, donde vivía y tenía su consulta privada. Buscaba estar el mayor tiempo con ella y también con Paco, y de esta manera frenar el uso exagerado de la "máquina de billetes" que Lola tenía entre las piernas. Dinero no le faltaba y con él podía cubrir suficientemente sus necesidades, pero lo que más le llenaba era destinarlo a reducir a la mínima expresión la jornada laboral de Lola. El afecto hacia ella y hacia Paco creció a medida que pasaban los días, los meses y los años. No había cosa que pudiese negarles y el certificado de nacimiento de Ciriaco fue una de ellas.

Así fue como Ciriaco Blanco Vinuesa inició su vida como miembro de una sociedad en la que los papeles marcan la diferencia. Lo que podía haber sido una muerte irremediable se convirtió en una tranquila vida hogareña en la que, además de tener cubiertas sus necesidades básicas, tenía todo el afecto que un mocoso como él pudiese desear bajo el cielo de este caprichoso mundo. Su presencia y sus primeras palabras, «mamá» «papá», «tío», sirvieron para que Lola y Paco no solamente moderasen sus excesos, sino también para situarles en una nueva dimensión, una experiencia de familia, de convivencia múltiple, desconocida hasta este momento. Para Juan, también Ciriaco fue algo más que un certificado o el hijo de unos amigos. Para él, también fue su hijo, su mejor amigo, la persona en la que confiar y con el tiempo, aunque nadie lo llegaría a saber, cumplir con una promesa.

Paco era lo que suele llamarse, con tono despectivo, un "chulo putas". Compatibilizaba este trabajo con el de apropiarse cosas de los demás, principalmente bolsos y billeteros, lo que le permitía aportar ingresos propios y nivelar la balanza familiar. En determinados periodos superaba los emolumentos de Lola, aunque los de ella eran más regulares y estables a lo largo de todo el año. Cuando llegaba a casa le gustaba poner sobre la mesa el fruto de su trabajo y explicar a Lola, con detalle y escenificaciones, el desarrollo e incidencias de la jornada. Lola, menos expresiva, escatimaba detalles en sus comentarios. El conocimiento que tenía del producto y su experiencia sobre el mercado le permitían asegurar categóricamente, sin plan de marketing alguno, que uno de cada tres de los que preguntaban *«¿cuánto?»*, mojaba aquella noche. Siempre acertaba. Lógicamente, era más fácil calcular los ingresos mensuales de ella que los de Paco, que estaban condicionados por otras muchas variables como la estación del año, los principios de mes, la paga extra, la Navidad, la Semana Santa, incluso las condiciones meteorológicas influían configurando un perfil estadístico en sierra que volvería loco al más experto inversor en bolsa. Fuera como fuese, el caso es que la cuestión económica no era nunca motivo de discusión. El dinero se mezclaba en la cartilla de ahorros abierta en el Banco de España de la plaza de Cataluña y de ahí, tiraban sobradamente todos los días del año, permitiéndose casi los mismos caprichos que cualquiera de los vecinos de la zona alta.

A partir de la llegada de Ciriaco dejaron de trabajar los domingos. Lola cerró las piernas, Paco guardó los guantes y el doctor Armengol colgó la bata. Ataviados con sus mejores trajes, le paseaban en cochecito, Ramblas arriba, Ramblas abajo, saludando a los vendedores de flores y de animalitos diversos que se encontraban a ambos lados del paseo. En numerosas ocasiones el doctor Armengol, *"tío Juan"* por imposición de Paco, los acompañaba, avalando con su porte y modales la respetabilidad de la pareja. Les gustaba sentarse en la terraza del Café del Liceo y dialogar sobre todo aquello que estuviese relacionado con la afortunada criatura.

—¡Camarero!, ponga una cañita a mi esposa y otra al doctor. Para mí…, lo mismo. Traiga también una tapita de pescaditos, otra de calamares a la romana, unas aceitunitas y unos palillos. ¡Ah!, y acerque una sombrilla al niño para que no le dé tanto el sol, que dice el doctor que no es bueno lo de tanto rayo violeta. ¿No es cierto, doctor?

—Sí, Paco, ultravioleta. Tampoco es bueno que andes todo el día apropiándote de los bienes ajenos y en eso no me haces ningún caso. El día menos pensado, te las tendrás que volver a ver con el inspector Márquez, ya sabes que te tiene advertido.

—No se preocupe, doctor. Al inspector le va bien que le haga llegar la documentación de las víctimas y alguna pesetilla que otra. Se apunta tantos ante sus superiores y luego carga el muerto a cualquiera de los pelagatos que no gozan de su simpatía. Le tengo, lo que se dice, cogido por los huevos.

Lola procuraba no inmiscuirse en las conversaciones que habitualmente mantenían Paco y el doctor Armengol. *«Son cosas de hombres»*, se decía, en las que no debe intervenir una madre, y menos una mujer que se precie.

Lo de madre era indiscutible. En toda Barcelona, y probablemente en el resto del planeta, no podría encontrarse una madre como Lola. Lo que no había llevado en el vientre lo llevaba en el alma. Ciriaco era su delirio, su tesoro más preciado, y ni siquiera cuando estaba trabajando tenía la mente en otra cosa que en él. Le acunaba hasta dormido, le amamantaba con los mejores productos lácteos que se vendían en la farmacia. Le besaba y masajeaba con todo su alma, agradecía la felicidad que le había traído mientras le susurraba amorosas palabras. Cantaba las virtudes y cualidades que observaba en su cuerpo y en su espíritu, y las que con el paso del tiempo iban a aparecer. Le susurraba hermosas canciones con un tono y una dulzura que hacían babear a Paco y al omnipresente y enamorado doctor Armengol.

> *Duerme angelito de noche,*
> *duerme rorro de luna,*
> *duerme mocito de mamá,*
> *duerme niño de la fortuna.*

Como mujer impecable, tanto en la forma como en el fondo, su lento y rítmico caminar transmitía una elegancia y aplomo que bien quisiera la dama más afortunada. Era hermosa por naturaleza, en sus facciones y en sus contornos. Sus cabellos rizados no precisaban rulos, y sus ojos, verde esmeralda, se convertían en hermosos valles de paz y sosiego. Era la puta más popular y respetada del barrio, y la más apetecida por las braguetas que diariamente se acercaban desde la parte alta de la ciudad con ansias de acariciar su cuerpo. La madre de Ciriaco, Lola Vinuesa, era la Virgen de los Afortunados y Desamparados, fuesen solteros o casados, adolescentes primerizos o expertos navegantes, policías de servicio o marines americanos. La madre de Ciriaco era, como la apodaban en el barrio, la "Virgen Lola".

Así transcurrieron los primeros años de la infancia de Ciriaco. Entre cañas y calamares, entre la fuente de Canaletas y la estatua de Colón, entre el avezado Paco y el complaciente doctor, entre los brazos de Lola y los del resto de prostitutas del palpitante barrio del Raval. Corriendo con sus *chirucas*, montando a caballo sobre palos, chutando pelotas de trapo, jugando a lo que se terciase entre cristales rotos de ventanas y de botellas de vino, caminando de puntillas sobre los orines y vómitos que cada mañana florecían en las paredes y sobre el asfalto de las estrechas y concurridas calles del barrio.

8

Lola acompañó hasta la puerta al último cliente del día, un joven estudiante de buen ver y modales exquisitos que le entregó la cantidad estipulada más una respetable propina que casi igualaba la tarifa del servicio prestado. Un servicio completo incluía exhibición de senos con ligero masajeo y un "sube y baja", con suspiros en estéreo, hasta despojar al joven del exceso de pócima que amenazaba con hacer saltar por los aires sus apreciados atributos.

—¿Has disfrutado? —preguntó el joven poco antes de que Lola pusiera la mano en el pomo de la puerta y lo hiciese girar—.¡Chaval!…—respondió Lola con una actitud provocativa y un tono de voz meloso—, me has hecho ver las estrellas, la Osa Mayor, la Menor, y he estado a punto de correrme en la constelación del Carro. Espero con impaciencia nuestro próximo encuentro, ya noto el "chup-chup" en mis partes con solo pensarlo.

El joven bajó la mirada y pasó con disimulo por el comedor en el que se encontraban Paco y el doctor Armengol. Pendientes del trabajo artístico que Ciriaco realizaba en la mismísima pared, apenas prestaron atención al muchacho que salía de la casa con discreción y colorado como una gamba.

—¡Juventud, divino tesoro! —comentó Lola al entrar en el comedor mientras metía los veinte duros en el jarrón de flores que había sobre la mesa.

Paco, absorto en los trazos de Ciriaco, no se apercibió de su llegada ni de su comentario. El doctor Armengol sintió la misma sensación de siempre. La miró de reojo mientras se decía una y otra vez: «*Nada de celos, doctor. No hay pasión, ni amor, tan solo es trabajo, puro y duro trabajo*».

De pie, junto a la mesa del comedor, Lola desordenó con las yemas de sus dedos los cabellos de Paco, embelesado por el trabajo del niño y sin prestar la más mínima atención a la conversación que el doctor Armengol intentaba mantener con él. Ciriaco continuaba su dibujo en la pared.

—¡Mira, mamá! —dijo mientras insistía con el verde del valle que descansaba bajo un inmenso cielo azul atravesado por un arcoíris de infinitos colores.

—Si me permitís —dijo el doctor Armengol—, hay un tema que anda dando vueltas por mi cabeza desde hace algunos meses y me gustaría ponerlo sobre la mesa para que me deis vuestra opinión.

Lola dejó que los cabellos de Paco adoptasen su forma natural, se acercó al doctor y le besó con dulzura en sus finos y humedecidos labios.

—¡Me encantan las cosquillas de tu bigote! Voy a prepararos algo de cena, acuesto a Ciriaco y hablamos.

—En tal caso —dijo desperezándose Paco—, bajaremos a tomar unas cañitas.

—No tardaremos —comentó el doctor mientras cerraba la puerta.

El bar *La Carmela*, en los bajos de la misma finca, no tenía más de doce metros cuadrados, pero eran suficientes para acoger a turistas curiosos, a los vecinos de siempre y a los clientes que aguardaban su turno para perderse, aunque solo fuese durante unos minutos, en los abrazos de Lola.

—Ya está aquí la parejita, ¿un par de cañas?

—Como Dios manda, Carmela —contestó Paco—. Lo que no acabo de entender es como Dios permite que las sirvas en este tugurio.

—Pues este tugurio te gusta a ti mucho, a no ser que sean mis tetas las que te traen aquí cada noche.

—¿Qué le parece, doctor, son hermosas? —soltó Paco mientras golpeaba con el codo el costado del doctor.

—Yo diría que como mínimo son —añadió el doctor Armengol.

—¿Son? —interrumpió Carmela—. ¿Qué quiere decir con que son? ¿No dudará, doctor, de que sean naturales?

—Toca, toca, doctor —intervino Paco mientras acercaba la mano.

—¡Ni se te ocurra! A Carmela no le pone la mano encima ni mi Pepe, que en paz descanse, si antes no ha recibido mi bendición.

—¡Míratela! Solo iba a coger la cañita —señaló Paco.

—La cañita, la cañita, ¡anda y que os den!

Estos temas u otros del mismo calado permitían al doctor Armengol y a Paco hacer más breve el tiempo que Lola necesitaba para preparar la cena. En ocasiones, cuando la clientela era más numerosa y exigían su derecho a intervenir, las discusiones se alargaban y entonces era Lola la que tenía que salir al balcón y gritar a los cuatro vientos «*¡Ya está la cena!*».

Las cenas eran verdaderamente agradables. Una vela sobre el hule de plástico compensaba la escasa luz que regalaba una solitaria y sucia farola que se colaba a través de los barrotes del pequeño balcón. No era la escasez lo que les mantenía rodeados de penumbra, sino el ambiente romántico que les envolvía y que, según decía Lola, convertía esas horas en el mejor momento del día.

Lola echó por el balcón las migas de pan que quedaron sobre el mantel una vez acabada la cena. Mientras pasaba un trapo húmedo por encima del hule, preguntó al doctor Armengol:

—¿Qué es lo que te ronda por la cabeza, Juan? Ahora ya puedes ponerlo sobre la mesa. Está limpia como una patena.

—Cuente con mi total atención, doctor —apuntó Paco mientras degustaba el último sorbo de café.

—Se trata de Ciriaco —dijo el doctor Armengol.

—¿Le pasa algo? —preguntaron al unísono Lola y Paco.

—No, en absoluto. Ciriaco goza de una excelente salud gracias a vosotros.

—Y a usted, doctor —interrumpió Paco.

—La salud no es lo que me preocupa, todos sabemos que es excepcional, lo que me preocupa es su futuro, su futuro más inmediato, es decir, su educación.

—¡Ah! —interrumpieron Lola y Paco, sorprendidos por el calado del tema.

—Ha cumplido ya siete años y creo que es conveniente que los conocimientos, sin duda espectaculares adquiridos en esta casa, se completen con otros aprendizajes, más bien de carácter técnico y que, por imperativo legal, se enseñan en el colegio. Iré al grano, creo conveniente que después del verano —concluyó el doctor con tono imperativo—, Ciriaco inicie sus estudios académicos.

Lola y Paco continuaron con la boca abierta, sorprendidos por tan novedosa intervención. Se miraron preguntándose cómo una cuestión de tal magnitud y trascendental relevancia se les había pasado por alto. Un sentimiento de culpabilidad les envolvió durante unos breves segundos.

—¡Al colegio! —dijo, por fin, Paco.

—El doctor tiene razón —sentenció Lola—. Los años pasan y nuestros conocimientos no son suficientes para llenar la cabeza de Ciriaco. Pero ¿a qué colegio?

—He estado dándole vueltas y creo que los Jesuitas sería un buen colegio para él. Es uno de los mejores de Barcelona y además con uno de los maestros, el padre Anselmo, me une una larga amistad.

—Se lo agradezco, doctor —interrumpió Paco—, pero mi hijo no va a un colegio donde se practica la doble moralidad.

—¡Qué coño es eso de doble moralidad Paco! —dijo sobresaltada Lola—. Cuando está el doctor utilizas unas palabras que ni yo te entiendo.

—Uno escucha conversaciones, y lo que dicen de los curas…

El doctor Armengol levantó las manos intentando serenar los ánimos y poner freno a una conversación que, de seguir así y como en otras ocasiones, acabaría en una confrontación abierta tanto verbal como física.

—Un momento, un momento… calmaos, es cierto que todos los curas no son como deberían ser. Puedo aseguraros, porque yo fui alumno de ese colegio, que dan una formación de calidad. Naturalmente, vuestros consejos a Ciriaco servirán para que él sepa, según vaya creciendo, qué es lo que más le conviene. En mi caso, los estudios sirvieron para hacerme médico y, como persona, vosotros y solo vosotros podéis juzgarme.

—Visto de ese modo —señaló Paco mientras fruncía el ceño y se rascaba la barbilla—, ¿a quién no le gusta un hijo doctor? Eso sí, un doctor como usted, no de los que extienden recetas sin mirarte ni un segundo a los ojos.

—Resuelto —dijo Lola—, hable usted con ese cura conocido que nosotros haremos lo que haga falta. Cueste lo que cueste, Ciriaco tendrá la mejor educación.

—De acuerdo, estoy convencido de que habéis acertado en vuestra decisión. Me pondré en contacto con el padre Anselmo y concertaré una visita para que os conozcáis. Estoy seguro de que os agradará y también las magníficas instalaciones del colegio.

—Bueno…, referente a la visita —interrumpió Lola—, creo que sería mejor que usted fuese en representación nuestra, como padrino y tío del niño. Ya sabe, doctor, que Paco y yo estamos muy atareados y no quisiéramos estropear, por nuestra falta de experiencia en este tipo de visitas, ese futuro tan prometedor que le espera a Ciriaco.

—Y tú, Paco, ¿qué opinas?

—Pues…, así a primera vista…, planteado de esta manera…, siendo usted el padrino…

—¡Qué, Paco, qué! —gritó Lola al tiempo que se levantaba de la silla dispuesta a soltarle un guantazo—, ¿vas a contestar o a soltarnos uno de tus discursos?

—¡Eh, alto, un respeto para el cabeza de familia!

—¿Cabeza de qué…?

—Está bien, calmaos, mañana tengo que madrugar y debo irme. Me encargaré de todos los trámites para que Ciriaco empiece el próximo septiembre.

9

Los años que Ciriaco pasó en el colegio de la calle Caspe fueron totalmente satisfactorios. La enseñanza que llamaban "obligatoria" no lo era para él, más bien todo lo contrario. Aprendió a leer antes que cualquier otro niño de la clase. Las operaciones aritméticas, la geometría, la física, las tablas de los elementos, los afluentes del Amazonas, la historia, el antiguo y el nuevo testamento no supusieron la más mínima dificultad. Le gustaba ir a clase y sentía una fuerte motivación por todo lo que le explicaban en las diferentes asignaturas de los diferentes cursos. Los resultados de los exámenes eran siempre brillantes y sus notas finales casi rozaban la excelencia.

Aprendió entre otras cosas, además del número de cuentas de un rosario, que la distancia más corta entre dos puntos es la línea recta; que por Sevilla pasa el Guadalquivir; que España es *«una, grande y libre»;* que el cuerpo se sostiene por los huesos; que hay un músculo que se llama esternocleidomastoideo; que Colón descubrió América a bordo de la *Santa María* y que los indios que allí encontraron por fin pudieron ser bautizados y conocer a Dios. Le enseñaron que el Generalísimo, liberó a los españoles de las garras de los diabólicos comunistas, una hazaña sin parangón que le autorizaba, como al Papa, a caminar bajo palio en los actos y ceremonias de exaltación a la madre patria.

Por aprender, aprendió hasta campanillear en el momento en que el cura levantaba con ambas manos el cuerpo de Cristo, las mismas manos que jugaban con sus cabellos cuando se arrodillaba en el confesionario para pedir perdón por sus terribles pecados de acción o de pensamiento.

Dichosos aquellos años en los que su cerebro no hacía otra cosa que incorporar información, ubicarla ordenadamente en las complejas estructuras neuronales, para ser librada rápidamente en el momento en que el maestro creyese oportuno formularle una pregunta. Todo, eran certezas, verdades incuestionables que había que recordar, que recitar sin que fuese necesario el más mínimo análisis.

Ciriaco, durante aquellos años, fue el niño más feliz del mundo. Lola, Paco y el doctor Armengol se sentían también los seres más afortunados sobre la faz de la tierra. Los tres, sentados en la mesa del comedor, observaban a Ciriaco hacer sus deberes y cómo sus conocimientos se incrementaban día a día, a lo largo de los cursos y con el paso de los años.

Lola dejaba de trabajar cuando Ciriaco regresaba del colegio. Paco, que había centrado su atención y su tiempo en los transportes públicos, especialmente en el metro, ejercía su profesión en las horas punta, *«cuando el rebaño está reunido y el pastor relajado»,* y regresaba a casa pronto para disponer de tiempo suficiente para observar de reojo, mientras simulaba que leía el periódico, a su niño que crecía y crecía sin dejar de sorprenderle con tanto conocimiento. En cuanto al doctor Armengol, el horario de visitas también finalizaba cuando Ciriaco regresaba a casa. Era la pieza clave a la hora de ayudarle en sus deberes.

—Papá —preguntaba Ciriaco—, ¿cuál es el denominador común en esta suma de fracciones?

Paco eludía mirar directamente a los ojos de Ciriaco, carraspeaba, acercaba el cuaderno de deberes, se frotaba el mentón, mientras observaba los números y las rayas dibujados armoniosamente, mientras se decía: *«Esto es más jodido que robarle la hostia al cura en el momento de la consagración»*.

—Pues bien —Paco acababa siempre repitiendo la pregunta esperando que la respuesta apareciese a continuación—, el denominador común en esta suma de fracciones es… y en esto el doctor y yo coincidimos.

—Desde luego, Paco —intervenía el doctor Armengol—, en estas dos fracciones el denominador común es el resultado de la multiplicación de los dos denominadores.

—Eso, Ciriaco, la multiplicación de los dos —acababa repitiendo Paco mientras carraspeando de nuevo retomaba el periódico y fingía leer con interés.

Lola repiqueteaba con los dedos mientras pensaba *«de buena te has librado»*. Miraba a Paco con el ceño fruncido y una mueca en los labios y soltaba:

—Eso, la multiplicación de los dos.

Las mañanas de los sábados y domingos las dedicaban a visitar cualquier lugar que pudiese servir para completar la formación del niño. Los largos paseos por la ciudad bajo la sombra de árboles frondosos, el olor a mar mientras paseaba por el puerto hasta el faro, el vuelo de las gaviotas y el canto de periquitos los acompañaban en su caminata hasta la hora del consagrado aperitivo en el Café del Liceo.

Tanta dedicación dio sus frutos. Ciriaco había dejado atrás, sin darse cuenta, su infancia y su adolescencia. Se había convertido en un joven alto y fuerte, educado, sensible y alegre. Se mostraba despierto, inteligente y poseía unos conocimientos que no solo habían ensimismado a Lola, a Paco y al doctor

Armengol, sino que también le habían permitido superar con éxito sus estudios con excelencia.

Ciriaco, se había convertido en uno de los alumnos predilectos del colegio y el futuro que le esperaba, en opinión del reverendo padre Matías, era muy prometedor.

10

Los primeros rayos de sol se colaron por las rendijas de la persiana entreabierta de la habitación en la que dormía Ciriaco. El colegio premiaba a los mejores alumnos con unas colonias en un monasterio que la orden tenía en la localidad francesa de *Chateau Neuf du Pape*, próxima a Aviñón. Alumnos destacados de varios colegios religiosos de élite, de toda Europa, acudían cada verano a este encuentro de *"jóvenes promesas"*. Las diferentes comunidades religiosas confiaban en que algunos de ellos, los mejores, atenderían al mensaje que el Espíritu Santo les haría llegar del Supremo Hacedor.

Estas actividades de verano formaban parte de un proyecto global de gran calado para la Orden religiosa de los Jesuitas. Estos jóvenes no eran jóvenes corrientes para la Orden, eran seres elegidos, almas tocadas por la mano de Dios, a los que les esperaba un destino muy especial, el de asumir, en un futuro, el liderazgo de la Orden y continuar la *"Obra"*. Quizás, en unos años, serían pretendientes a compartir asiento con obispos o con el mismísimo cuerpo cardenalicio y quién sabe si, con el paso de los años, alguno llegaría a ser un candidato firme para proseguir la obra de su Santidad. «*Ciriacus I*», había imaginado en alguna ocasión el reverendo padre Matías en alguno de sus retiros espirituales.

No era el crecimiento del espíritu lo que en el fondo perseguía la Orden, sino el poder, y dinero para incrementar ese poder. El poder les permitiría seguir manteniendo el orden establecido, la civilización creada por el hombre y para el hombre desde el inicio de los tiempos. Los métodos habían cambiado, pero el objetivo seguía siendo el mismo.

El trabajo de selección y adoctrinamiento que llevaba a cabo la Orden en los colegios y monasterios, como este en el que se encontraba Ciriaco, eran los adecuados para los tiempos que corrían. La acción directa, la metodología impositiva y coercitiva, había dejado de ser útil a medida que la ciencia y el conocimiento habían ido evolucionando, extendiéndose y asentándose en una sociedad cada vez más inconformista. Ahora predominaba el trabajo de despacho, donde se planificaba y se decidía la aceptación o el rechazo del candidato con más rapidez que lo que tardaba en quemarse un cuerpo en la hoguera.

Ciriaco formaba parte del proyecto de la Orden, como el resto de los jóvenes que se encontraban en el monasterio. Tenía diecisiete años y ese verano estaba previsto, por sus santidades, tomar la decisión sobre su futuro. La raya verde que, con toda probabilidad, según sus protectores, cruzaría en diagonal la parte superior derecha de la carpeta de su expediente al finalizar el verano significaría la puerta abierta, la continuidad, el interés de la Orden en proseguir con el adoctrinamiento hacia un horizonte prometedor. La raya roja significaría el fin, el olvido, el abandono, la pérdida de cualquier tipo de interés por el candidato, por su presente o por su futuro.

Era la primera semana y Ciriaco se había adaptado totalmente a esta nueva vida fuera de casa y seguía, sin dificultad alguna, el programa de actividades cuidadosamente preparado. Dos palabras, *«ora et labora»*, describían perfectamente la actividad del monasterio. La oración y el trabajo se sucedían en una continuidad sin fin a lo largo del día, interrumpiéndose solamente por unas pocas horas de descanso y de sueño.

Ciriaco disfrutaba esos calurosos pero soportables días de verano, combinando la oración con el trabajo en los huertos del monasterio, con el estudio, la meditación o las lecturas religiosas. Salvo las oraciones a medianoche que interrumpían su plácido descanso, lleno de ensoñaciones que luego era incapaz de recordar, lo demás no le producía ninguna incomodidad, incluso todo lo contrario. El aire libre y el ejercicio le sentaban bien, y el acostarse cansado le servía para mantener a raya sus impulsos agresivos y libidinosos. Sublimar estas tendencias le resultaba relativamente fácil, y no porque estas fuesen de intensidad menor que las de sus amigos del barrio del Raval, sino porque le habían enseñado a hacerlo desde los primeros días de colegio. En su *"diccionario interior de buenas respuestas"* siempre encontraba la que le permitía controlar sus ímpetus y mantenerse cerca de Nuestro Señor. Ante una imagen mental que lanzaba un *«¡Fíjate capullo, estás tirando tierra en mis pies!»*, sus labios traicionaban a su inconsciente respondiendo: *«Hermano, por más tierra que tires a mis pies no crecerá nada que podamos llevarnos luego a la boca».* Un *«¡Estoy hasta los huevos de levantarme a las seis de la mañana!», se* convertía, sin dejar la más mínima huella en su memoria, en un consabido y utilizado *«A quien madruga Dios le ayuda».*

Con los impulsos libidinosos tenía que esforzarse algo más. Las traducciones automáticas le costaban lo suyo, aunque no tanto como las que le hacían hacer del griego al latín. No era sencillo despertarse a medianoche y escuchar las sugerencias del diablo: *«Cógete la banana y dale un meneíto»*, y tener que responder: *«¡Apártate, Satanás!, y vuelve a los infiernos, porque no conseguirás que mis manos pequen»*. Si Satanás daba señales de no querer marcharse, no le quedaba más remedio que levantarse de la cama, bajarse el pantalón del pijama y depositar sus inmaculadas posaderas sobre el frescor de las baldosas. Cuando ni el frescor de las baldosas conseguía reducir la fuerza del impulso libidinoso, entonces había que recurrir a la solución definitiva: *"el cilicio"*. Un instrumento de mortificación corporal que garantizaba el éxito después de haberse infligido un mínimo de doce flagelaciones, alguna de ellas en las nalgas, y si se tercia, porque la cosa se pone fea, un golpe seco con el mango del terrorífico instrumento en los mismísimos testículos: *"¡Zas, zas!"*

Cuando a la mañana siguiente veía a sus compañeros y monjes del monasterio que les costaba apoyar la espalda o el trasero en el respaldo de los bancos de la capilla, o caminaban balanceándose con las piernas ligeramente separadas, pensaba que el diablo había aprovechado la noche y que se había hartado de hacer visitas. *«¿Cuántos habrán caído en la tentación?»*, se preguntaba.

Los rayos de sol que irrumpieron en la habitación precedieron al repique de campanas que iba a producirse de manera inminente. La acústica señal, repudiada tanto por los que gozaban de un buen dormir como por los habituales de un mal sueño, invadiría todos los rincones del monasterio sin contemplación alguna. A Ciriaco no le cogió desprevenido. La esperaba sentado al borde de la cama mientras observaba el dichoso reclinatorio con el escalón de madera sin almohadilla que impidiera que los nudos y vetas de la madera quedasen marcados en sus desnudas rodillas.

Tenía la toalla sobre los hombros y los utensilios de aseo cuando sonó el primer aviso. Fue uno de los primeros en entrar al recinto en el que se alineaban lavabos, duchas y váteres sin puertas ni recovecos que permitiesen la más mínima intimidad. Orinó con la mirada fija en los inmaculados azulejos blancos que cubrían las paredes. Ninguna mirada perdida, a babor o a estribor, que pudiese casualmente toparse con el *"sacro membrus"* del compañero que ocupaba el urinario vecino. Ningún vistazo hacia abajo, ni siquiera para comprobar su puntería, y mucho menos para contemplar el miembro que sostenía con delicadeza con las yemas de sus dedos, como si se tratase de un objeto extraño y peligroso. Concentrado en una lágrima de orín estancada en la cruz entre azulejos, pensó que el pecado iba a ser de menor cuantía si eludía los pensamientos sobre el tema y no caía en la tentación de mantener el aparato cogido más tiempo de lo estrictamente necesario. Noto el calor y la súplica en las yemas de sus dedos. Rozó el prepucio y su cuerpo se llenó de frío.

Al diablo había que combatirle, incluso cuando manifestaba su presencia a través del pene. *«Ni, aunque cambie su tamaño, aumente su grosor, os procure una cálida sensación o un agradable cosquilleo, nunca debéis caer en la trampa del diablo»*, decía el padre Matías en su despacho del colegio mientras combinaba hábilmente conceptos teóricos con demostraciones prácticas.

Después de purificar con agua las siempre presuntas pecaminosas manos, lavarse los dientes, darse una ducha en las mismas condiciones y vestirse, Ciriaco se dirigió con sus compañeros al comedor. Ocuparon los bancos junto a las mesas y esperaron de pie, sin pronunciar palabra, hasta que el padre prior diese por finalizada la plática y las oraciones de la mañana con un *«Mensae caelestis participes faciat nos, Rex aeternae gloriae. Amén» (Que el Rey de la gloria eterna nos haga partícipes de la mesa celestial. Amén)*. Tras el completo y silencioso desayuno, los asistentes podían expresar su agradecimiento a Dios, manifestar su alegría con mesura, hacer pequeñas y comedidas bromas a los compañeros y volar, como el espíritu santo, a poner orden y limpieza en sus habitaciones.

Todas las conversaciones, movimientos y gestos de las jóvenes promesas eran anotados con detalle por los novicios ayudantes que se movían como ratas por todo el monasterio, motivadas por "cazar" cualquier cosa. Todo debería estar anotado en sus libretas para la reunión que cada noche celebraban con el padre prior. Las anotaciones de los novicios sobre Ciriaco eran, como en el colegio, excepcionales: *«madrugador, concentrado en las oraciones, nada mirón, indiferente ante las provocaciones del diablo, nada propenso al toqueteo propio o de compañeros, mucho interés en las actividades»* y un largo etcétera que hacía enternecer al padre prior.

—Este chico está tocado por la mano de Dios —apuntó el veterano monje.

11

Pasaron los primeros quince días de monasterio y los minuciosos informes no hacían más que corroborar las impresiones iniciales. Si superaba la prueba final, a la que denominaban *«un día de asueto»*, se darían definitivamente por satisfechos y propondrían a la Orden la entrada de Ciriaco en la senda que le conduciría al noviciado y posteriormente al ingreso en la Congregación.

La prueba consistía en una salida libre, fuera de los muros del monasterio, incluso podía acercarse a alguna de las localidades vecinas con la condición de regresar antes de que el sol dejase paso a la oscuridad de la noche. Le conducirían lejos del monasterio y le abandonarían en un espeso bosque después de entregarle una brújula, un pequeño mapa y unas pocas instrucciones que le ayudarían a regresar con éxito. No era una prueba dificultosa y la posibilidad de fracaso era prácticamente nula.

—Vamos a dejarte solo en este lugar alejado del monasterio, pero cercano al corazón de nuestro Señor —dijo uno de los novicios que había acompañado a Ciriaco hasta el interior del bosque.

Se sentía tranquilo, contento de salir del monasterio, aunque solo fuese para participar en un juego infantil y absurdo. Una espesa niebla le rodeaba sin permitirle distinguir lo que tenía apenas a un par de metros.

—Si sigues las instrucciones, estarás de regreso antes de que anochezca. Hoy es un día de esfuerzo y de abstinencia, y el padre prior está convencido de que esta noche cenarás con él en el *"paraíso"*.

—Haré lo que esté en mis manos. Espero no defraudarle —contestó Ciriaco sin prestar demasiada atención a lo que le decían.

Sentado sobre la raíz de un frondoso roble, intentaba concentrarse y recordar todos y cada uno de los detalles que había memorizado desde la salida del monasterio. Estaba convencido de que no le costaría regresar y de que las alegrías y carantoñas amaneradas de los frailes y compañeros le colmarían de felicidad.

Una fina lluvia se abrió paso entre la niebla y humedeció en breves instantes sus cabellos. Ciriaco observaba el sencillo mapa dibujado a tinta sobre un pequeño trozo de papel. Colocó la brújula sobre la superficie y enseguida supo hacia dónde debía caminar para regresar al monasterio. Así hubiera sido de no ser por la tromba de agua que se le echó literalmente encima. Sin nada con que protegerse, ocultó el rostro entre sus brazos. El agua le golpeaba la nuca mientras observaba cómo se empapaba el suelo y cómo se formaban pequeños charcos que se transformaban en diminutos riachuelos que luchaban por abrirse camino entre sus chirucas. Escupió y vio cómo el agua se llevaba la saliva riachuelo abajo hasta otro de mayor tamaño y después a otro y a otro hasta llegar al mar. No necesitaba estar allí para verlo.

La lluvia dejó de golpear su nuca y el mapa, que había dejado junto a la brújula a los pies del frondoso roble, estaba completamente mojado. Los dibujos y señales se habían fusionado. Una inmensa mancha de tinta azul escondía en sus entrañas todos los mensajes, convirtiéndolos en indescifrables. El mapa había dejado de hablar, estaba irrevocablemente muerto.

Caminó todo el día sin rumbo fijo, esperando que alguno de los caminos que seguía le condujese al monasterio. Sin saberlo, cada hora que pasaba se alejaba más. La distancia era tal que hasta el silbato que llevaba había perdido su función de avisar y de facilitar su localización.

Estaba a punto de derrumbarse de cansancio aquella fatídica noche, cuando observó unas luces que surgían de la espesa niebla. Caminó con cautela. A medida que avanzaba, iban apareciendo más luces tras las ventanas de un grupo de casas dispersas, en lo que parecía ser un pequeño valle. Recuperados los ánimos, se acercó a la más próxima y golpeó con los nudillos en la puerta. Al no obtener respuesta, volvió a golpearla con más fuerza y se tranquilizó al ver que se iluminaba lo que debería ser el recibidor. Una voz se oyó tras la puerta.

—¿Quién es?

—Me he perdido, ¿pueden ayudarme?

El ruido de la llave girando en la cerradura le tranquilizó de nuevo. Un hombre corpulento, ataviado con una bata de lana a cuadros rojos y negros, apareció delante de Ciriaco. Plantado en el umbral de la puerta, le observó en silencio durante unos largos segundos sin pronunciar palabra alguna.

—Me llamo Ciriaco. Me he perdido.

—Sí, eso ya me lo habías dicho.

—Estoy pasando las vacaciones en un monasterio y…

—Eso ya lo sé —interrumpió el hombre de la bata a cuadros—. Con esa indumentaria de *"Señor de las Cruzadas"* no hay duda de que estás en la puta casa de esos cabrones de curas. ¿No serás marica?

—No, yo…

—Bueno, pasa antes de que cierre la puerta en tus sacrosantas narices.

Una luz tenue, que se filtraba por debajo de una puerta, permitió a Ciriaco seguir la silueta que avanzaba por el largo y oscuro pasillo que conducía a la cocina. El silencio se vio interrumpido cuando el hombre de la bata a cuadros accionó el interruptor de la luz.

—Siéntate. Supongo que tendrás hambre. Te prepararé algo de comer.

—No, yo…

—La próxima vez que oiga *«no, yo…»*, de una patada en tu distinguido trasero de novicia, te saco fuera de casa. Más vale que te sientes y vayas pensando en decir algo diferente.

Puso sobre la mesa unas rebanadas de pan, una generosa porción de queso y un plato grande en el que se mezclaban diferentes tipos de embutidos.

—¡Come! —ordenó el hombre de la bata de cuadros mientras se acercaba a la mesa con una botella de vino, una jarra de agua y dos vasos. Se sentó frente a Ciriaco y llenó el vaso de agua hasta el borde—. ¡Bebe! —le indicó con el índice mientras llenaba con la otra mano su vaso de vino.

—Gracias —dijo Ciriaco con voz titubeante mientras acercaba a su boca un trozo de pan.

—Ya, vale, come y déjate de remilgos.

El hombre le observó atentamente entre sorbo y sorbo de vino. Su silencio invitaba a Ciriaco a seguir comiendo sin levantar su mirada del plato. Sabía que le estaba observando y, a pesar de ello, cada vez se sentía menos incómodo.

—Mañana te acercaré al *"corral"* que esos cabrones de curas tienen montado. Ahora te daré una manta. Dormirás en el sofá.

El tono de sus palabras era categórico y Ciriaco no se atrevió a poner sobre la mesa alternativa alguna. Con el estómago lleno se sintió mejor y con más fuerzas para intervenir y alterar lo que hasta ahora había sido un monólogo.

—Le he pedido ayuda y le he dado las gracias. No entiendo por qué insulta de esa manera a los padres.

El hombre dejó el vaso de vino sobre la mesa y echó una larga carcajada mientras inclinaba su cuerpo hacia atrás.

—¿Padres? Yo tengo padre y tú tienes padre, pero esos mamelucos no son padres de nadie. Son engañabobos, y tú debes de ser uno de ellos. Más vale que vayamos a dormir antes de que pierda la paciencia.

Echado sobre el sofá de una sala, rodeado de estanterías repletas de libros, Ciriaco intentaba conciliar el sueño sin conseguirlo. Estuvo despierto casi toda la noche, abrazado por la manta y rodeado de un absoluto silencio y de una oscuridad interrumpida por una tenue luz que se filtraba por debajo de una de las puertas del largo pasillo. Alguien salió de la habitación y caminó en dirección a la sala. Ciriaco entornó los ojos mientras una silueta a contraluz se acercaba, traspasaba el umbral de la puerta y cogía uno de los libros de la estantería que tenía a su lado. Notó durante unos segundos, largos como la eternidad, cómo la mirada de la misteriosa silueta se clavaba sobre él. Cerró los ojos al notarla a su lado. Después sintió el calor de una mano que casi rozó su mejilla. Cuando se atrevió a entreabrir los ojos, la oscuridad era la única dueña de toda la estancia. Esa noche soñó que una gaviota se le acercaba planeando sobre las aguas. Él, mantenía en la palma de su mano un trozo de pan que la gaviota cogió sin apenas rozar la punta de sus dedos. De madrugada, otra mano movió su hombro, despertándole bruscamente.

—Son las seis de la mañana. Vístete, te acercaré al *"camposanto"* antes de ir a trabajar.

—No es un cementerio —respondió cansado de tanta descalificación.

—De acuerdo, es el Huerto del Señor que, para el caso, viene a ser lo mismo.

A través de la ventanilla de la camioneta miraba el hermoso y denso bosque que se extendía a ambos lados de la carretera. Era, sin duda, el bosque en el que Ciriaco se había perdido al anochecer y por el que todavía transitaba una espesa niebla. La camioneta giró hacia la derecha y descendió por un camino embarrado hacia un pequeño valle. Al abordar una de las innumerables curvas, Ciriaco vio aparecer la silueta del enorme monasterio. La camioneta se detuvo ante una gran verja de hierro. Tras ella había un pequeño garito del que salió una persona vestida con sotana. Abrió la verja y caminó tranquilamente hasta la camioneta. Ciriaco pensó que ese ritmo sosegado acabaría pronto con la paciencia del hombre que le había traído.

—Buenos días, hermanos —saludó el fraile con un tono de voz delicado y un ritmo que hermanaba perfectamente con su caminar.

—Vete a tomar por culo —respondió el hombre de la bata a cuadros—. Buenos días, hermano… buenos días, hermano… ¿Qué, quieres jugar un ratito con mis pelotitas? Anda, chaval, baja de la camioneta antes de que le suelte una hostia a este mojigato.

—Me llamo Ciriaco —dijo el joven con voz de despedida mientras bajaba de la camioneta.

—Está bien, chaval, bueno, Ciriaco, un placer haberte conocido. Si necesitas algo, ya sabes dónde encontrarme. ¡Ah!, y no dejes que esos maricas te metan mano. Bueno, ya me entiendes —dijo el hombre de la bata mientras ponía la primera y arrancaba con ímpetu, levantando una nube de polvo que ocultó por unos momentos a Ciriaco y al fraile portero.

La camioneta desapareció tras la primera curva mientras la mano del fraile reposaba, con una ligera presión, sobre el hombro de Ciriaco.

—Vamos, el padre prefecto y todos los otros hermanos han estado intentando localizarte toda la noche. Estábamos preocupados. Se alegrarán de tu regreso.

Ciriaco durmió toda la mañana en la habitación que le habían asignado a su llegada. Era una pequeña habitación. El mobiliario consistía en una cama, un pequeño armario, un escritorio con su silla y un reclinatorio orientado hacia un crucifijo que colgaba de la pared. A través de la ventana se veían unos extensos jardines y algunos huertos en los que observó cómo trabajaban algunos frailes y también algunos de sus compañeros. Se echó sobre la cama y no tardó en quedarse dormido. Soñó con la noche anterior, con el hombre de la bata a cuadros, con la misteriosa silueta y con la cálida mano que casi rozó su mejilla.

Se despertó desorientado y empapado de sudor. El sonido de las campanas le ayudó a situarse en el lugar y en el momento correcto. Estaba en el monasterio, era verano y probablemente era la hora de la comida. Se levantó y acudió raudo al comedor, donde le recibieron con aplausos.

—Alegrémonos por el regreso de nuestro hermano Ciriaco —dijo el padre prior—. Un tiempo desapacible ha puesto a prueba su entereza, pero nuestro hermano ha superado todas las dificultades que Dios ha estimado conveniente poner en su camino y ha regresado sano y salvo a la comunidad.

Ciriaco se alegró de que el hombre de la bata no se encontrase en aquel momento a sus espaldas. Imaginó que nada bueno hubiera salido de la boca de ese hombre tras escuchar las palabras del padre prefecto. Si por unos *«buenos días, hermano»* había atropellado literalmente al padre portero, qué diría por un *«¡alegrémonos por el regreso de nuestro hermano!»*. Mejor ni pensarlo, se dijo.

Permaneció callado durante toda la comida. La verdad es que no suponía ningún esfuerzo, porque allí todos guardaban silencio, probablemente concentrados en sus oraciones o en la comida. Él no podía sacarse de la cabeza los recientes hechos que habían irrumpido en su vida de sopetón, guillotinando los plácidos y predecibles días de vacaciones. Notaba que algo se movía en su interior, que sus cómodos y consabidos patrones de conducta se tambaleaban y perdían consistencia. Algo circulaba por el interior de sus neuronas que le impulsaba a explorar sus confusos pensamientos. Entre ellos, insistentemente aparecía la extraña silueta acercándose y aproximando la mano hasta su mejilla. Cada vez más, sentía la necesidad de que esa mano le acariciase el rostro. Sentía la necesidad de acercar su mano a esa mano desconocida que despertaba en él unas sensaciones distintas de las que hasta ahora había encontrado. Algo en su interior le impulsaba a volver a esa casa y Ciriaco sabía, cada vez con mayor claridad, que no podría desatender esa llamada.

—¡Ciriaco! —era la voz del padre prior que se había acercado al verle, ajeno a todo lo que sucedía en el comedor—. ¿Te encuentras bien?

—No muy bien, padre, ¿puedo ir a descansar?

—Desde luego. Será mejor que te acuestes y descanses. Esta tarde viajaremos al monasterio de Nuestra Señora de Doms a pasar un par de días y, por lo que veo, tú no estás en las mejores condiciones para acompañarnos. Te quedarás aquí con el padre Ángel. Él se ocupará de ti hasta que volvamos.

—Gracias, padre prior —respondió Ciriaco mientras se sorprendía de su total falta de interés por la mencionada peregrinación.

Se levantó a media tarde y deambuló por los pasillos entre habitaciones vacías. No quedaba nadie, excepto el padre Ángel. Le encontró en la cocina preparando la cena que pensaba llevarle a la habitación.

—¿Ya te has levantado? —dijo el padre Ángel al ver entrar a Ciriaco por la puerta de la cocina.

—Sí. Estoy bien. Siento no haber podido ir con los demás —mintió.

—Bueno, siéntate y cenaremos juntos.

El padre Ángel no paró de hablar y bebió vino durante toda la cena. Ciriaco no le prestaba la más mínima atención y deseaba que la velada acabase para volver cuanto antes a la habitación. Quería estar solo y dejar que sus pensamientos, aunque fuese por una vez desde hacía muchos años, fluyesen por donde les diera la gana. Cuando se dio cuenta, observó que el padre Ángel, borracho como una cuba, se había desplomado prácticamente sobre la mesa del comedor. Olía fatal y roncaba como un cerdo. Le ayudó a levantarse y le acompañó al pequeño cuarto que ocupaba al lado de la cocina.

El silencio era absoluto mientras se dirigía a su habitación. No quedaba nadie en el monasterio, salvo él y el padre Ángel, y este, desde luego, no estaba en condiciones ni de cuidarse de sí mismo. El sol se había puesto, pero la luz del día todavía le permitía ver con claridad. Salió al jardín y caminó sin rumbo fijo entre árboles frutales y entre los surcos perfectamente alineados de los numerosos huertos. Sin darse cuenta, se encontró ante la puerta metálica de la entrada. Se detuvo un instante. No había nadie en la garita y, sin pensarlo dos veces, abrió la puerta y salió.

Las huellas de las ruedas de la camioneta, del hombre de la bata a cuadros, todavía estaban en el camino invitándole a seguirlas. Dio un par de pasos titubeantes y después se lanzó tras ellas. Cuando llegó a la casa había oscurecido. Había luz en la planta baja. Se ocultó tras un árbol y observó durante un buen rato a las personas que había en su interior. Reconoció sin esfuerzo al hombre que le abrió la puerta el día anterior. Llevaba la misma bata de cuadros rojos y negros. Las otras dos personas eran, al parecer, dos mujeres. Decidió no acercarse por miedo a ser descubierto, a pesar de que algo en su interior le impulsaba a dirigirse hacia la puerta y golpearla de nuevo. Después, las luces se apagaron y el silencio y la oscuridad se adueñaron del lugar. Pasada la medianoche regresó al monasterio.

El día siguiente fue una réplica del anterior. El padre Ángel cayó en redondo en su catre a causa de la descomunal borrachera, en parte animada por Ciriaco. Después de asegurarse de que al padre no lo ponía en pie ni un *tsunami*, se dirigió a la puerta de entrada y sin dudarlo un instante se puso a caminar en dirección a la casa del hombre de la bata a cuadros. Golpeó la puerta con decisión sin saber qué iba a decir. Instantes después la puerta se abrió.

12

La tenue y cálida luz del farolillo de entrada iluminó un rostro desconocido que, sin embargo, no le resultó extraño. Era una joven de una belleza indescriptible. Su mirada, dulce y tierna como el abrazo de un niño, dibujó en el corazón de Ciriaco un arcoíris de infinitos colores. Su voz llenó el silencio de emociones que nunca había sentido.

—Hola, soy Sofie.

—Yo, soy…

—Ya sé quién eres. Cenaste con mi padre y dormiste en el sofá hace dos días. ¿Te has vuelto a perder?

—Sí… bueno, no…, yo… —Ciriaco estaba bloqueado. Miró al suelo, a los lados y hacia atrás. Nadie para echarle una mano.

—¿Sí? —intervino Sofie mientras inclinaba el rostro buscando la mirada de Ciriaco.

—¿Eras tú? —preguntó Ciriaco mientras permitía que las miradas se encontrasen de soslayo.

«¡Oh, Dios!… ¡Déjame entrar!… Deja que me bañe en el azul de sus ojos, deja que sus alas me abracen un instante y que sienta de nuevo la proximidad del calor de su cuerpo.» —gritó desde las profundidades de su alma.

La mano de Sofie se acercó por segunda vez a su mejilla sin llegar a tocarla. Por segunda vez vio a la gaviota planear sobre las aguas, acercarse y retirarse sin el trozo de pan que descansaba en la palma de su mano. *«Por favor, ¡abrázame con tus alas blancas!»*, suplicó en silencio Ciriaco.

—Bueno, pasa. Cenaremos juntos.

El cuerpo de Sofie aparecía desnudo bajo una corta camisa blanca que se detenía sutilmente por debajo de sus contorneadas nalgas. Ciriaco la observaba mientras ella, de espaldas, preparaba la cena sobre el mármol de la cocina. Hasta sus hombros llegaba un haz de luz inundado de polvo de estrellas. Sofie observaba en el cristal cómo la mirada de Ciriaco, clavada en su espalda, descendía lentamente hasta sus caderas, acariciando con dulzura cada milímetro de su cuerpo. La temblorosa mano de Ciriaco, prolongación del brazo que flotaba en el aire, ansiaba tocarla. Ella no se movió ni rompió el silencio.

—¿Puedo ir al lavabo?

—Está en el pasillo. La última puerta —contestó Sofie sin darse la vuelta.

Cerró la puerta y encontró en el espejo su rostro acalorado. Sentía un dolor agudo en los testículos. Apenas un roce y su cuerpo tembló y se llenó de frío. Encorvado sobre la pica del lavabo, refrescó una y mil veces su cara, dejando que los minutos pasasen una y otra vez sin intención de detenerlos. Oyó llamar a la puerta.

—Ciriaco, ¿te encuentras bien?

—Sí, sí, enseguida estoy.

La encontró sentada, esperándolo. Una vela blanca en el centro de la mesa dibujaba luces y sombras por toda la estancia. Se sentó delante de ella sin saber cómo mirarla, agradeciendo la penumbra que ocultaba su zozobra y sin saber qué decir.

—¿Y tu padre? —preguntó por fin Ciriaco.

—Está de viaje. Ha ido a Lyon a casa de mi hermano. Volverá la próxima semana. ¿Has venido a ver a mi padre?

—Bueno…, quería darle las gracias.

—¡Ah!, entonces tendrás que volver otro día.

—No me quedan muchos días. Las vacaciones se acaban y pronto tendré que volver a Barcelona.

—¿Cuántos años tienes? —preguntó Sofie.

—Diecisiete. Bueno, pronto cumpliré dieciocho, ¿y tú?

—Dieciocho.

Sofie se levantó de la mesa y colocó en el fregadero su plato y sus cubiertos. Se situó detrás de Ciriaco, que permanecía sentado, y puso suavemente sus manos sobre sus hombros. *«¡Madre del Amor Hermoso!»,* exclamó en su interior Ciriaco mientras sus labios bloqueaban un *«¡La Hostia Consagrada!»,* que salía cagando leches de lo más profundo de su alma. El tiempo había transcurrido veloz. Les había sorprendido la medianoche sin darse cuenta.

—Tengo que irme a dormir. He de levantarme temprano. Ya sabes, mi padre no está y tendré que encargarme de su trabajo. ¿Querrás acompañarme?

—Me gustaría, pero debería volver…

—No puedes irte ahora. Es demasiado tarde y yo no puedo acercarte. Si quieres, duerme en el sofá como la otra noche.

—Sí —soltó con precipitación Ciriaco—, me gustaría quedarme.

En la cabeza de Ciriaco despertaron infinitos temores: al impredecible futuro inmediato, al padre prior, a sus pensamientos, al deseo de quedarse, al de irse, dejando atrás algo que deseaba con todas sus fuerzas. Sentado ante el plato, que aún contenía parte de la cena, se esforzaba en retener en su mente la sensación agradable que había sentido cuando Sofie puso las manos sobre sus hombros. Las manos habían emprendido el vuelo y él se había quedado solo, rodeado de incertidumbres.

La lluvia, que insistentemente repicaba en los cristales, despertó a Ciriaco. Poco antes de abrir los ojos, inmerso todavía en un plácido sueño, vio cómo la gaviota se alejaba con un trozo de pan en su boca.

Había decidido quedarse y acompañar a Sofie, a pesar de que el otro Ciriaco, el de días atrás, insistía en regresar al monasterio, al orden, al mundo que le era conocido y previsible. El Ciriaco de esta noche no deseaba continuar esa vida. Había descubierto que en el tiempo que se tarda en dar un suspiro podía haber más vida que en los meses y años que, hasta ahora, había vivido. Solo las emociones que había experimentado en su niñez, con sus padres y su tío Juan, se parecían a las que había sentido con Sofie.

Había parado de llover cuando ella entró en la sala. Llevaba entre sus manos una bandeja con el desayuno. La luz de esa mañana gris se filtraba a través de los cristales e inundaba de suaves sombras toda la estancia. Estaba vestida. Calzaba unas botas altas de goma de color verde vejiga y un chubasquero amarillo. La Sofie que ahora tenía delante, le pareció mayor, más adulta, decidida y desenvuelta, y él, se sintió más niño.

—Voy a los establos. Cuando acabes, ven a buscarme. ¡Ah! En el perchero de la entrada hay un chubasquero de mi padre y también encontrarás sus botas.

Ciriaco se acercó a la ventana. La vio caminar sendero abajo y después girarse para saludarle con la mano. La suya permaneció pegada al cristal hasta que Sofie se perdió en la espesa niebla. Se sentó en el sofá y observó durante largo rato el dibujo de su mano en el cristal. Abstraído en mil pensamientos, las emociones se acercaban y alejaban como las olas del mar. Daba mil vueltas a lo que debía hacer y a cómo le gustaría que fuese su vida. Pensó en volver al monasterio, a su vida organizada y predecible, al mundo sin improvisaciones en el que imperan las estrategias para desenvolverse con habilidad y obtener el éxito. Pero también pensó que su vida podía ser diferente, que podía elegir, cambiar el rumbo, andar ese camino nuevo y desconocido.

Cuando volvió a mirar el cristal, la huella de la emoción se había borrado. Unos pajarillos paseaban por el alféizar de la ventana sin otra preocupación que la de vivir ese instante. Por un momento envidió ser y vivir como ellos.

Bajó por el camino por el que vio desaparecer a Sofie horas antes. La niebla todavía ocultaba el espeso bosque que había a ambos lados. En un claro surgió una explanada cubierta de un manto verde salpicado de flores silvestres de color rojizo. Al fondo, un cobertizo de madera convivía en armonía con el entorno. Sofie apareció ante sus ojos entre balas de paja, arrastrando una carretilla que, a juzgar por la curvatura de su cuerpo, debía pesar lo suyo. Ciriaco se detuvo y permaneció un largo rato observándola. Llevaba puesto el chubasquero amarillo y entonces se dio cuenta de que él iba vestido solo con la camiseta blanca, el pantalón corto de color azul y unas botas chirucas ensuciadas por el polvo y el barro del camino. Empezó a caer una fina lluvia y corrió hasta el granero. Allí estaba ella.

—No te has puesto el chubasquero ni las botas.

—Se me olvidó —contestó él.

—Bueno, aquí estamos a cubierto y no creo que dure mucho esta lluvia de verano.

Se sentaron en el suelo entre balas de paja. Sofie sacó del bolsillo un trozo de queso, lo partió en dos y le ofreció una parte. Durante unos momentos guardaron silencio. Él, observaba algunos caballos que pastaban a escasa distancia y ella, intentaba descubrir en qué pensamientos andaría metido. No tardó en preguntarle.

—¿Qué ronda por tu cabeza?

—¿Por mi cabeza? —respondió sorprendido Ciriaco.

—No, por la de las vacas.

—No sé…, todo esto… Estos últimos días han sido muy distintos —guardó silencio durante un instante, que se le hizo interminable, esperando que ella dijera algo, pero Sofie permaneció en silencio—. Hace unos días sabía a cada momento lo que debía hacer —prosiguió—, incluso podía anticipar lo que iba a suceder. Ahora no lo sé. Una voz en mi cabeza insiste en que regrese, que continúe con esa vida segura y predecible que conozco, pero otra me dice que me quede, que no deje pasar estos momentos.

—No me hables de voces —le interrumpió Sofie—, dime, tú qué quieres.

—Me gusta estar aquí…

Ella volvió a interrumpirle.

—No te he preguntado lo que te gusta, te he preguntado solo y simplemente qué es lo que quieres.

Ciriaco fijó sus pupilas en el hermoso azul de los ojos de Sofie, abrió ligeramente sus labios y dejó que su alma inundara aquel instante que cambiaría, sin darse cuenta, el rumbo de su vida.

—Quiero estar aquí —respondió. Quiero perderme en la noche, que la niebla me abrace y la lluvia cale hasta el tuétano de mis huesos. Quiero recorrer el camino que atraviesa el bosque y me trae hasta donde estoy ahora. Quiero volver una y otra vez a tu casa. Deseo volver a ver la silueta de tu cuerpo tras la camisa mientras cocinas, sentir el calor de tus manos sobre mis hombros. Quiero ver una y mil veces más cómo te acercas y cómo desapareces mientras finjo que duermo. Quiero estar contigo y sentir cómo mi cuerpo se estremece, aunque solo sea un instante entre tus alas.

Sofie escuchó un tanto sorprendida la perorata de Ciriaco. No la esperaba, y menos con esa mezcla de espontaneidad, sinceridad y dulzura. Sintió algo nuevo en su interior, diferente de otras declaraciones y de otros momentos. Ahora era ella la que debía responder y no localizaba las palabras en su cerebro emocionado. Sintió la lengua pasearse por sus labios durante unos segundos que se le hicieron interminables. Había perdido el control y se esforzaba en recuperarlo.

—Lo que me has dicho es muy bonito —dijo mientras refrenaba el impulso de lanzarse directamente a los labios de Ciriaco—. Ya no eres un niño. Puedes decir y hacer lo que quieras, como has hecho ahora.

—No creas que no me ha costado. Nunca me había encontrado en una situación como esta. No puedo quejarme de mi vida, pero envidio la tuya.

—Bueno —dijo ella—, no la envidies tanto, en mi vida ha habido y hay luces y sombras.

—No quiero volver a la vida de antes —dijo Ciriaco mientras recogía una de las briznas de paja esparcidas por el suelo y se la llevaba a la boca—. Me gustaría quedarme aquí.

—Yo tampoco quiero que te vayas. Me gusta tu compañía —respondió Sofie mientras se ponía en pie y salía del granero, evitando así saltar sobre él y revolcarse sobre la paja—. Espérame aquí, volveré dentro de una hora.

Ciriaco caminó por la hierba fresca y húmeda, enfundado en un suéter, probablemente del padre de Sofie, que había descolgado de un solitario clavo oxidado. Oyó el ruido de sus pies sobre la alfombra verde y el sonar del cencerro de las vacas que pastaban en el campo, ajenas a todo lo que sucedía a su alrededor. Oyó, en su interior, las voces de sus padres y la de su tío Juan. Le repetían, una y otra vez, *«queremos lo mejor para ti»*. Pero, ¿qué era lo mejor para él? Dudaba si la decisión de quedarse era la acertada, pero sabía que no podía continuar como si nada hubiese sucedido.

Atardecía cuando Sofie apareció tras el lomo de un pequeño montículo.

—Has tardado mucho.

—Lo he hecho expresamente. Necesitaba tener tiempo para pensar. ¿Tienes hambre?

—No, estoy bien —respondió Ciriaco, intentando prolongar esos instantes hasta el final de sus días.

—Regresemos a casa. Prepararé una buena cena.

Sofie le cogió la mano y se dirigió hacia el camino que atravesaba el bosque, y que los llevaría de vuelta a casa. Él, caminó en silencio, agarrado a aquella mano que no hubiera soltado ni, aunque le condujese al mismísimo infierno. Dejó que la mano le guiase y que le liberase de todas sus dudas. Supo que aquella noche no iba a regresar al monasterio y que tampoco iría a ningún otro sitio. Aquella noche deseaba estar allí y nada ni nadie hubiera podido impedírselo.

13

Un ruido insistente les despertó. Llamaban a la puerta y, al parecer, no iban a dejar de hacerlo hasta que se les atendiese. Sofie se levantó tranquila, sin sobresaltos. Se puso una bata y se dirigió por el pasillo hasta la entrada. Poco antes de salir de la habitación había hecho un gesto con la mano a Ciriaco, indicándole que se quedara.

—Enseguida vuelvo —dijo Sofie.

Desde la cama, Ciriaco oyó con claridad la conversación.

—Buenas noches, Sofie.

—Hola, Gerard.

—Hemos recibido en la gendarmería la visita del padre Legrand y nos ha informado de que uno de los jóvenes del monasterio lleva dos días sin aparecer ni dar señales de vida. Según dice, un hombre, al parecer por su descripción pensamos que podría ser tu padre, le acompañó el otro día hasta el monasterio y hemos pensado que quizás sepáis algo.

—Es muy importante que aparezca —interrumpió el padre Legrand.

—Pues no sé qué decirles —oyó responder a Sofie—. Quizás no quiere que le encuentren, o quizás esté interesado en otro tema que no es el que a su santidad le apetece.

—¡Señorita, es usted una insolente! —intervino el religioso.

Sofie no tuvo tiempo de responder. Ciriaco apareció a su espalda tapando su desnudez con una sábana.

—No hace falta que sigan buscando —dijo Ciriaco—. Ya me han encontrado.

Quedaron sorprendidos con la sorpresiva aparición. Los gendarmes, satisfechos porque daban el caso por resuelto y podrían volver a sus quehaceres habituales en la oficina. El padre Legrand porque no podía creer lo que estaba viendo, y menos tratándose de Ciriaco, *«¡La apuesta más firme y segura de la orden!»*.

—Siento comunicarle —intervino el gendarme Longin, compañero de Gerard—, que debe usted acompañarnos, dado que, según nos ha informado el padre Legrand, no alcanza usted la mayoría de edad.

—Lo siento, Sofie —dijo Gerard.

—Lo entiendo, Gerard, sé que no es cosa tuya, es el curilla de mierda el que nos estropea la noche.

Sofie buscó su mano entre la sábana y se encontró, sin intención, con el miembro de Ciriaco. Sorprendido, soltó la sábana que cayó lentamente al suelo, dejando su cuerpo completamente desnudo. La luna en cuarto menguante, la escasa luz del farolillo del porche, dos gendarmes, un cura y una joven en bata que agarraba por el miembro a un caballero configuraron una escena surrealista, más acorde con una película de Bergman que con la realidad habitual.

Sofie tapó su desnudez colocándose delante de Ciriaco y él, pasó con arte los brazos por encima de sus hombros y los bajó lentamente hasta encontrar sus manos a la altura del vientre. Acercó sus labios al oído de Sofie y le susurró un *«te quiero»*. Después la besó en el cuello. Por un instante volvió a notar cómo la gaviota le abrazaba con sus alas blancas.

Una lágrima resbaló por la mejilla de Sofie cuando los gendarmes se adelantaron y cogieron del brazo a Ciriaco, mientras le cubrían con la sábana.

—Lo sentimos, pero debe usted acompañarnos.

—Volveré —dijo Ciriaco mientras secaba la lágrima de su mejilla.

—Si así lo quieres, aquí estaré —respondió Sofie.

Vio cómo le subían al coche, y a Ciriaco bajar la ventanilla para decirle adiós, mientras el motor se ponía en marcha sin que el gendarme Gerard, que iba al volante, diera muestra de tener ninguna prisa. *«¡Que te jodan, fraile!»*, pensó el otro gendarme. Sofie esperó en el umbral de la puerta, mirando cómo se alejaban. Pudo seguir los destellos de las luces del coche durante un largo rato, incluso cuando se adentró entre la espesa niebla. Deseaba ver cómo se detenía y ver a Ciriaco aparecer corriendo desnudo hacia ella desde las entrañas del bosque. Pocos segundos después, los últimos destellos del vehículo desaparecieron en la noche.

El padre Legrand se apeó a la entrada del monasterio sin haber pronunciado una sola palabra, ni haber dirigido la más breve mirada a Ciriaco durante la media hora larga que duró el recorrido. Ciriaco se dispuso a bajar del coche y seguir al padre Legrand, pero este cerró la puerta en sus narices. Uno de los gendarmes se giró hacia el asiento de atrás, donde se encontraba, y le dijo:

—Tú, vienes con nosotros. No te preocupes, ya sabes, cuestión de papeles rutinarios.

La opción de no tener que enfrentarse aquella noche al padre Legrand, y probablemente a media congregación, le pareció a Ciriaco la mejor opción. Además, ¿para qué iban a servir las pláticas y advertencias si no pensaba mostrar ninguna clase de arrepentimiento? *«Lo mejor —pensó— es seguir sentado en el coche y que sean los gendarmes quienes decidan mi destino».*

—¿Vas a portarte bien, chaval? —preguntó uno de los agentes.

—Desde luego. No tienen por qué perder el tiempo conmigo. Les agradecería que me dejaran donde me han recogido —respondió Ciriaco.

—Mejor será que mi compañero pase atrás contigo —dijo mientras hacía una señal con la cabeza al otro agente—. No podemos dejarte allí, eres menor de edad y tendríamos que volver a buscarte tarde o temprano. Además, el padre Legrand se ha puesto en contacto con tu familia y mañana, tengo entendido, que un tío tuyo vendrá desde Barcelona a recogerte. Esta noche nos harás compañía en la gendarmería, vamos, si no tienes inconveniente.

En pocos segundos habían aclarado a Ciriaco sus dudas. Ahora sabía lo que iba y lo que no iba a suceder aquella noche y al día siguiente. Su alegría, por volver a ver a su tío Juan, se transformó al instante en una profunda tristeza que le arrugaba el alma. Se acurrucó en el asiento y apoyó su frente en la ventanilla. Notó la humedad y la frialdad del vidrio mientras su mirada perdida iba dejando atrás los árboles, el bosque y la niebla que parecía haberse instalado en aquellos lugares de manera permanente. *«Imaginó a Sofie caminando a través de ella. Vestía el chubasquero amarillo y las botas de color verde vejiga. Le miraba y sonreía con una dulzura exquisita. Ciriaco colocó la mano abierta sobre el húmedo cristal con la intención de tocarla por última vez».* Cuando la retiró, Sofie ya no estaba. Sintió un enorme vacío en su interior y dudó de que en algún momento pudiese volver a llenarse.

El doctor Armengol, tío Juan, entró por la puerta de la gendarmería a media tarde del día siguiente. Por la expresión de su rostro, Ciriaco supo que su tío debía de estar al corriente de lo sucedido. Se acercó y le estrechó entre sus brazos, al tiempo que le susurraba al oído *«Te quiero, Ciriaco, y tus padres también»*. Una lágrima, tan dulce y tierna como la de Sofie, resbaló por su mejilla hasta perderse en la comisura de sus labios.

Mientras el doctor Armengol leía y firmaba unos papeles que le había entregado el agente Gerard, Ciriaco se vistió con la ropa que le había traído su tío. Se calzó los zapatos y salieron a la calle. Empezaba a anochecer. Una brisa suave los acompañó calle abajo hasta el aparcamiento.

—Subamos al coche y marchémonos de aquí —dijo su tío—. Buscaremos un sitio para cenar y dormir y, mañana por la mañana, tranquilamente, regresamos a Barcelona.

—Gracias por venir a buscarme.

—Bueno, la verdad es que estaba deseando volver a verte.

—Lo siento, no era mi intención causar problemas.

—¡Ojalá todos los problemas fueran como este! Además, si quieres que te sea sincero, hace meses que no estoy tranquilo por cómo han ido evolucionando las cosas. Pienso que la decisión de llevarte a ese colegio fue acertada en su momento. Lo que has aprendido durante todos estos años es importante, pero ahora…, a la edad que tienes, no me gustaba cómo estaban planificando tu futuro. Creo que todo el mundo debe tener la oportunidad de elegir.

Ciriaco le escuchaba atentamente sin acabar de entender a lo que se estaba refiriendo su tío. Se mantuvo en silencio esperando que ampliara su explicación.

—La cuestión es que el padre Matías me ha citado un par de veces este año. Nada que ver con tus estudios, tus calificaciones hablan por sí solas. El tema que me preocupaba era el interés, desde mi punto de vista desmesurado, del padre Matías por ti y sus proyectos respecto a tu futuro. Está convencido de que la Orden se ocupará de ti y de que tu carrera, en el seno de la Iglesia, será muy prometedora.

—¿Quiere que sea cura? —interrumpió Ciriaco.

—Por sus comentarios y su insistencia no me cabe la menor duda.

—¡Cura…!, ni se me había pasado por la cabeza. No es que tenga nada en contra, pero hay algunas cosas que no me convencen en absoluto.

Ciriaco guardó silencio mientras afloraban en su pensamiento las visitas al despacho del padre tutor y las caricias que, en aquel momento, interpretó como muestras de aprecio.

—Bueno —interrumpió el doctor Armengol—, creo que los últimos acontecimientos les habrán hecho cambiar de opinión, ¿no crees?

Ciriaco guardó silencio mientras contemplaba por la ventanilla del coche, absorto en mil pensamientos, las últimas casas que se alineaban a ambos lados de la carretera y que le hizo suponer que estaban abandonando Chateau Neuf du Pape. Los rótulos indicaban la proximidad del acceso a la carretera nacional. A tan solo mil metros, se encontraba el desvío de la carretera regional que les conduciría a ella. Quinientos metros y empezaría a estar lejos, muy lejos, exageradamente lejos.

—Tío Juan, ¿puedes parar un momento? —le pidió Ciriaco con un tono que el doctor Armengol interpretó como una orden.

—Desde luego —respondió mientras reducía la velocidad, ponía el intermitente y detenía el coche en la cuneta.

Apagó el motor y encendió un cigarrillo, preguntándose qué iba a suceder después. Observó disimuladamente a Ciriaco mientras expulsaba la primera bocanada de humo. Le pareció inquieto, triste, como si algo terrible fuese a suceder.

—Tío, Juan —dijo Ciriaco.

—Sí, dime.

—¿Puedo pedirte algo?

—Claro, dime —respondió con aire de preocupación el doctor Armengol.

—Llévame a casa de Sofie. Me gustaría despedirme de ella.

El doctor Armengol notó que la tensión disminuía tanto en Ciriaco como en él.

—No sé si es buena idea. No es que no quiera, pero la vida, Ciriaco, es complicada… y a veces es mejor…

—Por favor, tío, es importante para mí.

El coche se detuvo a escasa distancia de la casa. El doctor Armengol paró el motor mientras observaba la luz que les llegaba a través de las ventanas, iluminando el corto camino que se dirigía hasta la puerta de entrada. Llamó al timbre mientras Ciriaco, a su lado, se preguntaba con exigencia qué iba a decir, qué iba a hacer.

Abrió la puerta el padre de Sofie, ataviado con su bata de cuadros rojos y negros. Les observó durante unos instantes y luego con voz resuelta dijo:

—Pasad. Estamos a punto de cenar y vuestra compañía hará más agradable la velada.

—Gracias, soy Juan Armengol y mi sobrino…

—Sí, conozco a su sobrino. Bueno, pasad, pasad.

El doctor Armengol se sintió cómodo con el tono amable de sus palabras. Agarró a Ciriaco del brazo y entraron en la casa. Sofie aguardaba sentada en la misma mesa en la que el día anterior había cenado con él. Los pocos minutos de conversación que transcurrieron en el porche de entrada le habían permitido evaluar la situación y adoptar una actitud indefinida, de espera.

—Esta es mi hija Sofie —dijo mientras apoyaba las manos sobre sus hombros, impidiendo que se levantase e hiciese un gesto demasiado afectuoso—. Yo soy Pierre.

—Hola, Sofie —dijo el doctor mientras le extendía su mano—, soy Juan Armengol, tío de Ciriaco.

Sofie, liberada de las manos de su padre, se levantó y estrechó la mano de Juan. Después, sin dejar pasar un instante, se acercó a Ciriaco y le abrazó con fuerza mientras le susurraba al oído: *«A ti ya te conozco».*

Ciriaco quedó paralizado, inmovilizado, sin ocurrírsele nada qué hacer o qué decir. Sin embargo, la naturalidad con la que habían obrado todos le tranquilizó e impidió que un color rosado, que había aparecido en su rostro, se transformara en un rojo escarlata excesivamente llamativo.

—Bueno, sentaos —dijo Pierre—, Sofie pondrá un par de platos más y compartiremos la cena que ha preparado. ¿Te apetece un poco de vino, Juan?

—Desde luego. Gracias.

—Bueno, chaval —dijo Pierre mientras llenaba las copas de vino—, menudo lío que ha montado ese fraile metomentodo. Me llamaron de la gendarmería a Lyon y regresé esta tarde.

—Lo siento —dijo Ciriaco.

—No te preocupes, chaval, de todas maneras, quería volver. Tenía ganas de ver a Sofie y de ocuparme de la granja. Por lo demás, ya me ha puesto al corriente de lo sucedido y, si me permites, te diré que me empiezas a parecer un tío normal. ¡Ah!, y lo de recibir al reverendo padre desnudo demuestra que tienes un par de pelotas bien puestas.

—Bueno… no… se me cayó…

—Vale, vale, no entremos en detalles, para el caso da lo mismo. ¿No te parece, Juan?

El doctor Armengol miró a Ciriaco sorprendido y este le devolvió la mirada acompañada de una leve sonrisa, buscando su comprensión.

—Para ser franco —intervino Juan—, no sé qué decirte, Pierre. Todo esto me ha cogido de sorpresa. Desde luego, el tono de tus palabras me tranquiliza. Lo cierto es que los frailes no se esfuerzan lo más mínimo en entender estas cosas que, como bien dices, son naturales…

Sofie hizo un gesto a Ciriaco, invitándole a abandonar la distendida y amistosa conversación en la que parecían estar sumidos su padre y Juan. Se levantó de la mesa y Ciriaco la siguió hasta el porche de la entrada. Juan y Pierre continuaban hablando, pero el volumen había ido disminuyendo a medida que se alejaban de la cocina. Fuera, en el porche, ya no se les oía.

—¡Uf!, qué alivio, no pensaba que todo fuera a trascurrir de esta manera —dijo Ciriaco mientras se sentaba en uno de los escalones—. Tenía muchas ganas de verte y no pensé en cómo se sentiría mi tío, ni tampoco en la posibilidad de que tu padre estuviese en casa.

Sofie se sentó a su lado con la misma tranquilidad que le había mostrado desde que le vio por primera vez. Pasó su mano por el brazo que Ciriaco apoyaba en su rodilla y reclinó la cabeza en su hombro.

—¿Por qué debería ser diferente? —interrumpió Sofie—. No ha pasado nada que no quisiéramos y el cabreo de los curas es cosa de ellos. Me imagino que para ellos la cosa no acaba aquí, ¡quién sabe hasta dónde querrán llegar!

—Tienes razón —dijo Ciriaco—, solo ellos han reaccionado agresivamente y me temo, como dices, que esta historia va a continuar en Barcelona. Lo que no entiendo, es el porqué de ese rechazo tan tajante.

—Probablemente —interrumpió Sofie—, no nos volvamos a ver. Es difícil que cambien nuestras vidas tan rápida y bruscamente. Tu tío me parece una persona muy comprensiva y me imagino que también lo serán tus padres. El mío es una gran persona, aunque la gente, que no le conoce bien, piensa que es brusco y poco sociable.

—Estoy seguro de que volveremos a vernos —dijo Ciriaco—. Bueno, si tú quieres. Sé que solo han sido unas horas, pero han sido unas horas maravillosas, probablemente las que he vivido con mayor intensidad, las más felices de mi vida. No sé qué va a pasar, pero te prometo que volveremos a estar juntos.

—Ojalá tengas razón. Y, si no es así —continuó Sofie mientras apretaba su cuerpo contra el de Ciriaco—, siempre nos quedará el recuerdo de los ratos que pasamos juntos y de esta hermosa noche. ¡Quién sabe qué sucederá mañana!

Ciriaco acercó la mano de Sofie a sus labios y la besó con dulzura.

Llegaron a Barcelona al día siguiente, después de pasar la noche en un hotel de un área de servicio próxima a la frontera. El doctor Armengol dejó que el silenció los acompañara durante el viaje y que las lágrimas de Ciriaco descendieran por sus mejillas sin que este hiciese ningún gesto por disimularlas. Él conocía también ese dolor que brotaba de lo más hondo del alma, y también sabía que no había medicina que pudiese atenuarlo. Lo único que podía hacer en aquellos momentos era entenderlo, sufrirlo con él y esperar que la vida le deparase en el futuro nuevas alegrías que aliviasen, lo antes posible, la enorme pesadumbre que sentía en esos momentos.

14

A la calle Caspe llegaron las noticias antes de que el doctor Armengol y Ciriaco iniciasen su viaje de regreso a Barcelona. El padre Matías fue informado sobre todo lo sucedido, por escrito y con detalle, por el prior del monasterio Chateau Neuf du Pape. Después de golpear la mesa con fuerza, se levantó encolerizado y deambuló por el despacho, pronunciando toda serie de improperios. Momentos más tarde, todavía preso de su furia, se sentó ante la mesa, cogió pluma y papel y escribió la siguiente nota dirigida a la secretaría del colegio:

> *Reverendo padre, secretario:*
>
> *Debido a una falta de extrema gravedad cometida por el alumno Ciriaco Blanco Vinuesa, le apremio a que redacte un informe que concluya con la expulsión definitiva del mencionado alumno del colegio. El padre Basols le pondrá al corriente de los detalles. Le ruego, lo tramite con carácter de urgencia y se encargue usted de informar personalmente al doctor Armengol y a los padres del alumno.*

Releyó un par de veces lo escrito. Dobló la nota y la introdujo en un sobre que dejó con desprecio sobre la mesa. Se levantó y caminó hasta la repleta estantería de libros. Apoyó la cabeza sobre el lomo de piel de un grueso volumen del Nuevo Testamento y permaneció inmóvil, mientras una lágrima cargada de odio se estrelló contra el suelo de parqué, rompiéndose en mil partículas. Después, se acercó a la mesa, descolgó el teléfono y marcó con rabia y brusquedad cada uno de los números de la comisaría de la Vía Layetana.

—¿El inspector Márquez, por favor?

—Sí, un momento, no se retire.

—¿De parte de quién? —preguntó segundos después la misma voz.

—Soy el padre Matías.

Al instante escuchó por el auricular la voz del inspector Márquez.

—Buenos días, padre.

—Buenos días, inspector. Hay un asunto urgente que quisiera tratar con usted y le agradecería que se pasase por mi despacho esta tarde, si le es posible.

El tono de voz y la breve y seca solicitud del padre Matías no dejó al inspector Márquez ninguna otra salida.

—Desde luego —contestó el inspector—, ¿le parece bien sobre las cinco?

—Sí, a esa hora me va bien. ¡Ah!, por favor, venga usted solo.

—Lo que usted diga, padre. ¿Puedo ayudarle hasta entonces en algo?

—No, no, hablaremos después.

El inspector Márquez mantuvo el teléfono entre las manos, después de cortarse la comunicación, como si algo más de información fuese a llegarle a través de la línea enmudecida. *«¿Qué querrá el padre Matías?»*, se preguntó mientras se levantaba del escritorio y se dirigía a la ventana. Observó distraídamente los coches que circulaban en ambos sentidos por la Vía Layetana mientras recordaba los diferentes encuentros que había tenido con el padre jesuita. Siempre se trataba de un favor especial, algo que el inspector debería de hacer para solucionarle algún problema.

A las cinco de la tarde, en punto, el inspector Márquez se sentaba ante la mesa de madera de roble, de estilo renacentista, que el padre Matías tenía en su despacho. Vestía un traje gris oscuro, una corbata azul de Prusia, sujetada a la camisa blanca por un pasador de oro, y el ojal de la solapa sujetaba la insignia del cuerpo de policía. Tenía cuarenta y tres años, los mismos que el padre Matías, aunque aparentaba algunos más.

El inspector era de estatura mediana, delgado, fortachón, con una expresión fría y dura en el rostro que imponía respeto, casi miedo, tanto a sus subordinados como a los que tenían la desdicha de caer en sus manos tras cometer algún delito. Tenía fama en la comisaría de despiadado, insensible, duro, inclemente, casi inhumano. Este combinado físico-psicológico le permitía campar a sus anchas dentro y fuera de las dependencias policiales y dar pocas explicaciones a sus superiores.

El inspector Márquez había nacido en Burgos. Creció y se educó en el seno de una familia de militares de los que se sienten bien bajo el paraguas de una dictadura. Su padre, el capitán de infantería Alfonso Márquez, había participado activamente en el frente del Pirineo Catalán bloqueando las fuentes de energía que, desde el Pallars Sobirà, posibilitaban la actividad industrial de media Cataluña. En colaboración con el coronel Antonio Sagardía había llevado a cabo, durante los últimos años de la contienda y en el largo periodo de la posguerra, una brutal represión sobre la población civil. Su objetivo era controlar las redes de evasión y reducir al máximo las incursiones que los maquis realizaban desde el Valle de Arán y desde los Pirineos franceses. El objetivo era evitar que el frente republicano se recuperase y pudiese poner en dificultades al nuevo régimen instaurado por el dictador Francisco Franco.

El inspector Márquez había sido recomendado por su padre, el también temible capitán Márquez, para ocupar una plaza vacante en la comisaría de Barcelona. Su tarea principal había consistido, durante los años de la posguerra, en localizar y detener a los que habían colaborado activamente en el régimen anterior y a los disidentes que, desde diferentes rincones de la ciudad, animaban al levantamiento con sus panfletos subversivos. Sus primeras actuaciones fueron altamente satisfactorias para las autoridades político-militares. En tan solo unos meses llenó las cárceles de delincuentes políticos, muchos de ellos delatados por conocidos y compañeros a los que el inspector doblegaba con sus refinados y precisos instrumentos de tortura. Entretanto delincuente, era normal que el inspector cometiese errores y también que aprovechase la situación para hacer favores especiales. A algunas personas la desaparición de un vecino iba a procurarles una paz infinita, un gran sosiego, y, en la mayoría de los casos, un incremento del patrimonio. El inspector Márquez era un hombre sin conciencia, un verdugo, un brutal ejecutor.

El padre Matías Bofill, jesuita y prefecto de la institución educativa de élite que la orden tenía en la calle Caspe, parecía más joven que el inspector, aunque tuviesen la misma edad. Las facciones redondeadas de su rostro y el exceso de peso, evidencias de una vida relajada y de buena alimentación. Le daban un aire de cura bonachón, similar al que tienen los curas de esos pequeños pueblos en los que los servicios religiosos se remuneraban con gallinas, conejos, meriendas o favores carnales, invariablemente acompañados por alguna botella de vino de esas que se guardan en la bodega para ocasiones especiales. Llevaba siempre un pañuelo en la mano con el que secaba las gotas de sudor de su amplia frente y de sus grandes, redondeadas y humedecidas manos. Era el único hijo de una familia acaudalada de Barcelona que había incrementado, aún más, su fortuna con el desarrollo de la industria textil. Las fábricas de Sabadell y Tarrasa distribuían piezas por todo el país y exportaban género a varios países europeos y del continente americano. Durante la guerra civil, la familia se vio obligada a cerrar sus fábricas y a emigrar a Francia. Se instalaron en la localidad de Orange, en casa de unos clientes y a suficiente distancia de la guerra para que esta les afectase en algo. Fueron una de las primeras familias acomodadas en regresar a España cuando la situación estuvo controlada y el régimen garantizaba tanto la seguridad como la devolución de los bienes incautados.

Cuando se inició la guerra fratricida, el padre Matías había cumplido diecinueve años. Había acabado sus estudios, en el mismo colegio en el que hoy era prefecto, y comenzado la licenciatura en ingeniería industrial en la Universidad de Barcelona. Era el orgullo de sus padres, y todas las personas conocidas auguraban un futuro prometedor tanto para el joven heredero como para las empresas de la familia. Pero Marc Bofill, nombre de pila hasta que ingresó en la Orden, no sentía la más mínima motivación por el sector y la actividad industrial. Tampoco se veía, en un futuro próximo o lejano, asumiendo algún tipo de responsabilidad en la empresa familiar.

Sus ensoñaciones eran de otro orden y estas cogieron cuerpo durante su estancia con la familia en la localidad de Orange. El paréntesis obligado en la carrera universitaria empezada en Barcelona le acercó, casualmente, a los estudios que sobre teología se impartían en la universidad de la ciudad laica de Orange, aunque con grandes reminiscencias religiosas. Al finalizar la guerra civil y tras regresar a España, el padre Matías, en contra de los intereses familiares, ingresó en la Orden de los Jesuitas y su entusiasmo y fervor eran tan grandes que sus padres no tuvieron más remedio que aceptar lo que, según él, eran los designios del Señor.

15

El bedel acompañó al inspector Márquez por un largo y oscuro pasillo hasta el despacho que el padre prefecto tenía en la planta baja. Las paredes, forradas hasta media altura de madera color nogal, quedaban protegidas de los roces que año tras año producían los niños en su ir y venir de las aulas. De la otra mitad, pintada de un blanco inmaculado, pendían cuadros con las orlas de las numerosas promociones de estudiantes que habían finalizado sus estudios con éxito en tan prestigioso colegio. El inspector Márquez se preguntó al pasar cuántos de estos chicos habrían logrado alcanzar el éxito. Cuántos de los estudiantes, coronados con el birrete y abrazados por la toga, se habrían convertido en prestigiosos arquitectos, médicos, ingenieros, diplomáticos, obispos, jueces, abogados…, todas las profesiones imaginables, excepto la suya. No se imaginó, ni tan solo por un instante, verse compartiendo orla con aquellos afortunados jovenzuelos. *«¿Qué sabrán estos mequetrefes de la vida?* —pensó mientras los observaba—. *Si no fuese porque hay alguien detrás, protegiendo sus espaldas, no hubiesen conseguido nada. Son lo que son y hacen lo que hacen gracias a personas como yo. ¡Una estatua de bronce en cada plaza es lo que nos merecemos!, ¡qué digo de una estatua en cada plaza, una estatua en el altar mayor de todas las iglesias de este puto país de mierda!».*

El bedel golpeó con los nudillos por dos veces la puerta y a los pocos segundos oyeron la voz del padre Matías invitándoles a entrar.

—Está bien, padre Anselmo, ya se puede ir. ¡Ah!, por favor, no me pase ninguna llamada ni visita hasta que le avise.

El inspector Márquez permaneció de pie junto a la puerta, con las manos en los bolsillos del pantalón y expresión seria, hasta que el anciano y encorvado padre Anselmo abandonó el despacho. El padre Matías cogió con su gruesa mano el brazo del inspector y le condujo hasta el escritorio, situado junto a un gran ventanal de cristales velados, a través de los cuales se insinuaba una gruesa verja de hierro.

—¿Cómo va el trabajo, inspector? —preguntó el padre Matías, sin el más mínimo interés en saber la respuesta, mientras caminaba hacia la mesa.

—Bien, padre, no puedo quejarme —respondió el inspector a sabiendas de que el sacerdote no le había llamado precisamente para hablar de en qué ocupaba su tiempo.

—Me alegro, inspector.

—¿En qué puedo servirle? —interrumpió el inspector evitando de esta manera que continuase una conversación de cortesía que no conducía a ninguna parte.

—Verá, se trata de un asunto delicado y usted es la única persona en la que puedo confiar. No quiero que se sienta obligado y ya sabe que si no fuese imprescindible, no le hubiera llamado.

—Estoy convencido de eso —interrumpió el inspector mientras pensaba: *«las deudas tarde o temprano se pagan»*.

—No puedo olvidar la discreción y la reserva que le caracterizan y que ha mantenido usted en otras ocasiones.

—Gracias, padre, es mi deber. Nunca olvidaré que gracias a usted sigo siendo hoy inspector jefe y, también, que gracias a usted cuento con el respeto y apoyo de mis superiores.

—No me dé las gracias, inspector, ambos nos debemos favores. Dios nos hizo buenos, pero vivimos en un mundo complejo que moldea la naturaleza humana a su antojo. El pecado nos condena, pero el arrepentimiento y la penitencia nos hacen libres, hasta que volvemos a pecar. El pecado forma parte de la condición humana y el Señor quiere que carguemos con esa cruz.

El inspector mantuvo un silencio respetuoso escuchando cómo el padre Matías jugaba con las palabras, dotándolas de un poder capaz de poner en orden cualquier problema del universo.

—Pues bien, inspector Márquez, unos acontecimientos recientes, de extrema gravedad, me han forzado a tomar una decisión desagradable pero absolutamente necesaria. No era mi deseo, pero he tenido que firmar la orden de expulsión de uno de los alumnos del colegio.

—¿Y? —intervino el inspector con la intención de invitar al padre Matías a entrar en el meollo de la cuestión.

—Se trata de Ciriaco Blanco Vinuesa —prosiguió el reverendo—. Como usted sabe, admití a este alumno, a pesar de la mala reputación de sus padres, atendiendo a la petición del doctor Armengol, un excelente médico y cirujano que perdió a su mujer durante la guerra, de una manera que podríamos calificar de lamentable.

—Sí, lo recuerdo.

—Usted llevó este desafortunado asunto de manera muy inteligente y discreta. Gracias a ello, los hechos no trascendieron más allá del ámbito estrictamente familiar. El doctor Armengol, sin duda afectado por los acontecimientos, colaboró con su silencio, y el desliz del párroco de la iglesia de la Concepción no llegó a instancias más altas.

—No me lo recuerde, padre —interrumpió el inspector Márquez—, fueron hechos desagradables que uno prefiere olvidar. Entiendo que se sienta usted agradecido y en deuda con el doctor.

—Bueno, el caso es que el alumno que me he visto obligado a expulsar no merecía, ni él ni sus padres, la atención de nuestra institución.

—Desde luego, reverendo padre —interrumpió el inspector—, de no ser porque el chico estaba en el colegio y bajo su protección hubiera intervenido con mayor contundencia contra sus padres, personajes de escasa moralidad y deplorables costumbres, que no dejan de crearme problemas.

—Permítame que continúe, inspector.

—Disculpe, padre…, siga, siga.

—La cuestión es que, a raíz de la expulsión del muchacho, he recibido una serie de llamadas telefónicas, todas ellas de la misma persona y con el mismo mensaje, en la que literalmente me decía: *«Tus días están contados. Morirás cuando menos te lo esperes»*. Después se interrumpe la comunicación. La verdad es que en un principio no di demasiada importancia a esas llamadas, pero ayer por la tarde, estando en el confesionario, se me acercó un hombre de estatura mediana y complexión fuerte y nada más arrodillarse me dijo, después de proferir graves insultos: *«No estará usted a salvo ni siquiera en el confesionario»*. Antes de levantarse y de abandonar el recinto, me mostró, tras la rejilla, la hoja brillante y afilada de una navaja de dimensiones considerables. Como puede ver, inspector, el asunto parece grave y el hombre en cuestión no se ha preocupado ni siquiera en ocultar su identidad.

—¿Le dijo quién era? —interrumpió sorprendido el inspector Márquez.

—Sí, inspector. Es Paco Blanco, el padre de Ciriaco. Me ha amenazado de muerte y, por su actitud, no tengo ninguna duda de que lo intentará en cualquier otro momento. Ahora entenderá, inspector, por qué le he llamado. De no ser porque temo que este hombre cometa una barbaridad, no le hubiera molestado.

—No, padre, ha hecho usted lo correcto. Le diré, modestamente, que se ha dirigido usted a la persona indicada para resolver este asunto.

—No me cabe la menor duda —interrumpió el padre Matías.

—Hace años —prosiguió el inspector— que me muevo por el distrito en el que vive y se mueve el presunto autor de las llamadas y amenazas. Conozco bien a todas y cada una de las cucarachas que merodean esas pestilentes calles, perdóneme por la expresión, pero no se merecen otra denominación, y del personajillo que hablamos conozco todos y cada uno de sus movimientos. Si no fuese porque mi prioridad en estos tiempos son los delincuentes políticos, los tendría a todos bajo llave. Dispongo de numerosos informes elaborados por mis subordinados que me permitirán dar a este asunto, en el momento que lo crea oportuno, prioridad absoluta. Confidencialmente, le diré, y le ruego que entienda mis palabras, que el delincuente en cuestión ha pasado a mi lista negra en este mismísimo instante.

16

Durante los meses siguientes, el inspector Márquez anduvo al acoso y derribo de la familia Blanco Vinuesa. No había semana que Paco o Lola no pasasen por la comisaría de Vía Layetana, la mayoría de las veces, esposados y acusados de todo tipo de delitos menores. Casi nunca eran los autores de los quebrantamientos que motivaban su detención, pero esa cuestión al inspector le traía sin cuidado. Eran detenciones e interrogatorios cortos a los que el inspector Márquez no dedicaba más de un par de horas. Luego les dejaba ir advirtiéndoles que un día se iba a acabar su paciencia. Lola y Paco no tomaban en serio estas actuaciones del cuerpo de policía, pensaban que eran procedimientos rutinarios y que para ellos solo eran molestias soportables propias del oficio.

A Paco le molestaba que las detenciones se produjesen en las horas punta, es decir, cuando las aglomeraciones en los transportes públicos le brindaban la oportunidad de hacerse, sin demasiado esfuerzo, con los honorarios del día. A Lola, la presencia de agentes de policía a la puerta de su casa o merodeando por el barrio le hacía perder clientes y, como consecuencia de ello, también mermaban sus ingresos. Si no hubiera sido por la solidaridad de las compañeras del gremio y porque el doctor Armengol cubría parte de los gastos corrientes de la familia, les hubiera sido difícil mantener el ritmo de vida que llevaban, sobre todo a partir de la llegada de Ciriaco.

Ciriaco, ajeno a lo que sucedía en casa y después de la expulsión de los jesuitas, se pasaba todo el día deambulando por el barrio. Pronto aprendió que había otras formas de pensar y de vivir, y que lo que había aprendido con los jesuitas aquí no le era de ninguna utilidad. Los primeros meses fueron realmente muy duros y no estaba preparado para enfrentarse a un mundo en el que la moral y las buenas costumbres no son moneda de cambio absolutamente para nada. De no ser por su estatura y su constitución atlética, en más de una pelea hubiera salido trasquilado. Su mayor envergadura física, su sangre fría, su inteligencia y su valentía le convirtieron, en poco tiempo, en el líder del barrio del Raval. No había altercado en el que no se encontrase él, ni acción delictiva que no hubiese recibido previamente su consentimiento.

Sus responsabilidades con el grupo y las innumerables aventuras con las jovencitas, que pululaban a su alrededor, le habían ayudado a superar la distancia que le separaba de Sofie. Durante las primeras semanas, desde que llegó a Barcelona acompañado de su tío Juan, su insistencia en volver a Francia había sido objeto de continuas discusiones. En aquellos momentos no se sentía ni tan seguro, ni tan valiente, ni tan independiente como ahora, y esas carencias hicieron que poco a poco Sofie, a la que escribía con regularidad, fuese entrando a formar parte de un pasado que, como el de su niñez, le gustaba recordar con frecuencia. Pensaba, y así se lo había hecho saber a sus padres y a su tío Juan, que más tarde o más temprano volvería a buscar a Sofie, porque nada ni nadie podría suplantarla. Durante todos esos años había tenido la suerte de conocer dos mundos distintos: el de los ricos y el de los que tienen que buscarse la vida en cada minuto, porque la vida ni los busca ni les regala nada.

El segundo mundo era el suyo. Siempre lo había sido, aunque durante algunos años hubiese andado comiendo en la mesa del otro. Durante estos años había conocido y asumido muchas cosas y situaciones. Su madre no era una dama de la clase alta, sino una prostituta que gozaba del respeto y el aprecio de todos los vecinos del barrio. Su padre era un chulo que combinaba la protección a su madre con el arriesgado y laborioso arte de robar carteras a aquellos que, por el simple hecho de presumir, las llenan de billetes. A su tío Juan le tenía un afecto especial, no solo porque amaba a su madre y quería a su padre, sino también porque era una persona en la que podía confiar al cien por cien, y porque sus consejos siempre le permitían decidir con libertad.

—Tío Juan.

—Dime, Ciriaco.

—Esto no puede seguir así. A mi padre no le dejan en paz. No hay semana que no le detengan, y a mamá le están haciendo la vida imposible. No entiendo qué está pasando ni por qué.

—Tienes razón, Ciriaco —dijo el doctor Armengol—. No sé cómo ni cuándo va a terminar este acoso. Lo que sí sé, y creo que no ando equivocado, es lo que pretenden y el porqué, y la verdad es que no creo que la situación vaya a cambiar, por lo menos a corto plazo.

—Si sabes algo, tío —interrumpió Ciriaco—, tienes que decírmelo, ya soy mayor y no puedo quedarme de brazos cruzados.

—Está bien, Ciriaco. Te has hecho un hombre demasiado rápido y tienes derecho a saber lo que, si no me equivoco, ha motivado el cambio en nuestras vidas. Si me prometes que no harás nada sin hablar antes conmigo, te contaré algo.

—Estoy de acuerdo, tío —respondió Ciriaco.

—Pues bien —prosiguió su tío Juan—, tengo una buena amistad con el padre Anselmo, ¿te acuerdas?, el portero del colegio.

—Sí, me acuerdo —confirmó Ciriaco.

—Durante algunos años estuve tratando a su madre en mi consulta, la operé en el Hospital Clínico y conseguí solucionar un problema grave que tenía. El padre Anselmo, que quería a su madre con locura, comenzó a visitarme con cierta frecuencia, y la verdad es que a mí también me agradaba que viniese y conversar con él de tanto en tanto.

—Sí —interrumpió Ciriaco—, recuerdo que me trataba con mucha amabilidad.

—Déjame que siga —dijo el doctor Armengol—. Hace unas semanas, el padre Anselmo vino a verme a casa. Me apetecía caminar. Mientras dábamos un paseo por las estrechas calles del barrio gótico, le comenté mi preocupación por todo lo que estaba sucediendo con Paco y Lola, y sobre la presión permanente del inspector Márquez. El padre Anselmo me escuchó con mucha atención durante todo el paseo. Al regresar a casa, le invité a que subiera a tomarse un café. Guardaba silencio con expresión apesadumbrada, hasta que después de un buen rato me dijo:

«Amigo Armengol, no sé si debería contarte esto, pero la amistad sincera que nos une no me permite guardar silencio. Hace unos meses —prosiguió el padre Anselmo—,cuando expulsaron a Ciriaco del colegio, ¿recuerdas?, se presentó el inspector Márquez y me dijo que tenía visita con el padre Matías. No lo he olvidado porque me sorprendió la presencia de un inspector de policía en el colegio, y más aún teniendo en cuenta que no se había producido ningún hecho que requiriera

su presencia. Le acompañé hasta el despacho del padre Matías y no se marchó hasta última hora de la tarde, justo cuando estaba a punto de cerrar la puerta de entrada. El padre Matías le acompañó hasta la salida y recuerdo que le dijo que le mantuviese informado. Al cerrar la puerta, le pregunté al padre Matías, al que vi un tanto acalorado, si pasaba algo. Ni me contestó. A partir de entonces fueron frecuentes las llamadas telefónicas del inspector Márquez.

Como la centralita está en la recepción, yo las recibía y se las pasaba al padre Matías. En cierta ocasión, al pasarle la llamada, olvidé desconectar la clavija de mis auriculares y escuché, poco antes de desconectarla, que el padre Matías le decía al inspector que debía intensificar la presión. Estuve reflexionando mucho sobre el tema —continuó el padre Anselmo— y llegué a la conclusión de que el motivo de tal presión estaba relacionado con la expulsión de Ciriaco.

El padre Anselmo dejó de hablar mientras fijaba su mirada en el suelo. El doctor Armengol guardó silencio mientras intentaba recordar aquellos momentos y hechos que condujeron a la expulsión de Ciriaco. Después de un largo rato miró al padre Anselmo, que aún mantenía la mirada clavada al suelo, y le dijo: Padre Anselmo, no lo entiendo. No entiendo por qué el comportamiento de Ciriaco, y menos aún tratándose de un joven, puede dar lugar a una persecución tan insistente contra sus padres. No veo qué relación puede tener una cosa con la otra.

—Amigo Armengol, lo que voy a contarle le sorprenderá, y espero que la amistad que nos une sirva para que usted guarde secreto sobre todo esto.

—Cuente con ello —respondió el doctor Armengol.

—*Tengo sesenta y dos años, y la mayoría de ellos los he pasado entre curas y en este colegio. He visto de todo, hermanos con una fuerte vocación religiosa y otros que deberían haber salido de la orden cuando perdieron su fe, o cambiaron el modelo de vida que debe caracterizar a un religioso. El padre Matías pertenece a este segundo grupo.*

—*¿Ha perdido su vocación religiosa?* —*interrumpió el doctor Armengol.*

—*No sé si la ha perdido o nunca la ha tenido. Según me contó el padre Tomás, que Dios le tenga en su gloria, el padre Matías tuvo una infancia complicada, no por carencias, sino por exceso de todo. Yo diría que fue malcriado y que le faltó el afecto de unos progenitores que, debido a la expansión de la empresa, se encontraban continuamente de viaje. Cuando el padre Matías creció, encontró la oportunidad para asestar un duro golpe a sus padres, ingresó en el seminario y echó por tierra, en tan solo unos momentos, el proyecto que habían iniciado sus bisabuelos, desarrollado sus abuelos y asentado sus padres. No tardaron en traspasar los negocios, y pocos meses después morían al caer el avión en el Atlántico cuando regresaban de Buenos Aires. Heredó solo la casa que la familia tenía en Valdoreix y el resto de la fortuna la donaron a la Orden de los Jesuitas. Naturalmente, la Orden se ha preocupado todos estos años del padre Matías, no solo haciéndole progresar hasta alcanzar la prefectura del colegio, sino también le han protegido cuando en el colegio ha habido algún caso de acoso sexual. No sé si me sigue, amigo Armengol.*

—*Perfectamente, y por lo que me cuenta me parece...*

—*Sí, se trata del padre Matías. Por el trato y la atención que le dispensaba, estoy convencido de que sentía algo muy especial por Ciriaco».*

Ciriaco permaneció sentado y en silencio hasta bien entrada la noche. Su mente recorría uno a uno todos los momentos que había pasado en el colegio con el padre Matías y empezaba a entender cada uno de ellos. Las sonrisas, su desproporcionada amabilidad, las continuas citas en su despacho y otros muchos momentos, no eran más que la expresión de un deseo que había sido bruscamente frustrado por su comportamiento en Francia.

Caminó toda la noche sin rumbo fijo por las calles de Barcelona. La lluvia insistente de la tarde había transformado el asfalto en espejos en los que se reflejaban las luces de las farolas. No podía concentrarse. El ruido de sus pies sobre el pavimento mojado y el de algunos coches que pasaban a su lado ocupaban toda su mente. El amanecer le sorprendió sentado en el malecón del puerto con la única compañía de unas gaviotas que, ajenas a sus pensamientos, se enfrentaban entre sí disputándose los restos de un pez muerto que flotaba sobre las permanentemente sucias y pestilentes aguas del muelle.

Una gigantesca grúa depositaba enormes contenedores en las entrañas de un carguero con bandera caboverdiana. Algunos marineros subían y bajaban deprisa por la pasarela, dando la impresión de que no tardarían mucho en levar anclas y dirigirse mar adentro rumbo a otros puertos que Ciriaco imaginó exóticos y lejanos. Un marinero, de cabellos rojizos cubiertos por una gorra de lana, se le acercó y le pidió fuego mientras le ofrecía un cigarrillo. Ciriaco negó con la cabeza. Sintió que le faltaba el ánimo necesario para entablar una simple conversación con ese marinero de mirada amable. Por unos momentos, sintió el impulso de caminar tras él, subir la pasarela del barco y poner rumbo a una nueva vida que le alejase de unos hechos que le hacían sentirse culpable. Pero Ciriaco permaneció sentado sobre el malecón, viendo cómo el marinero se alejaba. Minutos después, el carguero soltó amarras y salió del puerto en silencio, procurando no despertar a una ciudad que, a esas horas de la madrugada, se mostraba sumida en un plácido sueño.

17

—Ave, María Purísima.

—Sin pecado concebida.

Ciriaco se había arrodillado en el confesionario de la iglesia, anexa al colegio, que los padres jesuitas tienen en la calle Caspe. Sabía que allí encontraría al padre Matías pasando las cuentas de un rosario, mientras esperaba que algún feligrés se acercase a confesarse. Se había arrodillado en ese confesionario tantas veces de niño que, en aquel entonces, daba por supuesto que en su alma no quedaba el más mínimo pecado que le pudiese conducir a los terribles fuegos del infierno. Se arrodilló sin prisas en el escalón delantero, apoyo sus antebrazos sobre el alfeizar de la ventana y esperó que el padre Matías cubriese con la cortina su espalda. La penumbra del interior impidió que le reconociese.

—Padre Matías, soy Ciriaco.

—¡Ciriaco! —respondió sorprendido.

La escasa luz que pasaba a través de las rejillas laterales, las que utilizan las mujeres cuando van a confesarse, ocultaban sus rostros y también sus miradas que, de haberse encontrado, habrían puesto de manifiesto el odio más profundo que dos seres humanos pueden profesarse en un solo instante.

—Sí, padre —respondió Ciriaco mientras apretaba sus puños para reprimir sus impulsos—. Me gustaría confesarme.

El padre Matías arrugó con fuerza la sotana sobre sus rodillas, intentando controlar una rabia que había empezado a aflorar en su rostro y en su tono de voz.

—¡Hay otras iglesias, otros confesionarios, otros curas con quienes puedes hacerlo!

—Es con usted, padre, solo puedo hacerlo con usted. Por favor, perdóneme.

El padre Matías relajó ligeramente su cuerpo sobre la pared de madera del interior del habitáculo, recuperando así un estado de tranquilidad que, momentos antes, había perdido con excesiva hosquedad. Apremiado por la necesidad de reflexionar, se llevó las manos al rostro. Entre los dedos de una de ellas aparecían apresadas las cuentas del rosario, y en su extremo pendía un crucifijo de plata que se balanceaba con movimientos circulares, como pretendiendo provocar en el observador un estado hipnótico.

—¡Vuelve otro día! …, mañana —dijo con voz turbada el padre Matías, mientras mantenía sus manos adheridas y se esforzaba en poner en orden los innumerables e incontrolados pensamientos que fluían por su cerebro.

—Gracias, padre —respondió Ciriaco con voz relajada, mientras se levantaba del reclinatorio.

El padre Matías observó, entre sus dedos, cómo Ciriaco se levantaba y se dirigía, cabizbajo y lentamente, por el pasillo lateral hasta la salida de la iglesia. Ya no era el niño que, arrodillado a sus espaldas, le ayudaba a oficiar la misa. Ciriaco se había convertido en un joven fuerte y apuesto, y el deseo de tenerlo para sí se iba incrementando a medida que transcurrían los segundos. *«¡Dios mío!* —suplicó en silencio el padre Matías—, *¿por qué me ofreces este cáliz? Sabes que mi carne es* *débil y que en mi vida no cabe tanto sacrificio. Perdóname, Señor, por mis pensamientos y deseos».*

A las ocho de la tarde del día siguiente le vio entrar y acercarse con discreción hasta el confesionario. El padre Matías dudaba sobre si volvería, y esa incertidumbre mantuvo sus nervios en vilo hasta que le vio aparecer. Después, cuando le tuvo arrodillado delante de él, los nervios se transformaron en deseos y tuvo que aferrar sus manos a las rodillas para no parecer impaciente. Ciriaco mantenía la cabeza baja, como si implorase benevolencia, y esta actitud de sumisión acabó por ablandar el corazón del padre Matías y activar los impulsos más libidinosos que puedan conocerse.

—Te esperaba, Ciriaco —dijo con un tono de voz más amable del deseado.

—El día se me ha hecho muy largo —contestó Ciriaco.

—Los años se me han hecho eternos —dijo el padre Matías—. Te fuiste de mi lado por alguien insignificante, que ni siquiera conocías. Me dejaste solo, sin tu compañía, sin tu futuro, que para mí lo era todo. Me dejaste en manos del odio, del pecado, con la vergüenza de la rabia.

—Lo siento, padre, el demonio vino a tentarme y usted no estaba cerca cuando más le necesitaba.

Ajeno a los movimientos conciliadores de Ciriaco, el inspector Márquez había intensificado sus actuaciones contra Paco. Los delitos menores, de los que era acusado, no habían servido para provocar la salida de Barcelona de la familia Blanco Vinuesa. El orgullo del inspector y el miedo a fallar al padre Matías y perder su amistad y protección le hicieron pasar a una segunda fase, una fase que él calificaba como la definitiva. No tardó en presentarse la oportunidad para acabar con una preocupación que duraba ya más de dos años.

Una tarde lluviosa del mes de abril, Paco fue detenido, en la esquina de la calle Unión con las Ramblas, acusado de ser el autor del robo de una joyería del barrio de la Bonanova y de la muerte de su propietario, el señor Castells. Esposado, fue conducido en un furgón de la policía hasta la comisaría de la Vía Layetana y encerrado en una de las celdas del sótano. Al oír girar la llave de la cerradura, soldada a los barrotes, tuvo la certeza de que su suerte estaba echada, que su vida iba a cambiar radicalmente.

Sentado en el banco frío de piedra de una celda, de no más de seis metros cuadrados, observó, durante las interminables horas de esa primera noche, el ir y venir de los policías que llevaban a interrogar a los detenidos que ocupaban otras celdas alineadas a uno y otro lado del pasillo. Una escalera metálica ascendía desde el centro del corredor hasta los despachos y otras dependencias en las que se interrogaba y torturaba hasta conseguir las declaraciones de culpabilidad que deseaban. Aquella noche, en más de una ocasión, Paco vio bajar por las escaleras a los policías arrastrando a algún detenido que, por las evidentes señales de tortura, debía de haberse resistido a declararse autor de un delito que probablemente no había cometido.

Entrada la noche del segundo día de su detención, Paco fue conducido a uno de los despachos del piso superior. Sentado en una silla, con las manos esposadas a su espalda, aguardó solo, durante más de una hora, que alguien hiciese acto de presencia. No había en la habitación más mueble que una mesa frente a él, y un sillón tras ella que ocupó el inspector Márquez nada más entrar y cerrar la puerta. Una bombilla de escasa potencia que pendía del techo permitió a Paco ver la gélida mirada del inspector.

Vestía el mismo traje gris oscuro, camisa blanca y su habitual corbata azul de Prusia. Sacó un cigarrillo y lo encendió sin prisa. El humo ascendía lentamente hacia la bombilla que pendía del techo, dibujando en el aire formas extrañas. Poco después, el inspector Márquez sacó del bolsillo de su chaqueta unos folios doblados que extendió sobre la mesa. Miró fijamente a los ojos de Paco antes de pronunciar sus primeras palabras.

—Deberías haber seguido mis consejos, Paco. Los años que llevo marcándote el camino no han servido para persuadirte de que la cosa iba en serio. Lo fácil que hubiera sido que desaparecieses tú y tu familia de Barcelona. Pero no, tú empeñado en salirte con la tuya. ¿No tienes nada que decir?

—¿De qué serviría? —respondió Paco—. ¿Ibas a dejar de tocarme los cojones una temporada?

—Ya veo que no tienes remedio. Lo mejor será que firmes esta declaración —dijo el inspector mientras le acercaba los folios— y demos el asunto por zanjado.

—No voy a firmar nada.

—Sí, firmarás, Paco. Te aseguro que firmarás —respondió el inspector Márquez mientras se levantaba del sillón y se dirigía hacia la puerta—. Te aseguro que firmarás —repitió al salir.

A los pocos minutos la puerta se volvió a abrir. Entró un hombre corpulento que llevaba enfundada su mano derecha en un guante de boxeo. Su mirada encendida y sus músculos tensos no dejaban lugar a dudas. Caminó directo hacia la silla donde se encontraba Paco y le propinó un soberbio puñetazo en el rostro que le hizo no solamente caerse con la silla, sino también perder el conocimiento.

Un hilo de sangre atravesaba el rostro de Paco, desde la ceja al frío suelo, cuando recobró parcialmente el sentido. El inspector Márquez estaba de nuevo sentado ante la mesa, apurando otro de sus cigarrillos. Esta vez no estaba solo. A su espalda, el energúmeno, con camiseta de tirantes, esperaba ansioso la señal del inspector para continuar su sucio trabajo.

—¡Levántale! —oyó Paco que ordenaba el inspector al torturador.

Paco notó cómo se elevaba del suelo junto con la silla que, al parecer, no iba a abandonar en toda la noche. Sentía un fuerte dolor en la sien izquierda y también en el brazo derecho, este último, provocado por la brusca caída. Se encontraba aturdido, sin visión en el ojo izquierdo. La cabeza, inclinada hacia delante, le hizo fijarse en su camisa ensangrentada. *«¿Se irá la mancha? —pensó»*.

—¿Has decidido lo que vas a hacer? —oyó que le decía el inspector Márquez.

—Eres un cabrón de mierda... y el niño que te acompaña, con esos tirantes de colegiala, un auténtico chupa pollas —respondió Paco.

Esta vez el inspector no salió de la habitación. Un golpe seco partió la nariz de Paco y un chorro de sangre se proyectó hasta sus pantalones.

—¡Joder... me has puesto perdido! —soltó Paco.

Sin dar tiempo a nada más, recibió un puñetazo en el pecho que le dejó sin respiración y le hizo caer de espaldas de nuevo.

Semiinconsciente, sentado ante la mesa y liberado de las esposas, observó cómo su mano cogía el bolígrafo que le ofrecía el inspector Márquez y se deslizaba, perezosamente, al pie de la declaración de culpabilidad que habían redactado en la comisaría. Un furgón de la policía le trasladó al palacio de justicia para cumplir con unos trámites carentes del más mínimo rigor. Instantes después, el juez de guardia decretaba prisión incondicional.

Ni Lola, ni el doctor Armengol, ni Ciriaco volvieron a ver a Paco con vida. A las dos semanas de ingresar en la cárcel Modelo recibieron un escueto telegrama que decía: *«Sentimos comunicarles que en el día de ayer falleció el recluso Paco Blanco Ardiles. Para más información, pónganse en contacto con el director del centro».*

Paco fue enterrado en la fosa común del cementerio de Montjuic dos días después. Por expreso deseo de la familia, no se celebró ningún tipo de acto religioso a pesar de la insistencia del párroco de la iglesia del variopinto barrio del Raval, Sant Pau del Camp. Un coche de la funeraria trasladó a Paco desde el hospital Clínico, donde le practicaron la autopsia, hasta el cementerio. El informe del médico forense decía escuetamente: *«Fallecimiento por herida de arma blanca en el cuello. Vena aorta seccionada. La importante pérdida de sangre durante la noche ocasionó su muerte. No se observan señales de violencia en ninguna otra parte de su cuerpo».*

El sol se ponía, y con él, las últimas luces del día. Dos empleados del cementerio dieron sepultura a Paco, mientras Lola, Ciriaco, el doctor Armengol, una docena de putas, chulos, macarras y algunos vecinos más del barrio permanecían en silencio bajo una lluvia intensa que calaba hasta los huesos. Las lágrimas se sumaban a las gotas de agua que escupía un cielo plomizo y cabreado. Descendían fusionadas hasta los pies y continuaban luego, formando un pequeño arroyo que, desde lo alto de la montaña de Montjuic, iba a parar al mar. No hubo flores, ni palabras de recuerdo. No hubo vestidos negros que ocultasen los colores de siempre, ni gestos que desluciesen la despedida del insignificante ciudadano Paco. No hubo una noche serena ni una luna espléndida que decorase ese último momento. No hubo nada, solo silencio, solo tristeza en el rostro de sus seres queridos y rabia, mucha rabia contenida.

18

Ciriaco acudió de nuevo a la iglesia de la calle Caspe, casi un mes después de la muerte de su padre. Tras el entierro había estado sumido en una profunda tristeza. El doctor Armengol había llevado a Lola y a Ciriaco a vivir unos días a su casa para impedir que la rabia y el odio que sentían les indujesen a cometer alguna barbaridad. Durante ese tiempo intentó convencerles de que había sido un hecho desafortunado, que la vida continuaba y que debían superar esos momentos tan difíciles. Les propuso quedarse a vivir en su casa, reorganizar sus vidas y recuperar aquellos momentos que les hicieron tan felices. A pesar de los esfuerzos, el doctor sabía que nada volvería a ser igual.

Ciriaco se arrodilló ante el padre Matías y, oculto tras la negra cortina del confesionario, permaneció en silencio unos instantes. Estaba tranquilo, relajado. Los duros e inesperados acontecimientos que había vivido y soportado durante este último año le habían usurpado su juventud y convertido en adulto.

—Buenas noches, padre.

—Hola, Ciriaco. Siento lo de tu padre. Me enteré por el capellán Anselmo de su trágico fallecimiento. ¡Que Dios le tenga en su gloria!

—Eso espero, padre —interrumpió Ciriaco—. Era una buena persona que no hizo ni deseó mal a nadie.

—Estoy convencido de ello —dijo el prefecto del colegio— y por eso, permanecerá vivo en tu recuerdo y en el de todas las personas que le amaban.

—Sé —le interrumpió Ciriaco—, que no es el mejor momento para pensar en mí, pero la muerte de mi padre me ha hecho reflexionar y quiero cambiar de vida ahora que aún estoy a tiempo.

—Es muy sensato lo que me dices.

—Déjeme continuar, padre. Me gustaría encontrar un trabajo, y, si Dios perdona algún día mis muchos errores y pecados, volver de nuevo al camino que recorrí en mi infancia y que no debí abandonar nunca. Padre Matías…, ¡ayúdeme!

Ciriaco cogió entre sus manos la del sacerdote y la llevó a sus labios. Él, colocó la otra sobre la cabeza de Ciriaco y acarició su cabello castaño con las yemas de sus dedos.

—Tranquilízate, veré qué puedo hacer.

—No me deje solo…, le necesito.

—Está bien, Ciriaco, necesito pensar, ven a verme la semana que viene…, estoy seguro de que encontraré alguna solución.

—Gracias, padre —dijo mientras se levantaba, después de besar con fervor la rolliza y sudorosa mano del reverendo—, volveré la próxima semana.

Al día siguiente, el padre Matías citó al inspector Márquez en su despacho. Su estado de ánimo distaba mucho del que había mostrado en la visita anterior. Cuando el padre Anselmo le comunicó por teléfono desde recepción la llegada del inspector, salió a recibirle y, cogiéndole amistosamente del brazo, le llevó por el largo pasillo hasta su despacho.

—Siéntese, inspector, y póngase cómodo.

El padre Matías abrió una pequeña puerta, disimulada en uno de los estantes del mueble librería, y extrajo una botella de vino y dos copas que colocó sobre la mesa.

—¿Una copita, inspector? Espero que no esté usted de servicio —dijo mientras llenaba hasta el borde las dos copas con vino.

—Sí, lo estoy, pero una copa de vino no afectará a mi trabajo, más bien, creo que, todo lo contrario. Además, presumo que el asunto por el que me ha llamado requiere un brebaje que atempere los ánimos.

—Presume usted bien, inspector. Es difícil disimular ante un profesional avezado. Me imagino que leer entre líneas debe ser algo habitual en su complicado trabajo. En fin, ¡quién está libre de utilizar todos los sentidos en este mundo complejo en el que vivimos!

El padre Matías tomó asiento frente al inspector mientras apuraba su copa de vino. Abrió el cajón derecho de su escritorio y extrajo un recorte de periódico que el inspector Márquez reconoció de inmediato.

—Desafortunado asunto —dijo el inspector mientras acercaba la copa a sus labios—. La vida está pendiente de un hilo en las cárceles y Paco Blanco debió de infringir alguna de las normas de estricto cumplimiento que imponen los reclusos. Si hubiera hecho caso, a mis recomendaciones no se hubiera visto envuelto en temas que, en la mayoría de las ocasiones, tienen un desenlace fatal. ¡Qué le vamos a hacer!, personas como Paco Blanco no aprenden nunca.

—Precisamente de este asunto quería hablarle —apuntó el padre Matías mientras abandonaba su sillón, sorprendido por la extrema frialdad del inspector, para dar pequeños paseos por la habitación—. Verá, hace unos días vino a verme Ciriaco, ya sabe, el hijo de Paco.

—¿Le amenazó? Debería haberme avisado.

—No, todo lo contrario. Al parecer, el fallecimiento de su padre le ha causado una honda impresión, a la vez que le ha hecho reflexionar sobre su vida actual y sobre su futuro. Me pidió que le ayudara, y estoy convencido de la sinceridad de sus palabras. Él, naturalmente, no me relaciona con lo sucedido y nada sabe de las conversaciones que he mantenido con usted. Todo ello me permite asegurar que su solicitud de ayuda es sincera y yo, como pastor de la iglesia, no puedo dejar de atenderla.

—Entiendo —interrumpió el inspector Márquez—, Pero yo de usted, si me lo permite, reflexionaría muy bien sobre las peticiones de este joven descarriado. Los informes de los que dispongo no me hacen pensar que vaya a inclinar la cabeza fácilmente.

—No, inspector, es usted muy desconfiado, pero le entiendo. Supongo que debe ser lo habitual en el ejercicio de su profesión. En la mía, la confianza es un requisito necesario, aunque no le negaré que en ocasiones mis expectativas se han visto frustradas.

—Hay un refrán español que dice: *«Piensa mal y acertarás»*. En mi trabajo me ha resultado muy útil, pero entiendo que en el suyo no tenga la misma eficacia.

—Puede que esté usted en lo cierto —prosiguió el padre Matías mientras volvía a tomar asiento—, pero mi deber es acoger a la oveja descarriada y luego, utilizar todos los medios a mi alcance para enderezar su camino. Voy a ayudar al chico, inspector, pero le prometo que me mantendré atento en cada momento. Vamos a darle una oportunidad y le pido que deje por un tiempo, que espero sea indefinido, de presionar a su familia.

—Bueno —intervino el inspector Márquez—, si las cosas evolucionan como usted dice, podremos constatar lo que dice otro refrán español: *«No hay mal que por bien no venga»*.

—Ojalá la desafortunada muerte del señor Blanco no haya sido en vano —comentó impasible el padre Matías, como si nada tuviese que ver con el fatídico desenlace.

Después de despedirse, el inspector bajó desde la calle Caspe por la Vía Layetana hasta la comisaría, dándole vueltas a la conversación mantenida minutos antes con el padre Matías. *«No hay quien entienda a estos cabrones de curas. Me pide sutilmente que me lleve un tío por delante y luego, borrón y cuenta nueva, que aquí no ha pasado nada. ¡Lo que hay que ver en este jodido mundo! Ahora, pensándolo bien, y según dice otro refrán español, «Tiran más dos tetas que dos carretas». ¿No será que el mariconcete no da al polluelo por perdido? ¡Joder cómo está el patio!, y yo perdiendo mi precioso tiempo con esta pandilla de maricas encelados...».* La campana de un tranvía que circulaba a todo trapo por la Gran Vía evitó en el último momento lo que hubiera sido la muerte instantánea del inspector Márquez. Exaltado por el susto, el inspector abordó como un energúmeno la plataforma del conductor y le propinó una soberana manta de hostias entre insultos e improperios, acompañados de ráfagas de escupitajos. Después de descargar toda su ira, sacó su placa de policía y la estampó literalmente en los sangrantes morros del conductor.

—¡Tienes algo que decir, cabrón de mierda!

—No... yo... lo siento...

—¿Algún pasajero necesita alguna explicación? —preguntó el inspector con unos ojos que echaban fuego. El silencio se hizo sepulcral mientras el inspector comprobaba, como si de un director de orquesta se tratase, que todas las cabezas girasen de izquierda a derecha una y otra vez, hasta que decidió, sin mediar palabra, bajar los dos escalones de hierro que le situaban de nuevo sobre el asfalto.

—Y ustedes, ¡no tienen nada mejor que hacer! —gritó a los transeúntes que contemplaban atónitos los inverosímiles hechos—. ¡Venga, circulen…!, antes de que se me acabe la paciencia.

19

Ciriaco empezó a trabajar en la finca del padre Matías a la semana siguiente. Le había propuesto, inicialmente y a modo de prueba, arreglar el jardín y reparar algunos desperfectos que, con el paso de los años, habían aparecido en la masía que había heredado de sus padres.

Era una bonita casa de piedra y madera situada en Valdoreix, a escasa media hora de distancia de Barcelona. El padre Matías solía pasar en ella con su familia algunos fines de semana y los periodos de vacaciones. La mayoría de las veces acompañado solo del personal de servicio, ya que sus padres casi siempre estaban viajando. Desde su fallecimiento solo había ido un par de veces, una para recoger algunos efectos personales tras el accidente aéreo. La otra, dado que no tenía previsto regresar por algún tiempo, para cubrir el mobiliario con sábanas y para cerrar cualquier apertura que invitase a ladrones y mendigos a introducirse en la propiedad.

No guardaba malos recuerdos de su estancia en Valdoreix, pero tampoco buenos. Los días, sobre todo durante las vacaciones de verano, eran monótonos, largos y aburridos. Se pasaba muchas horas en su habitación, sentado en el quicio de la ventana, observando a otros niños que, tras el grueso muro de piedra, jugaban en la calle. Los regalos y juguetes que le traían sus padres, cuando regresaban de viaje, permanecían intactos en el armario o sobre las estanterías de su habitación. Con la mayoría de ellos no había jugado ni una sola vez. Nunca lo hizo con sus padres. Con lo que realmente disfrutaba era ayudando a las sirvientas en la cocina, jugando a ser una de ellas y llevándose a la boca cualquier cosa que estuviera a su alcance y pudiese comerse.

La verja de hierro forjado, de bonitas formas y adosada a los altos muros de la finca, chirrió al abrirse como quejándose de tanto abandono al que había estado sometida durante todos esos años. Las malas hierbas habían crecido tras ella, y se extendían a lo largo del camino que conducía a la casa, entorpeciendo el paso del padre Matías y de Ciriaco. Un tupido pinar llenaba de luces y sombras los espacios que, en otro tiempo, hizo la vida más confortable a unas personas tocadas por la mano de la fortuna. Un columpio de madera, suspendido de la rama de uno de los árboles, pendía inerte como si esperase que alguien, en algún momento de su insustancial existencia, le hiciese balancear y desentumecer sus envejecidas cuerdas.

La cerradura de la puerta de madera de la entrada de la masía, situada en el centro de la finca, ofreció escasa resistencia cuando el padre Matías introdujo la llave y la hizo girar. Un olor a humedad, similar al que desprende un nicho cuando se abre la losa de mármol y que hizo recordar a Ciriaco el reciente entierro de su padre, les dio la bienvenida. Las pisadas dibujaban en el polvoriento suelo un deambular torpe e impreciso de ambos por el amplio recibidor. Una escalera al fondo invitaba a subir a la planta superior. En la planta baja había dos grandes puertas abiertas. Desde una de ellas se veía una amplia sala con chimenea y sillones a su alrededor cubiertos de sábanas blancas. Algo más al fondo, dos puertas correderas dividían la sala del estudio con una mesa de despacho que miraba hacia el jardín a través de un luminoso ventanal de cuarterones, aunque sus sucios cristales impedían ver el descuidado paisaje. Las paredes del estudio estaban rodeadas de altas estanterías repletas de libros. Algunos cuadros colgaban de las paredes, ocultando su contenido con retales de sábanas. Tras la otra puerta del recibidor estaba el comedor, con una larga mesa rodeada por doce sillas. Detrás de los cristales de una cómoda, que aguantaba sobre sus hombros una pesada vitrina, se veían varios objetos de vidrio y porcelana que a Ciriaco se le antojaron inútiles.

El padre Matías, que guardaba silencio como si su mente le hubiera transportado a otros tiempos, atravesó el comedor hasta la otra punta, donde una puerta algo más pequeña daba acceso al *office,* la cocina, la despensa, un trastero y un par de habitaciones con un pequeño lavabo. Era el espacio destinado al personal de servicio. No había sábanas que cubriesen los muebles de estas estancias. El padre Matías se detuvo ante la mesa que ocupaba el centro de la cocina y recordó las incontables horas que había pasado en ella. Allí había hecho los deberes, observado el ir y venir de las criadas. Las recordaba planchando, dándole la merienda, preparando guisos para la noche o para el día siguiente. El olor de un apetitoso estofado, su plato preferido, se activó en su memoria mientras sus manos abrían con lentitud la tapa de una olla olvidada sobre la encimera de mármol blanco.

«¿Me dejas probar?» —recordó el padre Matías en ese instante.

«Ahora no son horas de comer, te vas a poner tan gordo que no te podrás mover» —le decía la Antonia, la más joven de las dos criadas, mientras le soltaba un coscorrón sin ocultar su absoluta animosidad hacia el niño.

«Se lo diré a mi padre...»

«Y yo le diré que todavía te haces pipí en la cama».

—¿Se encuentra bien, padre? —preguntó Ciriaco, interrumpiendo bruscamente el viaje que por unos instantes había conducido al padre Matías al pasado.

—Sí, sí…, recuerdos, solo son recuerdos.

—¿Buenos recuerdos?

—De todo un poco —respondió con un tono triste que no pasó desapercibido a Ciriaco—. Y tú, ¿fuiste feliz cuando eras niño?

—Tengo buenos recuerdos. Mi padre…

—Bueno —le interrumpió el padre Matías—, será mejor que acabemos de dar un vistazo a la casa. Ya hablaremos de nuestras historias en un mejor momento.

Solo los espacios dedicados al servicio triplicaban, como mínimo, los metros cuadrados del piso del barrio del Raval en el que había transcurrido la infancia de Ciriaco. Las habitaciones de la Antonia y la Encarna, la otra criada algo más joven, se encontraban casi en perfecto estado. Una ligera capa de polvo cubría los escasos muebles de cada estancia.

—Puedes utilizar esta habitación —dijo el padre Matías al entrar en el cuarto de la Antonia—. En el armario encontrarás sábanas y una almohada, ¿te parece bien?

—Sí, sí —respondió Ciriaco—. Es muy grande. Tiene mucha luz. Es casi tan grande como toda mi casa.

Subieron por una amplia y cómoda escalera que daba acceso a la planta superior en la que había varias habitaciones y un par de cuartos de baño. El polvo y el olor a cerrado los acompañaron por cada una de las estancias. El padre Matías abría las ventanas y los porticones dando paso a la luz y al suave calor de los primeros días de la primavera.

—Esta era mi habitación —dijo el padre Matías al abrir la puerta—. De momento la dejaremos como está. Me gustaría volver a entrar en ella un día que disponga de más tiempo —dijo mientras cerraba la puerta.

Directamente, se dirigió a la habitación que se encontraba en el otro extremo del pasillo. Abrió la puerta, atravesó con rapidez el dormitorio y fue directamente a abrir las ventanas y porticones. La luz llenó de partículas de polvo el lugar, tras quitar la sábana que cubría una amplia cama de matrimonio. Las dimensiones eran tan grandes que Ciriaco pensó que en ella podía vivir una familia entera. En ella también había una pequeña sala, un vestidor, un cuarto de baño, un mueble escritorio, una cómoda… No había cuadros en las paredes, tan solo un crucifijo ocupaba el centro de la pared sobre el cabezal de madera del descomunal lecho.

—Esta también la dejaremos como está —dijo el padre Matías—. Era la habitación de mis padres. Te agradecería que no entrases ni tocases nada.

—No, no, desde luego, puede confiar totalmente en mí —respondió precipitadamente Ciriaco.

Las otras tres habitaciones que se hallaban en la planta superior de la casa de los Bofill no tenían el más mínimo interés para el padre Matías. Ni siquiera abrió sus puertas. Sin mediar palabra, bajó las escaleras que conducían a la planta baja y salió al porche de la casa como si tuviese la urgente necesidad de respirar aire fresco. Ciriaco bajó tras él y esperó pacientemente a que regresara del mundo en el que, a juzgar por su comportamiento, estaba completamente inmerso. Fueron unos largos minutos, después avanzó entre las hierbas del descuidado jardín hasta un banco de piedra, situado junto al columpio que pendía de la rama de un árbol. Levantó la mirada que había clavado en sus pies cubiertos por la hojarasca e hizo una señal con la mano a Ciriaco, que esperaba bajo el umbral de la puerta, indicándole que se acercara.

—Siéntate, Ciriaco —le dijo una vez recuperado el tono de voz y la actitud de siempre—Provisionalmente, mientras te encuentro otro trabajo, puedes ocuparte de poner en condiciones esta casa. Como has podido ver, necesita una limpieza a fondo y el jardín, bueno, ya lo ves —dijo el sacerdote mientras acariciaba unas malas hierbas que le llegaban a la altura de las rodillas—. El jardín también necesita un buen repaso. Empieza por donde quieras, excepto las habitaciones que te comenté. ¡Ah!, las herramientas y otros utensilios que necesitarás los encontrarás en el garaje que está detrás de la casa. Puedes entrar por una pequeña puerta que hay en la despensa. Estoy convencido de que te irá bien, te mantendrá ocupado y dispondrás de tiempo para reflexionar. De la comida no te preocupes, para hoy tienes las provisiones que hemos subido de Barcelona. Mañana me encargaré de que algún mozo del colmado que hay cerca de la estación te traiga para toda la semana. Te dejaré algo de dinero en el primer cajón de la mesa del despacho, por si cambias de opinión y quieres irte…

—¿Usted no se queda, padre? —interrumpió Ciriaco.

—No, no, me es totalmente imposible, pero si no hay asuntos que me lo impidan, vendré el próximo fin de semana.

Ciriaco pasó casi toda la tarde merodeando por el jardín, cuya extensión, por la parte trasera de la casa, se le antojó exagerada para una propiedad de una sola familia. Atravesó un pequeño bosque de pinos por un camino que le condujo a una pérgola. Las malas hierbas habían invadido anárquicamente todos los rincones. Las enredaderas, con su crecer incontrolado, abrazaban y ocultaban cuanto se cruzaba en su camino. Los zarzales impedían el paseo sosegado y el descanso bajo las copas de los árboles. La absoluta falta de orden y armonía le impedían reflexionar. Los pensamientos y las imágenes invadían su mente como las enredaderas el jardín. Se sentó en un sillón de hierro forjado bajo la sombra de la pérgola y una profunda tristeza inundó todos y cada uno de los poros de su cuerpo.

Al caer la noche, las telarañas y el polvo de la casa fueron su única compañía. Se dejó caer en un confortable sillón de la sala de estar y contempló a través del ventanal la llegada de la noche. La oscuridad y el silencio más absoluto tomaron cuerpo, en esa primera noche en la casa del padre Matías. Cerró los ojos mientras observaba la chimenea que había frente a él, iluminada por un fuego imaginario que le reconfortó y le condujo al mundo de los sueños. *«En él, su tío Juan se acercaba acompañado de una figura sin rostro, mientras él, desenterraba con una pesada pala el féretro de su padre. Lola salía de la habitación acompañada por el padre Matías y le mostraba un crucifijo tatuado en uno de sus pechos. ¡Te vas a ensuciar las manos!, le regañó su madre cuando intentaba abrir la tapa del ataúd. Sofie soltó la mano de su tío y corrió hacia él. Vestía un chubasquero amarillo y unas enormes botas de agua de color verde vejiga. Se sentó sobre la caja mortuoria y dejó que Ciriaco descansara su cabeza sobre su regazo. Olía a hierba fresca y dos pétalos de rosa rojos ocultaban sus pezones...».*

Se despertó bruscamente, sudoroso y tiritando de frío. La oscuridad le impidió ubicarse con facilidad. Las últimas escenas del angustioso sueño se desvanecían en su mente vertiginosamente sin poder detenerlas. Le costó orientarse, encontrar el interruptor de la luz que había junto a la entrada de la sala de estar. Pulsó el interruptor y apoyó su espalda contra la pared mientras la luz de una lámpara de pie ponía ante sus ojos todos y cada uno de los objetos de la estancia. Todavía temblaba cuando atravesó la sala en dirección a la habitación que el padre Matías le había asignado en la zona de servicio. En su recorrido accionó todos los interruptores que encontró al alcance de su mano. Se iluminó la cocina, el cuarto de aseo, la despensa y el dormitorio de una de las criadas y en la que iba a instalarse. Entró y se dirigió directamente al armario ropero. En el estante superior encontró un par de mantas, cogió una de ellas y se tapó después de echarse vestido sobre la cama. Las luces encendidas y la manta le ayudaron a recuperar la tranquilidad que le condujo, sin apenas darse cuenta, a la profundidad del sueño.

Era media mañana cuando sonó el timbre. Echó la manta a un lado y observó que estaba completamente vestido, incluidos los zapatos. El timbre volvió a sonar en el momento en que Ciriaco giraba el pomo de la puerta de entrada. Un chaval, ataviado con un mono azul, estaba junto al umbral, acompañado de unas cajas de madera de las que se utilizan para colocar la fruta.

—Me llamó el padre Matías para que trajese el pedido que hizo en el colmado.

—¡Ah!, sí… ¿Cómo te llamas?

—Pedro —respondió el mozo—, ¿y usted?

—Soy Ciriaco. Bueno, pasa, llevaremos esto a la cocina.

—Si necesita algo, ya sabe dónde encontrarme —dijo Pedro mientras salía.

—Gracias, Pedro, lo haré.

Deambuló por la casa, abriendo puertas y ventanas, excepto aquellas dos que el padre Matías le había pedido que esperase. Sintió curiosidad cada vez que pasaba por delante de ellas mientras sacaba el polvo depositado en el suelo, los muebles, los cuadros, las lámparas y en todos y cada uno de los rincones de la casa. El interior de la masía cobró otro aspecto cuando el sol empezó a ponerse. Se sentó en la mesa del despacho, de espaldas al ventanal que daba al jardín, y observó la estancia limpia y ordenada. Le produjo una sensación mucho más acogedora que la del día anterior. Poco a poco, durante la larga semana, la casa y el jardín fueron saliendo del estado de coma en el que habían permanecido durante más de veinte años.

134

20

El teléfono sonó mientras Ciriaco se preparaba en la cocina algo para cenar. Se dirigió sin prisas al despacho y descolgó el auricular.

—¿Sí?

Transcurrieron algunos segundos antes de que el padre Matías respondiese.

—Hola, Ciriaco. Te llamaba para preguntarte cómo te había ido el día y también para saber si habías cambiado de opinión, es decir, si vas o no a quedarte.

Ciriaco notó cierta ansiedad en su tono de voz. Su pregunta se le antojó más bien una súplica *«por favor, quédate»*, que una simple información para saber cuál habría de ser el paso siguiente. Decidió prolongar la inquietud que había detectado.

—Bueno, padre, el día ha pasado bastante rápido. Ha anochecido sin darme cuenta y ahora me estaba preparando algo para cenar. ¡Ah!, por cierto, Pedro, el mozo del colmado, me ha traído las provisiones que usted le encargó. Me ayudó a entrarlas y las he colocado en los armarios de la cocina.

—Y respecto... —interrumpió el padre Matías, confirmando de este modo la impresión que había observado Ciriaco.

—Respecto a la limpieza —continuó expresamente Ciriaco, prolongando de esta manera el desasosiego del padre Matías—, la casa parece otra. Naturalmente, no he hecho una limpieza a fondo, pero se nota el trabajo de hoy.

—Muy bien, Ciriaco, muy bien. Pero… —interrumpió de nuevo, confirmando todas las expectativas de Ciriaco.

—¡Ah! Encontré las herramientas del jardín en el garaje, pero todavía no he empezado con el jardín. Quizás mañana…

—¡Ciriaco! —interrumpió de nuevo alzando su tono de voz—, ¿vas a quedarte o no?

—Bueno, padre, me gustaría quedarme, aprovechar esta oportunidad que me ha dado para reorientar mi vida. El trabajo me gusta y me encuentro muy bien en esta casa… ¡Ojalá durase algún tiempo!, por lo menos hasta que haya aclarado mis ideas.

El padre Matías relajó su cuerpo sobre el sillón de su despacho mientras su voz interior decía: *«Gracias, Señor, y perdona a este pobre pecador»*. Se sintió bien y por un instante deseó que fuese sábado.

—¡Ah!, se me olvidaba —continuó Ciriaco interrumpiendo el momento de felicidad que experimentaba el padre Matías—, mañana por la mañana había pensado ir a Barcelona.

—¡A Barcelona! —irrumpió el padre Matías, perdiendo de nuevo la postura y el tono relajado.

—Me gustaría ver a mi madre y decirle que estoy bien. Bueno, ya sabe, me fui sin decir nada y debe de andar preocupada, pero antes de que anochezca volveré.

—Creo que es buena idea. ¡Quién sabe lo que andará rondando por su cabeza! Lo mejor es que sepa que estás bien y que tienes un trabajo que te gusta. Estoy convencido de que se alegrará.

—Eso creo, padre.

—La estación del ferrocarril está muy cerca de casa y los trenes pasan con bastante frecuencia. Tal como te dije, dejé algo de dinero en el cajón de la mesa del despacho. Coge el que necesites.

—Gracias, padre.

—Mañana te llamaré por la noche. Supongo que ya habrás llegado —se le escapó al padre Matías, preso de nuevo de cierta ansiedad.

—Descuide, aquí estaré —respondió Ciriaco poco antes de que el sacerdote colgase el teléfono.

Al día siguiente, Ciriaco se levantó temprano. Había dormido plácidamente toda la noche, se duchó, tomó un desayuno ligero y se dirigió a la estación de Valdoreix. En ella se detenían los Ferrocarriles de Cataluña, propiedad en aquellos años del financiero norteamericano Frank S. Pearson, quien no tuvo más remedio que traspasarla a la Generalitat de Cataluña en 1978, debido a la precaria situación económica de la empresa.

Subió al tren que llegaba desde San Cugat y se acomodó en uno de los asientos libres junto a la ventanilla. Miró a través de ella y observó que el reloj de la estación marcaba las nueve y media. En más o menos media hora el tren habría recorrido las doce estaciones de la línea que llegaba hasta la plaza Cataluña. Durante el recorrido se concentró en todos y cada uno de los detalles que aparecían a su vista, esforzándose en retenerlos como si formasen parte de un plan preestablecido. A partir de la estación de Montaner y hasta la de plaza Cataluña, la línea transcurría por el interior de un oscuro túnel parcialmente iluminado por la luz de los vagones. Su sombra corría a la misma velocidad que el tren, moría al entrar en cada estación y resucitaba al salir de ellas y entrar en un nuevo túnel. Ciriaco pensó que la única manera de atraparla sería en el interior del túnel, todo lo contrario de lo que le pasaría a él si tuviese que salir de estampida por el andén de la estación. Imaginó a su padre en la oscuridad, en el negro de la muerte, sin luces ni sombras, y se reconfortó pensando que ya nunca más le cogerían.

Salió del vagón cuando el tren finalizó su trayecto en la estación de Plaza de Cataluña. Caminó por el apeadero y vio que el reloj marcaba las diez treinta y cinco, *«poco menos de una hora»*, pensó. La luz del sol le deslumbró por unos instantes al salir por la boca de la estación. Estaba en las Ramblas, a escasos diez minutos de su casa.

Al girar la esquina del Liceo y entrar en la calle Unión, vio a Lola, con su habitual ropa de trabajo, en la acera de delante de su casa y apoyada en la pared. Se alegró y aceleró el paso hasta donde se encontraba ella, que en aquel momento despachaba a un marinero.

—Anda, pescadito, dile al capitán que te suba el sueldo... —Oyó Ciriaco lo que decía Lola al insistente navegante.

—Mamá.

—¡Hola, Ciriaco, qué sorpresa!

Ciriaco la abrazó ante la mirada sorprendida del marinero, que lucía en el bolsillo de su camisa blanca, con galones en las hombreras, una placa azul en la que podía leerse *«Army US»*.

—Te veo muy bien, mamá.

—Y tú, cada día más alto y guapo. ¡Ay!, si no fueras mi hijo lo que iba a hacer contigo —soltó Lola—. Bueno, cierro la barraca y vayamos arriba, que tienes que explicarme dónde te has metido, ¡sinvergüenza!

—A eso venía, madre —respondió mientras subían la escalera.

—¿Vendrá tío Juan a comer?

—Tu tío Juan, para mí el doctor Armengol —Lola lo llamó así desde que le conoció, a pesar de que se convirtiese en su amante, por respeto a su marido Paco—, vendrá cuando acabe de salvar vidas en el Clínico, es decir, a las dos en punto. De dos a cuatro es todo mío, y los pacientes, o se mueren o se esperan. No me ha fallado ni un solo día.

Ciriaco esperó a las dos para soltarles el rollo que se había preparado. Vio girar el pomo de la puerta en el mismo instante que la campana de la iglesia de San Pau del Camp anunciaba las dos. Miró a su madre que andaba cocinando y esta le hizo un gesto con la cabeza que no le costó en absoluto interpretar: *«Ya te lo decía yo»*.

—¿A qué viene ese gesto, Lola? —preguntó mientras se acercaba a abrazar a Ciriaco—. Y tú, ¿dónde narices te has metido?

—Pues…

—Deja al niño, que ha venido a dar explicaciones. Ahora nos sentamos a comer y nos lo cuenta. Anda, cámbiate esa ropa tan seria y ponte cómodo que la comida no espera.

Se sentaron los tres a la mesa y Lola llenó los platos hasta el borde de lentejas con chorizo, excepto el de Paco, que no había perdido su lugar en la mesa.

Ciriaco se expresó lo mejor que pudo, esforzándose para que entendiesen que su deseo era tener una vida tranquila, sin problemas, que le gustaba trabajar y que el padre Matías le había dado esta oportunidad de cambiar y de convertirse en una persona socialmente aceptable. Insistió en que nunca perdería los sentimientos de afecto y de respeto que les tenía y les aseguró que lo que estaba haciendo tan solo era algo que debía hacer para alcanzar su objetivo.

Lola miraba con cara de admiración ante la elocuencia de Ciriaco. No tenía nada en contra de que su hijo siguiese la profesión de su padre, pero sabía que otras profesiones, como por ejemplo la del doctor Armengol, daban más satisfacciones y menos quebraderos de cabeza. Pensó que ser *«socialmente aceptable»* sonaba muy bien y que debería ser una profesión con futuro.

El doctor Armengol no se tragó el rollo que acababa de vomitar Ciriaco. Mientras hablaba, pensó: *«Es imposible que después de contarle lo que me dijo el padre Anselmo sobre el padre Matías, reaccione de esta manera. O le han doblegado como a un corderito a base de electroshocks, o está tramando algo que nada tiene que ver con vestir los hábitos de monje»*. La voz de Lola interrumpió sus cavilaciones.

—Bueno, doctor, ¿y usted qué dice?

—Hombre…, así de pronto…

—Ya te pareces a Paco —interrumpió Lola mientras ponía cara de tonta y repetía—, hombre… así de pronto… Anda ya, suéltalo de una puñetera vez.

—Si es lo que quiere, y estoy convencido de que lo habrá reflexionado detenidamente… en fin, creo que poco tenemos que añadir.

La campana de San Pau del Camp daba las tres de la tarde. Con la excusa de que debía llegar un poco antes al hospital para realizar una intervención, el doctor Armengol pidió a Ciriaco que le acompañase. Caminaron sin mediar palabra hasta las Ramblas y se sentaron en la terraza del bar *El Café del Liceo*.

—¿Qué tomarán? —preguntó sin entusiasmo el camarero.

—A mí tráigame un café solo —dijo el doctor Armengol.

—Otro, por favor —pidió Ciriaco.

El camarero siguió su recorrido tomando nota a los clientes que se habían sentado en la terraza sin mostrar ninguna prisa por servir sus cafés. El doctor Armengol ni se percató de ello. El único motivo para acudir a la cafetería a aquellas horas era para poder hablar con Ciriaco.

—A ver, ¿de qué va todo ese rollo que nos has soltado a la hora de comer? A tu madre la llevas al huerto con lo que sea, porque la tienes embobada, pero a mí no te resultará tan fácil. Tendrás que estrujarte un poco más los sesos si tienes intención de ocultarme algo.

—No sé a qué te refieres, tío Juan.

—Déjate de tío y dime la verdad… ¿Qué coño andas tramando?

—Yo…

—No, tu abuela Federica —interrumpió Juan a punto de perder la paciencia—. Lo que sabemos del padre Matías requiere una explicación más amplia que un «*yo…*».

—Tan solo quiero cambiar de vida —respondió Ciriaco—. Estoy harto de problemas…

—Ya veo que no piensas sincerarte conmigo —interrumpió Juan—, mejor será que nos tomemos el café y nos vayamos.

Esperó, mientras se tomaban el café, que Ciriaco soltara por su pico de oro, algo que le ayudara a salir de su incertidumbre. Ciriaco mantenía la boca cerrada mientras pensaba qué historia podría contarle que pudiese tragársela su tío. Por más que se esforzaba, no se le ocurría ninguna que pudiese resultar mínimamente creíble.

—Tengo que resolver mis asuntos —soltó Ciriaco a punto de sonar la campana que le haría volver a su esquina en el cuadrilátero.

—¿Tus asuntos? —preguntó Juan con un tono de voz apagado, dispuesto a tirar la toalla.

—Sí, así es —continuó Ciriaco al topar entre los naipes el as que podría permitirle salir airoso—, pero no puedo explicarte más.

—No puedes o no quieres —continuó el doctor Armengol, mostrando su total disposición a guardar el más absoluto silencio.

—No quiero. Tengo que estar allí y no puedo decirte más, porque ni yo lo sé. Además, cuanto menos sepáis, mejor. No quiero involucrar a nadie y menos a vosotros. Es un asunto mío y no dejaré que me mortifique toda la vida.

—Está bien, Ciriaco, solo te pido que hagas lo que hagas, pienses antes en las consecuencias. De todos modos…, recuerda que tu madre y yo siempre estaremos a tu lado.

—Gracias, tío, eres la mejor persona que he conocido. Nunca te he dicho nada, pero me alegro mucho de que quieras a mi madre tanto como la amó mi padre. Me siento muy afortunado por haber tenido dos padres.

—Anda, anda, vámonos antes de que me emocione.

Subieron por las Ramblas, abrazados, como dos amigos, ajenos a las inquisitivas miradas de los transeúntes. Al llegar a la boca de metro de Plaza Cataluña, se despidieron. Ciriaco le susurró al oído mientras ponía sus labios en la mejilla: *«te quiero»*.

21

A media tarde, Ciriaco estaba de nuevo en Valdoreix. Le llamó la atención la quietud, el silencio que le acompañaba mientras transitaba por la carretera de la Floresta en dirección a la finca del padre Matías. A ambos lados de la vía, suntuosas torres con grandes jardines esperaban las vacaciones para ser ocupadas por sus afortunados y adinerados propietarios. Se imaginó niños traviesos corriendo por los cuidadísimos jardines y criadas inquietas, apropiadamente uniformadas con su cofia y delantal blanco, intentando alcanzarles. Otros, sumisos y obedientes, escuchaban cuentos de princesas y hadas de voz de valedores, también convenientemente ataviados. No veía padres jugando con sus hijos, ni manteles extendidos por el césped con descuidadas meriendas. No localizó el afecto que él tuvo en ninguno de los rincones. *«¡Serán todos tan miserables!»*, pensó al introducir la llave de tamaño considerable en la puerta de hierro de su nueva y provisional residencia.

Ciriaco anduvo el resto de la tarde merodeando por la casa sin ningún objetivo concreto y sin el más mínimo interés por el contenido de armarios y cajones. Entró en las habitaciones de la planta superior, excepto en la del padre Matías y la de sus padres, y acabó de adecentarlas. No le llevó demasiado tiempo, ya que, excepto un par de camas en cada una de ellas, sus pertinentes mesillas, un armario ropero y alguna silla, no contenían nada más. Le dieron la impresión de haber sido utilizadas en contadas ocasiones. Aunque no llegó a entrar en la habitación de los padres, no pudo contener la curiosidad, abrió la puerta y observó, desde fuera, hasta donde le alcanzaba la vista. Todavía permanecían las pisadas del padre Matías en el suelo de parqué. Si entraba, se daría cuenta y perdería la confianza que quería ganar a toda costa. Desde el quicio de la puerta pudo ver sobre la cama de matrimonio, situada tras las puertas correderas de una sala anexa, la sábana blanca que había quitado el sacerdote el día que llegaron, dejando el lecho al descubierto. Los otros muebles se intuían bajo las telas polvoreadas. Cerró la puerta y bajó a la sala en el momento en que el solitario reloj, de pie provenzal, de madera de linden, con tres sonerías distintas, daba las diez.

Se preparó un par de huevos fritos y unas tostadas con paté para cenar y se sentó en la mesa de la cocina. Comió sin prisas mientras ojeaba un ejemplar del periódico *La Vanguardia*, de 26 de septiembre de 1936, que había encontrado en un revistero de la sala. Bajo el titular *«La acción del ejército de la libertad»* se leía: «... *El Departamento de Guerra del Comité Central de las Milicias Antifascistas de Cataluña nos facilitó ayer el siguiente parte del frente de Aragón. SECTOR CASPE: Las fuerzas que conquistaron los pueblos de Fuendetodos y Aguilón, después de haber dejado fortificadas estas posiciones, continúan su avance, rechazando valientemente a los núcleos enemigos que intentan impedir su marcha, obligándoles a retroceder. En el resto del frente, sin novedad. SECTOR BUJARALOZ: En el día de hoy, nuestra artillería ha bombardeado intensamente las posiciones enemigas. Nuestras fuerzas observaron que en la iglesia del pueblo de Quinto existía una gran cantidad de cañones y ametralladoras, desde donde...».*

El timbre del teléfono sorprendió a Ciriaco mientras leía el artículo que había suscitado su atención. Se dirigió al despacho sin prisas mientras escuchaba de nuevo la señal de aviso. Puso la mano sobre el auricular sin descolgarlo y dejó que el timbre sonara media docena de veces más. Después, enmudeció. Se sentó en la mesa y observó el negro aparato de baquelita mientras hacía girar distraídamente la rueda de marcar, luego la soltaba y dejaba que volviese a su posición inicial. Mientras jugaba pensativo. volvió a sonar el teléfono. Contó hasta doce avisos antes de que dejara de nuevo de sonar. Imaginó al padre Matías impaciente, nervioso, dando paseos arriba y abajo por su despacho mientras se preguntaba por qué no contestaba o si habría decidido no volver. Casi podía verle, sudoroso, con el rostro enrojecido por la incertidumbre y la rabia que ponían de nuevo pendiente de un hilo la satisfacción de sus debilidades y sus planes de futuro. Ciriaco saboreó aquellos instantes, aunque en absoluto colmaban sus deseos de venganza, todo lo contrario, sentía en su interior cómo se acrecentaban. Pensó en su padre y en el daño irreparable que el padre Matías les había causado. Se dio cuenta de que no había posibilidad de perdón, que su capacidad para devolver mal por mal crecía en su interior con una intensidad y una fuerza que se le antojó imparable.

Poco antes de que dieran las doce volvió a sonar el teléfono. Ciriaco, sumido en sus pensamientos, permanecía todavía sentado ante la mesa del despacho. Descolgó el auricular después de que el teléfono emitiese un par de avisos.

—Sí, dígame —preguntó Ciriaco sosegadamente, sabiendo perfectamente quién se encontraba al otro lado de la línea. Visualizó al padre Matías lidiando entre la cólera y la alegría sin saber bien cómo continuar.

—¿Ciriaco…?

—Sí, padre.

—Te he llamado varias veces…, ¿cómo es que no coges el teléfono?

—Lo siento, padre, acabo de llegar. He oído sonar el teléfono en el momento en que abría la puerta de casa y he venido corriendo hasta el despacho. No sabía…

—¿Qué ha pasado? El último tren llega a Valdoreix a las nueve de la noche y no tenías otra forma de volver.

—El problema no ha sido ese, padre. Regresé en el tren que llega a la hora que usted dice a Valdoreix, pero me quedé dormido y me pasé de estación. He vuelto andando desde San Cugat y, como le decía, acabo de llegar.

El silencio se adueñó de la línea unos breves segundos que ambos aprovecharon para escoger la próxima carta que echarían sobre el tapete. Le tocaba sacar primero al padre Matías y escogió un comodín para ganar tiempo.

—Debes estar cansado. Hay un buen trecho de San Cugat a Valdoreix. Caminando y de noche…

Ciriaco no esperó a que hiciese más cálculos, que le permitiesen dudar de su excusa, e interrumpió al padre Matías lanzándole un naipe de peso.

—Solo tengo una palabra, padre, le dije que volvería y aquí estoy —dijo Ciriaco con asertividad.

—Desde luego, Ciriaco, no dudo de tu palabra, pero entiende que estaba preocupado. Pensé que te podría haber pasado algo…

«Mientes como un cabrón», pensó Ciriaco mientras constataba que la partida estaba controlada.

—He avanzado bastante en la casa, padre. Tiene un aspecto más agradable. Mañana empezaré con el jardín. ¿Vendrá usted pronto?

—Sí, eso quería decirte. Si no hay ningún problema de última hora, el sábado estaré en Valdoreix a la hora de comer.

—Le espero, padre —dijo Ciriaco con intención de abreviar la conversación.

—Bueno, pues entonces, hasta el sábado.

Ciriaco colgó el auricular con rapidez sin concederle tiempo para una sola palabra más y se relajó sobre la butaca. Sabía que el padre Matías era inteligente, pero también sabía que sus emociones mermaban de manera sustancial sus capacidades.

22

El padre Matías llegó el sábado a Valdoreix poco antes del mediodía. Al abrir la puerta de hierro, vio a Ciriaco batallando con los últimos arbustos salvajes que habían invadido la parte delantera de la casa. El jardín había recuperado su juventud y la primavera se manifestaba esplendorosa, iluminando el verde resplandeciente de árboles y plantas. Aparecieron en su mente imágenes de su niñez en ese mismo jardín que hoy Ciriaco había recuperado para él. Recordó al tutor de turno explicándole historias, mientras él se balanceaba en el columpio que pendía de la rama de un árbol, y que Ciriaco había vuelto a dejar en perfectas condiciones. Visualizó, inmovilizado por los recuerdos, el lugar en el que la Antonia, la sirvienta más joven, extendía un mantel de pequeños cuadros rojos y blancos sobre el césped y le daba la merienda, intentando distraerle con tonterías que le hacían reír y olvidarse de que allí, sentado junto al mantel, nunca contaba con la compañía de sus padres.

Ciriaco se había dado cuenta de la llegada del sacerdote, pero disimuló y continuó trabajando en el jardín, de espaldas a la entrada, como si la soledad que le había acompañado toda la semana fuese su única compañía. Se enderezó, sabiendo que le observaba, y se secó el sudor de la frente con un pañuelo. Llevaba el torso desnudo y un pantalón corto que llegaba hasta las rodillas. El sol había enrojecido sus hombros y la luz perfilaba la musculatura de su espalda bajo una gruesa piel que destellaba con cada uno de sus movimientos.

«*Qué cuerpo más hermoso*», pensó el padre Matías mientras se aproximaba, lenta y sigilosamente, con la intención de prolongar unos instantes que se le antojaron excepcionales en su larga y complicada vida sentimental. No había cuerpo de mujer que pudiese igualar aquellos perfiles y contornos cincelados por la mano del artista más sublime del universo. Formas geométricamente perfectas se duplicaban en su espalda, como en un espejo, desde unos anchos y desarrollados hombros hasta una cintura delimitada por el cinturón de un pantalón que insinuaba unas nalgas compactas y proporcionadas. Extendió su mano temblorosa hasta casi rozar su cuerpo, mientras Ciriaco contenía unos impulsos que, de no ser enérgicamente dominados, hubieran hecho cambiar el rumbo de los acontecimientos.

—¡Hola, Ciriaco! —dijo el padre Matías mientras su brazo y su mano extendida se replegaban adoptando una posición más prudente.

—¡Hola, padre! —respondió Ciriaco simulando su sorpresa—. No le esperaba tan pronto —continuó mientras le regalaba una sonrisa complaciente.

—Bueno, solo quedaban asuntos de poca importancia y viendo que hacía un día espléndido…

—Un tiempo fabuloso, ni frío ni calor. Es la época que más me gusta del año.

—Calor, no, pero tus hombros necesitan sombra y me temo que alguna pomada te iría bien —dijo mientras señalaba con sus rechonchas manos su espalda.

—Creo que tiene razón, no debería de haberme quitado la camisa —respondió Ciriaco al descolgarla de la rama cortada de un árbol.

—Mejor que vayamos dentro, a estas horas es cuando más calienta el sol —dijo el sacerdote mientras caminaban hacia la casa—. Cuando era pequeño, las criadas no me dejaban salir a estas horas a jugar al jardín si no me ponía un ridículo gorro. Pero bueno, entremos y veamos qué tal tu trabajo.

El padre Matías se sorprendió al ver el cambio operado en tan solo una semana. La luz pasaba inmaculada a través de los cristales, poniendo de manifiesto el minucioso trabajo llevado a cabo. Recorrió la planta baja y no encontró detalle que hubiese pasado por alto. Las diferentes estancias, el mobiliario, los cuadros y los objetos decorativos habían recuperado el esplendor de siempre, un esplendor que no vivió el padre Matías como tal, o por lo menos no guardaba ese recuerdo de los años de su infancia. La expresión que se apreciaba en su rostro era más el reflejo de los deseos para el futuro próximo que la añoranza del pasado. Así se lo hizo saber a Ciriaco.

—Estoy muy satisfecho, muy contento. Veo que has hecho un buen trabajo, no solo en el jardín sino también en la casa.

—Me ha gustado hacerlo —interrumpió Ciriaco.

—Verás, en honor a la verdad, he de decirte que los recuerdos que guardo de mi infancia son anodinos, insustanciales, tanto en el colegio como en casa, incluso durante los periodos de vacaciones aquí en Valdoreix. ¿Sabes? No tuve amigos, quizás mi constitución y mi carácter no me ayudaron a tenerlos y mis padres debieron pensar que era lo más normal del mundo. Tenía compañeros en el colegio y niños invitados con los que jugaba durante las vacaciones de verano, pero amigos, lo que se dice amigos de verdad, con aquellos que se supone puedes contarles todo y que te lo cuenten todo, ninguno. Mi padre dedicaba casi todo el tiempo a su trabajo y cuando no estaba en la empresa era porque estaba de viaje. Mi madre estaba más tiempo en casa, excepto cuando viajaba con mi padre, pero las reuniones con amigas eran tan frecuentes que apenas tenía tiempo de darme las buenas noches cuando me acostaba. Puede decirse que tuve de todo, excepto el afecto que necesitaba. Pero, bueno, los años pasaron sin darme cuenta y tuve la suerte de encontrar el afecto en Francia, durante la guerra civil, cuando estudiaba teología en la universidad de Orange y posteriormente en el seminario aquí en Barcelona. Creo que esas amistades son las que me impulsaron a tomar decisiones sobre mi futuro y a convertirme en fraile.

Ciriaco escuchaba atentamente con actitud interesada, pero sin importarle lo más mínimo lo que el padre Matías le estaba contando. Sabía que por más historias enternecedoras que le contase su odio, no disminuiría ni un ápice. Era el cabrón promotor y corresponsable de la muerte de su padre y no tardaría en pagar por ello.

—Creo que te aburro con mis historias —prosiguió el sacerdote.

—No, no, en absoluto —respondió precipitadamente Ciriaco—, pienso que es bueno conocerse, aunque a veces no sirva para cambiar nada.

—Bueno, prepararemos algo de comer y luego te echas un rato. Yo me acercaré esta tarde a la farmacia de San Cugat a ver si me dan algún ungüento que alivie tu espalda.

Ciriaco permaneció echado sobre su cama mientras el padre Matías manoseaba su cuerpo, necesitado, al parecer, de varias capas de pomada. De vez en cuando, cuando abandonaba sus pensamientos cargados de sentimientos de odio y venganza, se quejaba del dolor que no sentía, permitiendo que la caricia y el mimo le procurasen el mayor gozo posible de uno de los seres que más despreciaba.

—Será mejor que no te levantes. Pondré un poco de orden en mi habitación y la de mis padres, y mañana, si te encuentras mejor, me echas una mano.

—Gracias, padre, mañana estaré bien. Siento no poder ayudarle.

—Nada, nada, te traeré un vaso de leche y lo mejor es que duermas, que descanses.

—Hasta mañana, padre.

Escuchó el clic del interruptor cuando abandonó el cuarto. Le oyó recoger en la cocina y sus pasos subiendo la escalera que conducía a su habitación. Cerró los ojos y se entregó a la oscuridad más absoluta. Esa noche dispuso del tiempo que necesitaba para organizar sus pensamientos, para recorrer un camino que comportaría un cambio radical en su vida. En las últimas imágenes, antes de sumergirse en el más profundo de los sueños, vio a su padre sentado junto a él en una cafetería de las Ramblas: «*¡Camarero! Un helado de tres gustos para el niño y un café corto para mí. Cuando lleguen tu madre y el doctor Armengol, vamos a decirles que se han acabado los helados, que...*».

23

Al anochecer del domingo, después de una jornada intensa de trabajo, prepararon una gustosa cena y se sentaron con apetito en la mesa de la cocina.

—A ver qué tal sabe este lenguado que traje de la Boquería. Tiene una pinta estupenda —dijo el padre Matías mientras colocaba la servilleta en su pecho para preservar la camisa de posibles manchas.

—La verdad es que sí—corroboró Ciriaco.

Durante la cena, el padre Matías no paró de hablar de su familia, de su niñez, del seminario, de su trabajo en el colegio… Ciriaco escuchaba sin interés y sin demasiada atención a causa de los pensamientos y las ideas que ocupaban su mente. Para él, era una conversación intrascendente, casi como todas las que había tenido con el sacerdote y que no iba a alterar lo más mínimo sus planes.

—¿Te encuentras mal? —preguntó el padre Matías al observar que el nivel de su atención había descendido hasta la cota cero.

Ciriaco dejó con lentitud los cubiertos y la servilleta que tenía sobre los pantalones en la mesa, los deslizó hacia el centro y apoyó los antebrazos mientras su mirada, fría y serena, hacía un lento recorrido hasta encontrar los ojos, un tanto sorprendidos, del padre Matías. Durante unos largos segundos clavaron sus miradas como si en ellas pudiese leerse el futuro inmediato.

—No, me encuentro perfectamente —respondió Ciriaco mientras movía resueltamente la cabeza de derecha a izquierda, contradiciendo así su respuesta y sin el más mínimo gesto de sonrisa en sus labios.

—¿He dicho algo que te haya molestado? —preguntó con tibieza el sacerdote al sospechar que algo raro estaba pasando.

Ciriaco le miró despreciativamente, dejando que la pregunta se perdiese en el aire. Después distrajo su mirada pensativa en el techo de la cocina.

—¿Sabe?, ayer soñé con mi padre —soltó Ciriaco como si la persona que tenía delante no contase ya para nada—. En el sueño, mi padre y yo, nos habíamos sentado en una terraza de las Ramblas. Yo debería tener aproximadamente seis años. Bromeaba conmigo sobre un helado y sobre la cara que pondrían mi madre y mi tío Juan cuando les dijésemos que los helados se habían acabado —una sonrisa apareció en sus labios mientras relataba pausadamente las imágenes retenidas del sueño de la noche anterior—. A mi madre y a mi tío Juan les encantan los helados, sobre todo los de vainilla y chocolate… No volveremos a tomar helados los cuatro juntos. Mi padre tenía razón, los helados se han acabado.

—Siento lo de tu padre —dijo el padre Matías, interrumpiendo así un prolongado e incómodo silencio.

—¡Cállate, cabrón! —gritó Ciriaco mientras cogía el cuchillo y lo clavaba sobre la mano que el padre Matías había extendido sobre el mantel de la mesa.

Un chorro de sangre brotó de la mano y, tras él, se escuchó un quejido estremecedor producto del profundo dolor que sintió el maldito cura en aquel momento.

—Yo… no… —farfulló, jadeante y temblón, pálido como la luna, agarrotado todo su cuerpo por un terror inmenso—. Yo… no sabía…

—Entonces debo de haber cometido un error —interrumpió Ciriaco mientras, después de levantarse sin apresuramiento, tiraba del mango del cuchillo que se había clavado en la mesa después de atravesar la mano.

El padre Matías replegó la mano herida sobre su pecho mientras intentaba frenar la hemorragia y reducir el enorme dolor que sentía. Ciriaco abrió un cajón de la cocina y sacó una venda y unas tijeras de considerable tamaño. Las puso sobre la mesa y limpió con parsimonia el cuchillo ensangrentado.

—Dame la mano —dijo mientras abría el envoltorio de la venda—. No quiero que mueras todavía, ¡venga, dámela! —le ordenó con firmeza mientras le estiraba de la mano y la ponía sobre la mesa.

Vendó con esmero la mano temblorosa mientras el padre Matías buscaba en su cerebro la manera de salir airoso de la situación extrema en la que se encontraba. *«Voy a morir»*, pensó.

—¿Me vas a matar? —farfulló de nuevo.

—No, no te voy a matar, a no ser que no me quede más remedio.

El padre Matías notó cómo el pánico que sentía perdía intensidad y que el profundo dolor que le causaba la herida se hacía más soportable.

—¡Levántate! —le ordenó Ciriaco mientras cogía la venda y las tijeras que había dejado encima de la mesa—. ¡Vamos arriba!

Subió detrás de él las escaleras hasta la planta de las habitaciones, indicándole que caminara hasta al extremo del pasillo, a la habitación de sus padres. Accionó el interruptor, atravesaron la salita hasta la alcoba y le mandó que se sentara en la cama. El padre Matías seguía sin encontrar una solución al problema que, sin duda, él, había forjado a base de errores a los que nunca dedicó un solo pensamiento. *«No permitas que muera»,* suplicaba en su interior al Dios del universo mientras las lágrimas caían a borbotones por sus mejillas.

—¡Desnúdate! —le gritó Ciriaco mientras se quitaba su camisa, el pantalón, los calzoncillos y los dejaba de cualquier modo sobre el parqué—. Habías fantaseado con esta noche, ¿no? ¡Desnúdate te he dicho, o te desnudo yo!

Las lágrimas se habían secado y una nueva incertidumbre florecía en la viscosa masa de sus sesos. Se quitó la camisa, dejando al descubierto su cuerpo blanquecino y flácido, mientras Ciriaco, de pie y completamente desnudo, le observaba con desprecio.

—¡Todo…, quítate toda la ropa!

La venda de la mano del padre Matías, empapada de sangre, le recordaba que no tenía otra alternativa que acatar la orden de Ciriaco. Pedir auxilio no serviría de nada, ya que en esa época del año las casas próximas se encontraban desocupadas. Además, aunque pudiese haber alguien, difícilmente oiría sus gritos y Ciriaco tendría tiempo suficiente para herirle de nuevo y evaporarse. La única posibilidad que tenía era suplicarle.

—Por favor, Ciriaco, deja que me marche. Lo que ha sucedido quedará entre los dos, no se lo contaré a nadie. Perdóname si te he causado algún daño y dime si hay alguna manera de que pueda repararlo.

—Sí, sí que hay una manera de reparar el mal que has hecho —respondió Ciriaco, harto de tanta súplica y llanto—,

¡devuélveme a mi padre! Veo difícil que puedas complacerme y no creo que Dios venga a echarte una mano.

El padre Matías se dio cuenta de que no había negociación posible y las lágrimas volvieron a humedecer sus mejillas mientras se desnudaba con dificultad por la imposibilidad de utilizar las dos manos. Su prominente barriga y sus abultados muslos mantenían ocultos sus órganos sexuales, hasta tal punto que Ciriaco pensó por un momento que carecía de ellos.

—¡Échate sobre la cama y no dejes de mirarme a la cara o donde más te apetezca! —dijo Ciriaco mientras se acercaba a la cabecera, sorprendido, porque los momentos se sucedían tal como los había imaginado. Esperaba algo más de resistencia, de oposición, pero solo había lágrimas y súplicas. Supuso que la agresión en la mano sobre la mesa de la cocina había tenido un efecto disuasorio y que el padre Matías sería incapaz de responder a cualquier agresión por pequeña que fuese.

—¡Dame la mano! —le ordenó Ciriaco.

—¿Qué me vas a hacer?

—Tú, dame la mano —sentenció Ciriaco mientras le agarraba por la muñeca, separándola de su cuerpo, después de coger la venda que había dejado sobre la mesilla.

Ató la mano por la muñeca a la cabecera de la cama y dio la vuelta hasta el otro lado para hacer lo mismo con el otro brazo. Le había dejado inmovilizado de brazos, sin golpearlo, sin confrontación que colocase a uno y a otro entre los vencedores o los vencidos.

—¿Querías que fuese tuyo, ¿verdad, padre? ¿Te hubieras conformado con manosearme un poco o también me habrías sodomizado?

—Yo no, yo solo quería ser tu amigo…

—Ya… y de los niños del colegio… y de los compañeros del seminario. Ahora me dirás que solo deseabas su amistad.

—Sí, así es, Ciriaco.

—Eres peor mintiendo que haciendo de cura. No sé por qué pierdo el tiempo hablando contigo.

—Si te contase la verdad, ¿cambiaría algo?

—Desde luego que cambiaría, ya no serías un cerdo cura mentiroso.

—Todo el mundo tiene defectos. Yo nací así, pero nunca haría daño a nadie. Es mi enfermedad, la cruz que tengo que llevar…

—Ya —interrumpió Ciriaco mientras cogía uno de los tobillos del padre Matías y lo ataba a los pies de la cama—. No es eso lo que decía en sus pláticas —dijo mientras se desplazaba al otro lado de la cama y repetía la misma operación con el otro pie.

—¡Qué vas a hacerme, Ciriaco!

—Voy a charlar contigo y después…, te cortaré los cojones. Entretanto, recuerda que mi padre se llamaba Paco y que tú lo asesinaste, ¡cabrón de mierda!

24

Ciriaco cogió el primer tren que salió de Valdoreix el lunes por la mañana. Aproximadamente, una media hora más tarde, a las diez, llegó a la estación terminal de Plaza Cataluña. Caminó a paso ligero, bajó por Puerta del Ángel y después giró en la calle Condal hasta llegar a la comisaría de Vía Layetana. Uno de los guardias, armados y uniformados de gris, que estaban apostados a ambos lados de la puerta de entrada de la comisaría, le indicó, después de que Ciriaco preguntase por el inspector Márquez, que se dirigiese a la oficina de control de acceso situada en la planta baja. Tras una mesa de aspecto sencillo y completamente despejada, un guardia con cara de pocos amigos le pidió que se identificara. Ciriaco le entregó su documento de identidad y el guardia anotó con parsimonia el número y el nombre en el libro de registro. Después se giró, introdujo la clavija en uno de los agujeros de la centralita de teléfonos, se puso unos cascos auriculares y pulsó un pequeño botón.

—¿Inspector Márquez?

—Sí.

—Soy el agente Julián, de control de acceso. Aquí tengo delante un joven que pregunta por usted.

—¡Y quién, coño, es ese joven que va a hacerme perder un valioso minuto de mi tiempo, o es que voy a tener que recibir a todos los jóvenes y abuelitas de la ciudad! Dígale que estoy ocupado.

—Inspector, el joven insiste en verle. Dice que es urgente.

—Si es urgente, que llame al 091.

—Inspector, me dice que se llama Ciriaco Blanco Vinuesa y que mejor será que le reciba.

Durante unos segundos la línea quedó en silencio. El inspector Márquez, sorprendido, se enderezó en su sillón, preguntándose qué carajo debería querer el hijo de Paco.

—¿Inspector Márquez...? —preguntó el guardia de acceso al pensar que el inspector había colgado el teléfono.

—Acompáñelo hasta mi despacho…, y la próxima vez empiece dándome el nombre.

—El carné, te lo devolveré cuando salgas. No te olvides de pasar por aquí —dijo el guardia a Ciriaco tras desenchufar la clavija y depositar los auriculares sobre la centralita.

Ciriaco siguió al guardia de acceso hasta la tercera planta, mosqueado por tener que subir un montón de escaleras. A ambos lados de un largo pasillo se encontraban los despachos de los que no paraban de entrar y salir personas. Algunas de ellas esposadas, y acompañadas por guardias, otras en mangas de camisa o con americana y corbata. Ciriaco supuso que serían inspectores o agentes del servicio secreto.

—Al fondo del pasillo, la puerta de la derecha. Está el nombre del inspector en el cristal —le señaló el guardia.

Ciriaco golpeó con los nudillos el cristal sobre el rótulo que informaba: «*A. Márquez. Inspector Jefe*».

—Pase —escuchó Ciriaco.

El inspector Márquez estaba sentado tras el escritorio con las mangas de camisa arremangadas, el botón del cuello desabrochado y la corbata, de color azul de Prusia, inmovilizada a la camisa por un imperdible, tenía el nudo ligeramente aflojado.

—Siéntese —le ordenó el inspector jefe sin alzar la vista de unos documentos en los que estaba, o simulaba que estaba, intensamente concentrado.

—Enseguida le atiendo —dijo sin mirar a Ciriaco, después de que se sentase frente a él.

Ciriaco dejó a sus pies la bolsa y esperó pacientemente durante un buen rato. El hombre que tenía delante era el responsable de la muerte de uno de sus seres más queridos, el asesino de su padre. *«Pagarás por ello»,* pensó Ciriaco mientras tensaba su mandíbula y apretaba una mano contra la otra.

—¿En qué puedo ayudarle? —preguntó por fin el inspector Márquez mirándole fijamente a los ojos.

—En nada —respondió Ciriaco, provocando que en el rostro del inspector apareciese el asombro—. Soy yo quien puede ayudarle —continuó mientras se inclinaba y extraía sin prisas una pequeña caja de madera del interior de la bolsa que había dejado a sus pies.

El inspector desplazó con cuidado su mano derecha hacia el cajón de su escritorio. Ciriaco se percató del gesto y supuso que el arma estaría cargada y preparada para su uso en caso de necesidad. Procuró que sus movimientos, mientras se agachaba, fuesen tranquilos para no incrementar el nivel de incertidumbre que observaba en la mirada del inspector. Depositó sin apresuramientos la pequeña caja sobre la mesa y abrió lentamente la tapa mientras observaba, con indiferencia, lo que había en su interior. Después la giró lentamente ciento ochenta grados, dejando el contenido de esta, a la vista del inspector jefe de policía, Antonio Márquez.

—Son los cojones del padre Matías —dijo con aplomo Ciriaco mientras el inspector Márquez se ponía de pie con la cara pálida, tras contemplar unos trozos de carne ensangrentada que teñían de rojo intenso el interior de la caja. Notó cómo se le revolvía el estómago, provocándole arcadas y el irremediable vómito, que a punto estuvo de caer sobre la mesa. Ciriaco, impasible, cerró la tapa y mantuvo las manos quietas sobre el escritorio—. Son para ti —dijo poco antes de que el inspector se abalanzase sobre él y le propinase un soberbio puñetazo en toda la cara que le hizo caer de espaldas al suelo.

Ciriaco notó la sangre llegar a sus labios desde su rota nariz y escuchó los pasos del inspector dirigiéndose a la puerta. Giró la cabeza y alzó, no sin esfuerzo, el tono de voz para que el inspector le oyese.

—¿Quieres salvarle la vida? —gritó Ciriaco mientras, con el dorso, su mano limpiaba la sangre que sellaba sus labios.

Notó cómo el inspector Márquez se detenía, se volvía hacia él y acercaba su rostro hasta unos escasos veinte centímetros de su cara.

—Di lo que tengas que decir antes de que te mate.

—¿Cómo a mi padre? —respondió Ciriaco.

—Sí, como al cabrón de tu padre.

—El padre Matías está vivo. No morirá si llegas a tiempo.

—Dime dónde está o te mato —le amenazó el inspector Márquez tras coger el arma del cajón y colocar el cañón sobre el ojo de Ciriaco.

—¡Levántame del suelo o dispara de una puta vez! —respondió Ciriaco.

El inspector Márquez cogió el respaldo de la silla y la puso derecha bruscamente. Ciriaco, de nuevo sentado, se palpó la nariz mientras notaba la presión del arma sobre su nuca.

—¡Habla o disparo! Es mi último aviso.

—Después de cortarle los cojones, cicatricé la herida con una plancha. Perdió la consciencia, pero el que pierda la vida depende de ti.

—¡Serás cabrón…!

—Esto solo ha sido el comienzo.

—¿Qué quieres a cambio? —preguntó con impaciencia el inspector mientras presionaba el gatillo, haciéndolo mover algunos milímetros.

—Salimos del despacho y de la comisaría como viejos conocidos. Al doblar la esquina, te diré dónde está. Si tengo la más mínima impresión de que alguien nos sigue, olvídate de la dirección y del padre Matías.

—¿Qué te hace pensar que me importa lo que le pase a esa mierda de cura? —dijo el inspector sin apartar el arma.

—Entonces, ¡dispara de una puta vez!, puedes acabar conmigo o salvar al padre Matías, decide. En cualquier caso, quien me ha puesto al corriente de vuestros trapicheos seguirá vivo y dispuesto a cantar.

El inspector Márquez se quedó paralizado, preguntándose quién diablos podría haber puesto al corriente a Ciriaco de las conversaciones y los planes que había tramado con el padre Matías. Siempre habían hablado ellos dos solos y no había documento alguno que pudiese relacionarlos en este asunto. *«¿Habrá cantado el padre Matías, o hay una tercera persona que está al corriente?»*, se preguntó. Decidió entonces que era mejor localizar al cura para asegurarse, y a Ciriaco, si le soltaba, no le costaría lo más mínimo cazarle.

—¡Levántate! —ordenó el inspector a Ciriaco mientras sacaba su pañuelo del bolsillo superior de la chaqueta—. Sécate la sangre de la nariz y no hagas ni digas nada hasta que salgamos de la comisaría. Más te vale que el padre Matías esté donde me digas y reza para que no te encuentre después.

—No te preocupes, nos volveremos a ver y pagarás lo que hiciste a mi padre —respondió Ciriaco después de limpiar la sangre de la nariz.

—Camina detrás de mí. A la menor sospecha, te pego un tiro aquí mismo en la comisaría.

Abrió la puerta y recorrió el pasillo hacia las escaleras, quitándose de encima a un agente que venía a traerle unos informes. Bajó a la planta baja y le pidió al guardia de control de acceso el documento de identidad de Ciriaco. Se lo metió en el bolsillo y caminó hasta la esquina de la calle Condal, asegurándose de que le seguía.

—¡Cumple tu palabra! —dijo a Ciriaco mientras empuñaba la pistola que llevaba en el bolsillo de la americana.

—Dame mi documentación —respondió Ciriaco.

—Toma, tu carné. No hay dios que te salve de esta.

—Posiblemente, no salga nadie de esta. Ahora, te toca ir tras el cura. Está en su torre de Valdoreix, en la carretera de la Floresta, al lado de la estación. En la puerta de entrada hay un cartel que pone *«Casa Bofill»*.

—Más vale que desaparezcas del mapa. Te encontraré, aunque te escondas bajo las piedras.

—Te estaré esperando.

El inspector Márquez le dio la espalda y caminó, a paso ligero y sin mirar atrás, por la calle Condal hacia la estación de Plaza Cataluña.

25

—¿Hospital Clínico?

—Sí, dígame.

—Quisiera hablar con el doctor Armengol.

—Le pongo con su consulta.

—Tío Juan, soy Ciriaco. Te llamo desde una cabina y no tengo demasiado tiempo —dijo al escuchar su voz al otro lado de la línea.

—¿Dónde estás? Ahora tengo visita y no puedo…

—Te espero en el bar de los helados dentro de media hora. Si no puedes venir, ya te llamaré. No intentes localizarme. Yo me pondré en contacto contigo.

—No creo que pueda llegar.

—No te preocupes, te llamaré —dijo Ciriaco y colgó el teléfono.

Después de llamar el inspector Márquez por teléfono al doctor Álvarez, director de la clínica Sagrada Familia, vistió al padre Matías, mientras llegaba la ambulancia. Su ropa estaba esparcida sobre el suelo de la habitación. El intenso dolor que reflejaba su rostro, sus inevitables quejidos y el aspecto deplorable de lo que había sido en otro tiempo el territorio de sus genitales, fueron suficientes argumentos para que el inspector no le hiciese ni una sola pregunta ni comentario sobre lo sucedido.

El inspector jefe Márquez salió de Valldoreix en la ambulancia que trasladaba al padre Matías a la clínica de la Sagrada Familia en Barcelona. Accedieron por el servicio de urgencias y los camilleros, siguiendo el protocolo establecido para estos casos, trasladaron al paciente a una habitación de la misma planta, a la espera de que el médico del servicio diera un diagnóstico y determinara las actuaciones.

—Comuniquen al doctor Álvarez que el señor Márquez ha llegado con el paciente —dijo el inspector a los camilleros pocos minutos antes de que el doctor apareciese.

—¡Hola, Antonio! —saludó al entrar el doctor Álvarez en la habitación.

—¿Qué tal, Alfonso? —contestó el inspector jefe tras estrechar su mano.

—¿Qué ha pasado?

—Es largo de explicar, pero la situación me obliga a ser breve —contestó después de coger al doctor por el brazo y conducirlo fuera de la habitación.

—¿Algún exceso en la comisaría?

—No, no, mucho peor. El hombre que está dentro es un cura. Un sacerdote importante.

—¿Comunista?

—No, nada de política, es el prefecto del colegio de los jesuitas de la calle Caspe.

—¡Coño, Alfonso! Explícame de una vez qué ha pasado.

—Verás…, bueno, el hecho es que le han cortado los cojones y el agresor ha detenido la hemorragia con una plancha ardiendo.

—¡La madre que me parió!, ¿quién ha sido capaz de hacer eso?

—Algún día te hablaré largo y tendido del asunto, pero ahora lo que conviene es que atiendas al cura y, sobre todo, máxima discreción. Lo más seguro es que a la Orden le interese mantener el tema fuera del alcance de la prensa y, si te soy sincero, a mí tampoco me interesa que salga a la luz.

—Pero él, quizás, quiera denunciar…

—¿Denunciar? —interrumpió el inspector Márquez—. Él es el primer interesado en que el asunto no trascienda, podrían salir a la luz sus desviaciones sexuales y, tratándose de jóvenes, e incluso de no tan jóvenes, quién sabe lo que podría acarrearle.

—Entiendo. Es un tema delicado. Veré qué puedo hacer. De momento daré instrucciones para que no tramiten el ingreso, argumentando que se trata de un traumatismo leve en la zona lumbar y que no precisa tratamiento de urgencia. Luego coges al cura, le metes en un taxi y le llevas a mi casa, allí podré atenderle y evitar consecuencias que puedan perjudicarnos.

—Te lo agradezco, Alfonso.

—Ya lo sabes, Antonio, estoy en deuda contigo.

—No me debes nada. Olvida lo de tu chaval de una vez, un adolescente rojillo florece en todas las familias.

—Nos vemos en casa —dijo el doctor Álvarez mientras salía de la habitación.

Ciriaco, tras salir de la comisaría, siguió al inspector a una distancia prudencial hasta el apeadero de plaza Cataluña. Vio cómo subía al tren que se dirigía a Valldoreix y esperó en el andén hasta la llegada del siguiente convoy. Cuando llegó, se ocultó tras unos árboles de la casa contigua a la del padre Matías y esperó pacientemente hasta ver cómo le subían a la ambulancia. Le acompañaba el inspector Márquez. El vehículo arrancó inmediatamente rumbo a Barcelona, sin sirenas ni luces que llamasen la atención. Después, Ciriaco se dirigió a la finca y entró.

La habitación de sus padres estaba como la dejó el día anterior. Las vendas cortadas permanecían colgando del cabezal y de los pies de la cama, y sobre las sábanas, unas manchas de sangre le recordaron las súplicas y llantos del padre Matías. Los porticones de las ventanas permanecían abiertos y pensó que lo normal sería que alguien, probablemente el inspector Márquez, regresase a dar un vistazo y a cerrar la casa. Calculó que disponía de veinticuatro horas, después el riesgo sería mayor por cada minuto que pasase.

Entró en la habitación del cura y tiró de la sábana blanca que cubría la cama. Sobre ella, apoyado sobre la almohada, descansaba un muñeco de peluche desde quién sabe cuándo. Después, dejó al descubierto los otros muebles. Las estanterías estaban repletas de juguetes y otros trastos meticulosamente dispuestos, pero probablemente apenas utilizados. Sobre la mesa de estudio, un cuaderno abierto mostraba dibujos enrevesados de figuras puntiagudas, perfiladas con ángulos agresivos y con espacios interiores saturados de negro y de una excesiva presión. No tardó en darse cuenta de que, si el padre Matías comunicó en alguna ocasión sus anhelos, sus temores y su rabia, lo hizo a través de sus dibujos. Buscó una página en blanco, cogió un lápiz y escribió sin prisa. Cerró el cuaderno y se echó pensativo sobre la mullida cama. Le sobrevino un profundo cansancio y no tardó en quedarse dormido.

Las primeras luces del amanecer entraron por la ventana y despertaron a Ciriaco. Sintió vacío el estómago. Se levantó, bajó a la cocina y se preparó algo de comer. Cuando salió a la parte trasera del jardín por la puerta de servicio, notó que había recuperado sus fuerzas y la frialdad necesaria para dar el siguiente paso.

Las secas ramas de los árboles, que había recogido y acumulado detrás de la casa, le esperaban impacientes con sus esqueléticas formas y sus palidecidos colores. Las introdujo en la casa y las distribuyó por todos y cada uno de los rincones. En los de la planta baja, expresamente próximos a muebles y cortinas, colocó papeles y libros extraídos al azar de las estanterías.

Eran las once de la mañana. Abrió el cajón de la mesa del despacho y cogió un sobre. En el revistero de la sala encontró el ejemplar del periódico *La Vanguardia* del 36, se acordó del día de su llegada y de lo espléndida que encontró la casa, a pesar del polvo y la suciedad. Abrió el periódico y leyó al azar un párrafo, quizás atraído por el titular: *«Contra el frío y la lluvia».* El último párrafo decía: *«Por las cimas de las montañas y en las laderas hay nieve. ¡Ayuda a los que allí vierten su sangre por la libertad! No permitas que se malgasten tiros por culpa de unas manos agarrotadas por la escarcha».* Recortó el artículo y se lo guardó en el bolsillo de la chaqueta.

A través del cristal de la ventanilla del tren, vio una columna de humo negro y espeso que se alzaba hacia un cielo encapotado que amenazaba lluvia. Otro tren, procedente de Barcelona, llegaba a la estación, mientras el suyo se ponía en marcha. Durante unos instantes, las miradas de Ciriaco y del inspector Márquez se cruzaron a través de los cristales de las ventanillas. Pudo ver, antes de que el tren se alejara, cómo el inspector Márquez contemplaba estupefacto la columna de humo que ascendía entre las casas. Giró la cabeza hacia el tren que se alejaba y después corrió hacia la salida de la estación.

Cuando llegó a la casa del reverendo, ya no encontró puertas ni contraventanas que cerrar.

Ciriaco se apeó en la estación de Sarriá, al suponer que era bastante probable que el inspector hubiese llamado por teléfono y dado orden para que le detuviesen a su llegada a la estación de Plaza Cataluña. Bajó por Mayor de Sarriá y entró en un bar que hacía esquina con la plaza Artós.

—Un café con leche, por favor.

—¿Alguna pasta? —preguntó el hombre que había detrás de la barra—. Son caseras, pruebe una, le gustará.

—De acuerdo, póngame una. ¿Tiene usted teléfono? —preguntó Ciriaco.

—Sí, es particular…, bueno, pasa, está en la pared del pasillo, al lado del lavabo.

—Gracias.

Ciriaco descolgó el teléfono y marcó los números. A los pocos segundos, una voz, la que esperaba, contestó al otro lado de la línea.

—Hospital Clínico, ¿dígame?

—Desearía hablar con el doctor Armengol.

—Le paso con su consulta. Lo siento, me dicen que está en el quirófano y que no estará disponible hasta dentro de dos horas.

—Gracias. Llamaré más tarde.

Tomó tranquilamente el café y disfrutó tanto con la gustosa pasta casera que se animó a pedir otra, provocando en el propietario del bar una expresiva sonrisa. Sacó dinero del bolsillo, el que el padre Matías había dejado en el cajón del despacho, y le pidió que le cobrase.

—La llamada corre de mi cuenta —dijo el camarero al devolverle el cambio.

—Gracias. Las pastas estaban realmente muy buenas —comentó mientras se levantaba y abandonaba el establecimiento.

Ciriaco conocía a la perfección el camino que debía seguir, a través del laberíntico hospital, para llegar a la consulta de su tío. Desde que era niño, los había recorrido en innumerables ocasiones, a pesar de que no le gustaban absolutamente nada las caras de los pacientes que circulaban por ellos. Siempre se sintió orgulloso de su tío y de su trabajo, y desde pequeño pensó que algún día sería como él. *«Ya no podré ser como él»,* pensó al abrir la puerta de su consulta y pasar dentro tras comprobar que no había nadie.

Sobre la mesa, un discreto marco contenía una foto en la que aparecían, cogidos por la cintura, Lola, Paco y Ciriaco. La tenía en sus manos cuando oyó que la puerta se abría y entraba su tío, ataviado todavía con la ropa de quirófano.

—¡Hombre, Ciriaco, qué alegría verte por aquí! Tanto enfermo le pone a uno el ánimo por los suelos. Me cambio y vamos a comer algo.

—No tengo demasiado tiempo —dijo Ciriaco.

—Te equivocas, tienes todo el tiempo del mundo. Hoy no pienso comer solo.

—Está bien. La verdad es que necesito hablar contigo.

—Estupendo, comeremos y hablaremos un rato. Últimamente, he echado en falta nuestras tertulias.

Ocuparon una mesa en el extremo del comedor del hospital en la que pudieran charlar con tranquilidad, lo más lejos posible del incesante murmullo de enfermeras y médicos.

—¿Qué te parece?, nuestra mesa predilecta vacía y despejados los alrededores —dijo el doctor Armengol mientras tomaba asiento y ojeaba la carta insertada en una funda de plástico trasparente—. El menú de hoy te gustará.

—Espero que podamos acabarlo —dijo Ciriaco.

—Bueno, ¿me vas a contar a qué viene tanta prisa, o me vas a decir de nuevo que son asuntos tuyos?

—Siguen siendo asuntos míos, pero no me queda más remedio que ponerte al corriente para que no te enteres por otras personas.

—¡Habla ya de una vez! ¿De qué se trata?

—Está bien, pero prométeme…

—Ciriaco, por favor, ¡cuéntamelo de una puta vez! —interrumpió bruscamente el doctor Armengol después de alejarse la camarera que había dejado los platos sobre la mesa.

—Está bien, tío, ¿por qué ocultar los hechos? He cortado los cojones al padre Matías y prendido fuego a su casa.

La cucharada de sopa de cebolla que el doctor había introducido en su boca, mientras esperaba la explicación de Ciriaco, salió proyectada como un misil sobre el mantel a causa del atragantamiento. Se llevó la servilleta a la boca mientras hacía indicaciones a los comensales más próximos de que no pasaba nada, de que todo iba bien.

Durante la comida, Ciriaco explicó a su tío todos y cada uno de los momentos que había vivido durante los últimos días. Por los altavoces del comedor sonaba *La Romanza* de Salvador Bacarisse, una de las piezas favoritas del doctor Armengol, pero en aquellos instantes sonaba muy lejana, como aterrorizada por un relato estremecedor. Sus miradas enganchadas, ajenas al ir y venir del personal, ponían al desnudo sus sentimientos más profundos. Cuando se apagaron las luces del comedor y quedaron en penumbra, ya no había un solo autor de los hechos, eran dos. Sus rostros no disimulaban la satisfacción por la venganza, ni la tristeza ante la imposibilidad de recuperar tiempos de paz y sosiego, de los tranquilos paseos por las

Ramblas, de los aperitivos amenizados por las historias de Paco, de las agradables cenas a la luz de las velas sobre el mantel de plástico de Lola.

—Tengo que pasar visita a unos pacientes —dijo el doctor Armengol abandonando un prolongado silencio—. Quédate en mi despacho hasta que regrese.

Lola entró en la consulta a media tarde. El doctor Armengol la había llamado para que acudiese al hospital urgentemente. Hacía días que no veía a Ciriaco y le abrazó con fuerza propinándole, después, un par de sonoros besos. Ciriaco apretó la cabeza de Lola contra su pecho y dejó que el olor de sus cabellos le inundara de emoción.

—Dice tu tío que viene tormenta —dijo Lola sin aflojar los brazos que rodeaban la cintura de Ciriaco.

—Sí, mamá, y de las fuertes.

—No has olvidado lo de tu padre, ¿verdad?

—No, no lo he olvidado, pero tú, y tío Juan, tampoco.

—Tienes razón. Ya no bailamos su música.

—No la bailaremos nunca. Pagarán por lo que nos han hecho.

Estaban todavía abrazados cuando entró en la consulta el doctor Armengol, ya sin la tensión que Ciriaco le había provocado durante la comida.

—Sentaos —dijo el doctor—, disponemos de poco tiempo y, Lola, no lo vamos a perder poniéndote al corriente. Ya hablaremos en otro momento. ¿Confiáis en mí?

26

Poco después de las diez de la noche, Ciriaco ingresaba en el manicomio de San Baudilio. Una ambulancia le había trasladado desde el hospital Clínico, hasta "la casa de los locos", después de que el doctor Armengol redactara el informe que entregó a uno de los dos fornidos enfermeros que se llevaron a Ciriaco sin que este presentara la más mínima resistencia.

El manicomio se encontraba a menos de una hora de la ciudad de Barcelona. Su aspecto descuidado distaba mucho del esplendor que había tenido a finales de mil ochocientos, cuando su propietario, don Antonio Pujadas, lo fundó y dirigió.

No siempre había sido así. Tras los muros del manicomio había una historia con fuertes contrastes. Durante los primeros años fue un ejemplo para toda Europa. El número de enfermos era relativamente bajo y gozaban de todas las atenciones que precisa un ser humano en esas circunstancias. Algunos años más tarde, debido a la falta absoluta de ayudas económicas de la administración, el sanatorio fue dirigido y gestionado por los Hermanos de la Orden Hospitalaria de San Juan de Dios. Las Hermanas Hospitalarias, junto con un reducido número de médicos, lograron mantener el centro abierto a base de mucho sacrificio y esfuerzo.

Durante la guerra civil y los años posteriores, el manicomio, sus pacientes y el personal pasaron por los peores momentos. Las Hermanas Hospitalarias abandonaron el país refugiándose en los centros que la Orden tenía en Francia. La mermada plantilla de médicos y enfermeros, faltos de medios y medicinas, apenas podían atender mínimamente a los numerosos internos. También, durante la guerra, hubo que habilitar un pabellón para atender a soldados republicanos que presentaban trastornos, muchos de ellos no superarían sus alteraciones y pasarían a formar parte del censo de la institución. Los locos vagaban por los jardines en busca de algo que ponerse a la boca, sin recibir la atención y medicamentos que les permitieran mantener bajo control sus alterados estados mentales. El índice de mortalidad se disparó hasta niveles jamás conocidos.

La casa de reposo y paz, que Pujadas diseñó y construyó para personas con enfermedades mentales, se había convertido en un centro de internamiento al que iban a parar, además de enfermos con alteraciones psíquicas, todos aquellos que, por uno u otro motivo, eran una lacra para la sociedad. El dictador estaba empeñado en que se entonase, además del "¡Viva Franco!", quería que lo de "¡Arriba España!", fuese, además de un dicho, un hecho. Mendigos, subnormales, delincuentes, militares tarados, putas descatalogadas, poetas desquiciados, pedófilos, proxenetas, comunistas, opositores al régimen… conformaban una población variopinta que coexistía tras los altos muros del vasto establecimiento. Los excesos de medicación y descargas de electroshock acababan formando un grupo homogéneo y, aquellos que no eran "locos", lo acababan siendo.

Ahora, cuando Ciriaco atravesó las puertas del manicomio de San Boi, la situación había mejorado notablemente, aunque seguía distando mucho de los gloriosos momentos de su fundación. El regreso de las Hermanas Hospitalarias, el incremento de personal médico y auxiliar, y el disponer de medicamentos posibilitó mejorar la atención a los pacientes. Los pabellones, jardines y demás servicios habían lavado su aspecto, permitiendo que el día a día fuese más soportable para locos y cuerdos.

La alta puerta, de barrotes de hierro acabados en punta de lanza, se cerró después de pasar la ambulancia que se detuvo ante las escalinatas de un sobrio edificio rectangular de líneas decididas. Una balaustrada, interrumpida por columnas griegas, sostenía con sencillos capiteles jónicos el amplio balcón de la planta superior. El reloj que se alzaba majestuoso sobre la cubierta del edificio marcaba las diez y cuarto cuando un vigilante, sin prisas, bajó por la escalinata hasta el vehículo.

—Este es el informe —dijo uno de los fornidos enfermeros al entregar el sobre con membrete del Clínico al vigilante.

—Es muy tarde para un ingreso —informó el portero.

—Yo me limito a cumplir lo que me dicen.

—No viene con camisa.

—No, nos han dicho que no era necesario. No nos ha dado ningún problema cuando le traíamos.

Ciriaco subió los peldaños que conducían a la entrada, custodiado por los enfermeros. Al pasar bajo el umbral de la puerta, notó en sus brazos la innecesaria presión de sus manos. No tenía la más mínima intención de resistirse, ni tampoco estaba entre sus planes inmediatos el huir de aquel lugar que le situaba fuera del alcance del inspector Márquez.

—Está bien, llamaré al médico de guardia y que él decida —dijo el vigilante mientras introducía una clavija en la centralita de teléfonos—. El doctor Cortina viene hacia aquí.

Ciriaco permanecía inmóvil, entre los dos enfermeros, escuchando con atención la conversación. Un desasosiego recorría su cuerpo de la cabeza a los pies. A lo único que podía echar mano en ese misterioso lugar era a su intuición. Poco antes de que viniesen los enfermeros para llevárselo, su tío Juan le había dicho: «*Eres suficientemente inteligente para manejar este asunto. Escucha siempre y cuanto menos abras la boca mejor*». No dispusieron de tiempo para más explicaciones.

El doctor Cortina miró de reojo a Ciriaco mientras cogía el informe de las manos del enfermero. No le pareció necesario demorar más la salida de la ambulancia y le dijo al portero, después de coger a Ciriaco por el brazo, que les abriera la puerta. Sin soltarle, le condujo por un amplio pasillo hasta un pequeño despacho, accionó el interruptor de la luz y le acompañó hasta una silla frente a la mesa, indicándole que se sentara. Dejó el informe sobre la mesa y se acomodó en el sillón. Llevaba una bata blanca sin abotonar, y, en el bolsillo superior repleto de bolígrafos y lapiceros, estaba bordado su nombre. Era grueso, de baja estatura y apenas cuatro largos pelos, peinados de oreja a oreja, disimulaban torpemente su calvicie. Con el dedo, desplazó sus gafas hasta el arco de la nariz y leyó el nombre escrito en el sobre.

—Te llamas José López Pinto, ¿es así? —preguntó el doctor Cortina mientras miraba a Ciriaco por encima de sus gafas.

Ciriaco, con los ojos clavados en sus manos entrelazadas, no contestó, ni permitió que su cuerpo emitiera el más mínimo gesto. «*¿Habría alguien que se llamase así o simplemente era un nombre escrito al azar? Al dar por hecho que procediendo del hospital Clínico no levantaría sospechas ni daría pie a más indagaciones* —se dijo—, *mejor no respondo...*». Tarareó una canción en su interior..., contó las baldosas del suelo...

—Está bien, José, entiendo que estés algo asustado. Veamos qué dice el informe —prosiguió el doctor Cortina ante la ausencia de respuesta. Sacó los papeles del sobre y leyó con atención, recorriendo cada una de las palabras con uno de los lápices que había extraído del bolsillo.

El documento, enviado por el servicio de psiquiatría del Clínico, decía: *«José López Pinto. Nacido en Barcelona el 23 de abril de 1945. Hijo de Francisco López San Millán y de María Pinto Ledesma. Ingresado en el hospital Clínico por intento de suicidio (según la familia, un nuevo intento). Se niega a colaborar en las entrevistas, así como en las diferentes pruebas psicológicas. La familia asegura que no ha sufrido ningún traumatismo y que desconocen por completo cuáles pueden ser los motivos. El paciente no se comunica con sus padres desde hace varios meses ni tampoco con otras personas. No presenta muestras de agresividad contra los demás. Se le diagnostica, en esta primera fase de aproximación, una psicosis depresiva aguda. Se le ha tratado inicialmente con imipramina y se recomienda, provisionalmente, su internamiento. Dr. Albiol»*. A Ciriaco le hubiera gustado que el doctor leyese el informe en voz alta para conocer los motivos de su ingreso, pero también pensó que si nada sabía, nada podía explicar.

—Bueno —prosiguió el doctor Cortina al acabar de leer el informe y de volver a colocar el lápiz en el bolsillo—, al parecer, vas a pasar una temporada con nosotros. Espero que sea breve…, que todo evolucione favorablemente y que pronto puedas volver a casa. Aquí encontrarás la atención médica que necesitas para curar tu enfermedad. ¿Qué te parece, José?

Ciriaco se esforzó para que todo su cuerpo desatendiera la pregunta. Sus ojos, clavados en sus manos entrelazadas, no le traicionaron. El tarareo y el contar baldosas le ayudaron a mantener su atención distante, y el doctor Cortina, probablemente desmotivado porque eran casi las once de la noche, optó por dar por finalizada la visita.

Un enfermero acompañó a Ciriaco hasta el pabellón de nuevos ingresos. Era negra noche cuando salieron por la parte trasera del edificio. La silueta de una iglesia apareció en la penumbra a la izquierda de un largo paseo central. Tras ella, varios edificios se distribuían a ambos lados del camino de tierra.

Las luces estaban apagadas cuando entraron en el pabellón rotulado con la letra "A". El enfermero accionó el interruptor que había junto a la puerta de acceso y una tenue luz iluminó un sencillo mostrador circular que dividía el pasillo en dos mitades. Cogió unas llaves del cajón y le dijo a Ciriaco que le siguiera.

—Aquí duermo yo —dijo el enfermero, señalando la primera puerta del pasillo en la que podía leerse "Personal de Guardia" sobre una cartulina rectangular enganchada con pegamento.

A pocos metros, se detuvo ante otra puerta que tenía una pequeña ventana a la altura de los ojos, introdujo la llave y dio al interruptor que estaba fuera del habitáculo.

—En la planta de arriba está el dormitorio —comentó el enfermero—, pero dormirás aquí de momento. Vete cambiando, que enseguida vuelvo —le dijo después de cerrar con llave.

Ciriaco se puso el pijama de rayas verticales, grises y blancas, que le habían entregado en la recepción. Se acababa de sentar sobre la cama metálica cuando entró el enfermero.

—Muy bien, José, veo que me has entendido —dijo al entrar y verle con el pijama puesto—. Debajo de la cama hay un orinal y ahora tómate esto. Le puso una pastilla en la boca y le acercó un vaso de agua. Pastilla y agua estaban ya en el estómago cuando Ciriaco reflexionaba si debería o no habérsela tomado.

—Así me gusta —continuó el enfermero mientras salía de la habitación—. Ahora, acuéstate y descansa. Mañana será otro día.

Ciriaco oyó cómo la llave giraba en la cerradura e instantes después el ruido del interruptor que dejaba la habitación a oscuras. Se sintió como un preso al que acaban de recortar sus libertades. Era José López Pinto, la persona con problemas de salud mental que ingresaba en el manicomio y, a excepción de su tío Juan, nadie sabía que era Ciriaco, quien encarnaba esa nueva identidad. Las palabras de su tío, *«Eres suficientemente inteligente para manejar este asunto»*, activaron su memoria, recordándole que estaba solo y que debería ser hábil en aquel extraño lugar en el que la razón y la sinrazón conviven en armonía. Guardar silencio le pareció que había sido una decisión acertada o, por lo menos, le ayudaría a ganar tiempo para aprender a comportarse en consonancia con la alteración mental que figuraba en el informe y que por el momento desconocía.

Ciriaco vio cómo la luz del pasillo se apagaba tras la pequeña ventana de la puerta. Notó su cuerpo pesado sobre el colchón de lana y cómo apenas le quedaban fuerzas para cubrirse con la gruesa sábana encartonada. *«La pastilla...»*, pensó poco antes de que los párpados ocultasen sus ojos sin poder evitarlo.

27

—Buenos días, padre.

—Hola, inspector.

—Siento no haber venido antes a verle. Ya sabe, el trabajo.

El padre Matías levantó ligeramente la cabeza y el inspector le colocó otra almohada.

—Disculpe que no me levante.

—No, no, no lo haga, mejor quédese quieto.

—Coja una silla y siéntese. Me irá bien un rato de compañía.

El inspector Márquez acercó una silla y se sentó un par de metros alejado de la cama mientras se preguntaba sobre cuál iba a ser el fondo y la forma de la conversación. Se sentía violento, incómodo. No se le ocurría qué podía decirle a una persona, y menos a un cura, que acababan de cortarle los cojones.

—Acérquese más, inspector, no me haga levantar la voz.

—Desde luego —respondió mientras acercaba tan solo medio metro más la silla.

—He de confesarle que me siento avergonzado. No es propio de un religioso meterse en estos líos, y menos si tiene altas responsabilidades. Y si a los hechos le añadimos el cómo me encontró usted, entonces…

—No hay nada de lo que tenga que avergonzarse —interrumpió el inspector—, son las mentes criminales las que alteran el orden de las cosas.

—Quizás tenga usted razón, pero el hecho es que estoy completamente hundido. Ya no hay futuro para mí.

—No exagere, padre, dentro de unos días toda esta historia se habrá olvidado. Y, téngalo claro, yo no olvidaré lo sucedido hasta que acabe con ese monstruo.

—Olvídese, inspector…

—¡Olvidarme!, cómo puedo olvidarme del cabrón que tuvo la osadía de presentarse en mi despacho con sus cojones en una caja, y después va y le prende fuego a su casa prácticamente en mis narices.

—¿Cómo?, ¿fuego en mi casa?

El inspector Márquez le relató, sin obviar detalle, sin miramiento y en tono exaltado, cómo habían trascurrido los hechos. Comenzó por la mañana en que Ciriaco entró en su despacho y acabó con el momento en que el repartidor del colmado le entregó un sobre mientras él, impotente, contemplaba cómo las llamas devoraban a plena luz del día la casa de los Bofill.

—Usted puede quedarse aquí tan tranquilo, suplicando perdón a Dios y a su Madre Santísima, pero del inspector Márquez no se burla ni su puta madre —gritó mientras se ponía bruscamente de pie y lanzaba sobre la cama el sobre que le habían entregado.

—Es para usted. Léalo o haga lo que le pase por los cojo… —dijo el inspector enfurecido mientras abandonaba la habitación.

Se detuvo en el rellano tras cerrar la puerta, pensando si había sido muy duro con el padre Matías. Supuso que la criada lo habría oído todo y estuvo a punto de volver a la habitación, pero desistió de su idea. *«Volveré otro día»*, se dijo mientras bajaba la escalera, esforzándose por serenar los ánimos.

Escuchó gritos antes de llegar a cruzar la calle, se giró, y vio a un grupo de personas alborotadas contemplando un cuerpo que yacía sobre la acera. Se acercó a empujones, apartando sin miramientos a los congregados mientras enseñaba su placa de policía. No tardó en confirmar su sospecha. El padre Matías yacía en el suelo inerte. Su cabeza se bañaba en un charco de sangre. Se agachó y puso sus dedos sobre el cuello, sin encontrar pulsación alguna. Mientras pedía que le trajesen una manta, cogió la carta aferrada a la mano, aún caliente, y la metió en el bolsillo de su chaqueta.

Al anochecer, el inspector Márquez entró en un bar próximo a la comisaría y se tomó un par de copas de coñac. Subió a su despacho haciendo caso omiso a la rutina del día, se sentó en su butaca, puso los codos sobre la mesa y dejó que su cabeza reposara unos momentos entre sus manos. Minutos después, accionó el interruptor de la lámpara y sacó del bolsillo de su chaqueta la carta del padre Matías. Encendió un cigarrillo y leyó el texto que Ciriaco había escrito poco antes de incendiar la casa.

«Abominable padre Matías, espero que hayas recuperado los ánimos después de nuestro último encuentro. Si quieres recuperar tus testículos, contacta de nuevo con el inspector Márquez. Se los entregué en una pequeña caja y no creo que le importe devolvértelos. Quiero que sepas que no fue un acto de locura, lo hice conscientemente y no me arrepiento, ni de este, ni me arrepentiré de los actos que cometeré en un futuro inmediato. Son tan irremediables como la muerte de mi

padre, y solo vais a padecerlos tú y tu amigo policía, los únicos responsables de su muerte. Mi vida será otra después de que hayáis recibido el castigo que os merecéis. Os he juzgado y os he condenado. Yo seré vuestro verdugo, el que os hará sentir la mayor angustia, dolor y sufrimiento que sea capaz de proporcionaros. Por mi parte, esto no ha de afectar a nadie más. Si implicáis a más gente, será vuestra responsabilidad lo que les suceda. El mundo iría mejor sin personas como vosotros. Ciriaco».

El inspector Márquez releyó el escrito un par de veces, como si entre líneas pudiese encontrar algo que aliviase su cólera. Abrió el cajón de la mesa y observó, sin abrirla, la caja que le había traído Ciriaco. *«Debí pegarle un tiro»*, pensó mientras se levantaba y se echaba sobre el sofá del despacho, después de quitarse la chaqueta y de aflojarse el nudo de la corbata.

Le despertó el ruido de unos nudillos que golpeaban la puerta. Tenía el cuerpo dolorido y su mala leche estaba a punto de hervir a esas horas de la madrugada.

—¡Quién coño es! —gritó desde el sofá sin levantarse.

—Soy Martínez, se trata de un tema urgente.

—¡Pasa de una puta vez y no me toques más los cojones! ¿Qué coño es tan importante para que me despiertes a estas horas?

—Acaban de detener a Francisco Ayala y le han metido en el calabozo.

El inspector Márquez se incorporó de golpe, se dirigió hacia la mesa y, después de repiquetear con los dedos sobre el tablero, le dijo con un tono más relajado al policía Martínez:

—¡Tráeme a ese cabrón de comunista ahora mismo!

Una hora después, dos policías arrastraron hasta los calabozos del sótano a Francisco Ayala, completamente inconsciente. Sangraba por la nariz, las orejas, el pómulo, la frente…, no había un centímetro en su cuerpo que quedase libre de la colosal paliza que le había dado el inspector Márquez. De no ser porque le sujetaron los policías que le trajeron, le hubiera matado esa madrugada.

Se lavó las manos y la cara, bajó las mangas de la camisa, descolgó el teléfono y marcó la tecla de la centralita.

—Soy el inspector Márquez, localiza a Echevarría y a Conde, y que vengan a verme urgentemente. Ah, y manda a alguien que me traiga un café y una pasta.

—¿Algo más, jefe? —respondió una voz desde la centralita.

—No, nada más. No me pases ninguna llamada a no ser que sea extremadamente urgente.

Los agentes Echevarría y Conde no tardaron más de media hora en presentarse en su despacho, vestidos de paisano y con un botellín de cerveza en la mano. El inspector continuó rellenando unos impresos sin dirigirles la mirada.

—Sentaos, acabo estos informes y enseguida estoy por vosotros.

—No hay prisa, jefe —soltó Conde mientras se extraía con un palillo la mierda de las uñas.

—Bueno, ya está —dijo el inspector mientras cerraba la carpeta y se recostaba sobre el respaldo del sillón mordisqueando el bolígrafo.

—¿De qué se trata, jefe? —preguntó Echevarría.

—Bien —dijo el inspector, tras levantarse del sillón y echar un vistazo a la calle a través de la persiana de lamas—, me acaban de comunicar hace solo unos minutos que Francisco Ayala la ha palmado en el sótano.

—De puta madre, un rojo menos —interrumpió Conde.

—El hecho es que me he pasado mil kilómetros en el interrogatorio. Todavía me duelen los nudillos de lo dura que tenía la cabeza, ese cabrón, pero bueno, un problema menos. Ahora se trata de deshacernos del fiambre, o sea, que lo cargáis en el maletero del coche y lo despeñáis por la costa del Garraf. Por aquí no ha pasado ni a renovar el carné de identidad, ¿entendido?

—Desde luego, jefe, ningún problema —respondieron los dos agentes a la vez.

—Está bien. Para el otro tema por el que os he llamado es importante que me prestéis atención, no quiero que me explote entre las manos.

El inspector Márquez relató detalladamente la historia del joven frío y calculador, Ciriaco; del reverendo padre prefecto del colegio de los jesuitas, el padre Matías; del conocido y respetado médico del hospital Clínico, el doctor Armengol; de la conocida y deseada puta de la calle Unión Lola y del chulo y desafortunado carterista Paco. Les explicó punto a punto las relaciones entre unos y otros y la necesidad de manejar el tema con habilidad, de tal manera que la iglesia, el hospital Clínico e incluso el Colegio Oficial de Médicos quedasen al margen. Echevarría y Conde escucharon boquiabiertos la insólita historia sin tener totalmente claro si se trataba de un hecho real o si el jefe se estaba quedando con ellos.

—Vamos a ver jefe, si lo he entendido bien —intervino Conde después de cerrar los ojos y guardar unos minutos de profunda reflexión—, la Lola está casada con el chulo; el doctor se ventila a la puta con el beneplácito de su hijo Ciriaco y del padre carterista; para más inri, Lola y Paco convierten al doctor en el tío del chaval; el cura expulsa del colegio al chaval porque al parecer le pone cachondo un coñito francés y sus planes de maricón se van a tomar por culo; el cura te pide, jefe, que pongas a caldo a Paco y tú resuelves vía Modelo la cuestión; Ciriaco se queda sin padre, pero no se arrepiente del chollito que se había montado en Francia; le pide perdón al cura y el prefecto del colegio le mete en su casa para que le cuide el jardín; el chaval ni corto ni perezoso le corta los cojones al cura y te los trae en una cajita aquí, a la comisaría central de Barcelona, a tu mismísimo despacho; le dejas escapar para salvar al cura y Ciriaco, en señal de agradecimiento, prende fuego a la casa del cura y desaparece del mapa. ¿Es más o menos así?, o me descuido de algo.

—No. Veo, Conde, que me has prestado suficiente atención —respondió con aspereza el inspector jefe—. Te has olvidado de un detalle importante. Ciriaco escribió una nota en la que amenaza al cura y a mí, y el cura, después de mi visita y de leer la nota, se tira por la ventana desde un cuarto piso. Un problema menos para el chaval y un tema delicado para mí, porque, si te has dado cuenta, cabeza de chorlito, esta historia, si no se resuelve bien, va a publicarse en la primera página de *La Vanguardia* y a salir en el NODO. ¿Me sigues, Conde?

El agente Conde miró de reojo a Echevarría esperando encontrar apoyo, pero este arqueó los hombros hacia arriba mientras decía con la fluidez que le caracterizaba.

—Está claro, transparente como el agua, un tema delicado, como ha dicho el jefe, lo demás… puff… rollos raros… de gente… de gente rara… eh… lo que dice el jefe.

—De puta madre, Echevarría —interrumpió Conde—, te has explicado de puta madre.

—¡Vale ya, coño! —intervino el inspector—, dejaos de gilipolleces y prestadme atención. Primero, el tema no sale de este despacho y, segundo, vamos a proceder en este asunto extraoficialmente. Al menor desliz, os mando a criar malvas con la velocidad del rayo, ¿me habéis entendido?

—Sí, jefe —respondieron al unísono.

—Pues venga, id a comer algo. Esta noche resolvéis el asunto de Ayala y mañana por la mañana quiero veros a los dos aquí a las ocho en punto.

28

Cuando Ciriaco se despertó, la luz del día ya había atravesado la ventana de la habitación y dibujado, sobre el desgastado pavimento, la sombra de los barrotes. Sus ojos observaron su cuerpo vestido con un extraño pijama de rayas verticales grises y blancas. No tardó en recordar los hechos. Se encontraba en el mismísimo manicomio.

Observó la habitación con detenimiento mientras se preguntaba cuál iba a ser el siguiente paso. *«Esperar —pensó—, debo esperar, no moverme. ¿Me estarán observando? Entrarán en cualquier momento y yo, impasible, como si nada, ni una sola reacción, ni la más pequeña palabra... ¿Estoy loco? Quizás lo esté de verdad. La gente normal no va por ahí cortando cojones. Yo tampoco voy por el mundo cortando huevos, es un hecho puntual, un acto de justicia cuando no hay justicia que te ampare. A mi padre le quitaron la vida y lo van a pagar muy caro, tanto si estoy loco como si estoy cuerdo».*

El tiempo pasaba sin que nada alterase la monotonía de aquella primera mañana de reclusión voluntaria. Había visto algunos rostros acercarse a la ventanilla adosada a la puerta y le dio la impresión, por sus miradas y sus gestos, de que se trataba de personas ingresadas y no de personal del centro. No respondió a sus señales, pero le ayudaron a pasar unas horas que se le hacían interminables. Debería ser mediodía cuando oyó girar la llave. Un enfermero entró en la habitación y se acercó hasta la cama, le cogió la muñeca para tomarle el pulso mientras observaba la mirada inexpresiva de Ciriaco.

—José, ¿cómo se encuentra?

Ciriaco volvió a quedarse de nuevo completamente en silencio. *«Tendré que decir alguna vez algo* ——pensó—, *pero si hablo, ¿qué coño digo? Lo mejor será que me mantenga así».*

—Bueno, el pulso es normal, ahora le traeré algo de comer y ya verá cómo se recupera en unos días. Pronto podrá salir y dar un paseo por el jardín. ¿Le gustan las plantas?

Sin esperar si había respuesta, el enfermero salió de la habitación con la misma parsimonia con la que había entrado. Ciriaco, después de oír de nuevo girar la llave y los pasos del enfermero, alejándose por el pasillo, se dio la vuelta sobre la cama, adoptando una postura diferente. *«Puedo estar callado, pero dejar de moverme es imposible* —se dijo—. *Mejor será que se me ocurra algo o acabaré loco de verdad, ¿podré aguantar todo esto?».*

Antes de comer, el enfermero le hizo beber un mejunje de color amarillento que traía en un pequeño vaso de plástico transparente. Ciriaco comió sin apetito el potaje de garbanzos con espinacas que le habían dejado sobre la mesa, bastante rato después de que el enfermero saliera de la habitación. *«Qué placer mover las piernas. Una cosa es que no me lance a comer y otra cosa es que no coma. No puedo dejar de comer, dejar de hablar, dejar de moverme... Mejor será que no me lo acabe todo...».* Volvió a sentir el cuerpo cansado. Le pesaban los párpados y se quedó de nuevo a oscuras. No podía seguir pensando. Por segunda vez, sin darse cuenta, entró en un profundo sueño.

Esta vez soñó que estaba despierto. *«Un nutrido grupo de enfermeros, con relucientes batas blancas, entraba en la habitación y le sujetaban por las muñecas y los tobillos, mientras le ataban al cabezal y a los pies de la cama metálica. Un médico gordo y bajito, con un flequillo que le tapaba medio rostro, no paraba de introducirle por la boca, a través de un embudo, líquidos de todos los colores. Otro enfermero a los pies de la cama le tiraba de los testículos y cortaba con unas enormes tijeras de cocina la piel rugosa que los unía a su cuerpo. «No debo hablar —se decía en el sueño—. No debo moverme». Paco, su padre, entraba en la habitación repartiendo hostias a diestro y siniestro, mientras gritaba: «Camarero, un quinto para mí y un helado para el chaval». Las flores de los puestos de las Ramblas mostraban su esplendor, y los pajarillos, con sus cabecitas atascadas entre los barrotes de sus jaulas, piaban sin cesar para que les abriesen la puerta. Pío, pío...»*

Un pajarillo piaba y golpeaba con su pico los barrotes de la ventana cuando Ciriaco abrió los ojos. Había dormido sin interrupción toda la tarde y toda la noche. Se encontraba perfectamente, descansado y lúcido.

El mismo enfermero del día anterior entró en la habitación y dejó el desayuno sobre la mesa. Se acercó a Ciriaco, le ayudó a sentarse en el borde de la cama, le apretó con decisión los mofletes y le introdujo una pastilla en la boca. Ciriaco la escondió bajo la lengua, pero dejó que el agua, que refrescaba su garganta, la acompañase en su recorrido hasta el fondo del estómago.

—Así me gusta, José, buen chico. Cuando acabes el desayuno, te llevaré al despacho de la doctora Vidal, ya va siendo hora de que os conozcáis —dijo el enfermero mientras arqueaba rítmicamente las cejas y mostraba una entrecortada sonrisa.

La doctora Vidal estaba concentrada leyendo unos informes cuando Ciriaco entró en su despacho acompañado por el enfermero. Era una estancia amplia y bien iluminada situada en la planta baja del pabellón "A", el de nuevos ingresos. A través de las ventanas podía verse un apacible paseo custodiado por altos platanares. Sus largas ramas vestidas con los colores del otoño se entrelazaban con las de los árboles contiguos, procurando a los transeúntes una tupida y agradable sombra muy solicitada durante los largos y calurosos días del verano. La agradable temperatura, típica de la primera quincena del mes de octubre, invitaba al paseo. Al otro lado de la ventana, enfermeros y pacientes completaban un escenario que produjo a Ciriaco una sensación de paz y bienestar.

—Buenos días, José —le saludó la doctora Vidal tras apartar algunos papeles del centro del escritorio y de recorrer con su mirada de arriba abajo a Ciriaco, que se encontraba de pie a unos escasos tres metros.

Ciriaco permaneció inmóvil.

—Siéntate, por favor —continuó después de despedir al enfermero—. ¿Has descansado bien?

Ciriaco tomó asiento. Volvió a entrelazar los dedos de sus manos y a centrar su mirada en el juego improvisado por sus pulgares.

—Bien, José —continuó la doctora—, ¿y tus apellidos?

Ciriaco interrumpió bruscamente el juego de sus pulgares al darse cuenta de que no recordaba los apellidos que su tío Juan había escrito precipitadamente sobre el informe. *«Debería haber prestado más atención cuando el doctor Cortina lo leyó»*, pensó. Giró la cabeza hacia la derecha, dejando pasar el tiempo, mientras observaba a través de la ventana cómo el viento arrancaba las hojas de las ramas de los árboles.

—Aquí en el informe —prosiguió la doctora— pone que te llamas José López Pinto, ¿es correcto?

Sin girar el rostro que mantenía aferrado a la ventana, Ciriaco asintió con un ligerísimo movimiento de cabeza que se columpiaba entre el sí y el no.

—Tienes familia, ¿verdad?

Ciriaco volvió a asentir con la cabeza mientras sus músculos se tensaban al suponer la pregunta que vendría a continuación.

—¿Y se llaman…?

«¡La madre que te parió! —resonó en el interior de su cerebro—. *No hace falta que simule, no tengo ni puta idea de su nombre.»*

—Aquí en el informe pone… —continuó la doctora al no recibir respuesta *«Hijo de Francisco López San Millán y de María Pinto Ledesma»*, ¿es así?

Ciriaco asintió con la cabeza. Notó que la tensión disminuía y volvió a mirarse los pulgares que reemprendían su juego. La doctora Vidal se levantó de su butaca y se dirigió hacia la ventana después de dejar el informe sobre la mesa. Ciriaco miró el informe y, a pesar de que el texto estaba al revés, no le costó darse cuenta de que los nombres que figuraban en él no se parecían en absoluto a los que la doctora había mencionado. *«Es lista la tía esta* —pensó—, *o espabilo, o la cosa no acabará bien».*

—Bueno, José —dijo la doctora mientras se acercaba—, hace un día precioso. Le diré al enfermero que te deje salir. Das un paseo hasta la hora de comer y ya continuará nuestra charla mañana. ¿Qué te parece?

—Bien —respondió Ciriaco agradecido, dándose cuenta al instante de que era la primera palabra que pronunciaba desde hacía tres días.

Notó clavada en su espalda la mirada de la doctora Vidal cuando el enfermero le dejó en el paseo de los platanares que había visto desde la ventana. Se giró y vio a la doctora tras los cristales mientras metía las manos en los bolsillos para no devolverle el saludo. Se volvió a girar lentamente, miró a ambos lados del paseo y, sin prisas, se dirigió al banco más próximo y se sentó bajo la sombra protectora de uno de los árboles. A su lado, un loco, con los ojos cerrados y el rostro dirigido al cielo, movía sus brazos y sus manos con lentitud, describiendo círculos. Ciriaco pensó que ese ser diferente, que se levantaba y sentaba a intervalos regulares a escasa distancia de él, intentaba atraer hacia sí el frescor de la sombra o quizás el olor y el color del otoño. Nunca había estado tan cerca de la "locura" y esa mañana, sentado junto a ella, se sintió cómodo, relajado, contento y agradecido de tener la oportunidad de estar, aunque fuese temporalmente, lejos del mundo de los "cuerdos".

La voz del enfermero irrumpió, como el sonido de una campana, en las reflexiones que reclamaban toda la atención y todo el tiempo de Ciriaco.

—José —oyó que le decía el enfermero—, es hora de ir a comer.

—¿Cómo te llamas? —preguntó Ciriaco mientras giraba la cabeza y miraba con amabilidad al hombre de bata blanca que había conocido el día que llegó, y que le había atendido, medicado y acompañado como si de un mayordomo se tratase.

—¿Yo? —respondió con cierta sorpresa el enfermero—. Mi nombre es José Pradell, pero puedes llamarme Pepe si te apetece.

Ciriaco asintió con la cabeza. Apretó los labios para impedir que el aluvión de palabras, que se aglutinaban en su boca, pudiera poner en peligro los planes que, de manera precipitada, debido al escaso tiempo de que disponían, habían elaborado con su tío Juan. Optó por levantarse y seguir dócilmente a José Pradell, al que desde ahora llamaría Pepe. *«A partir de ahora, llámame, Ciriaco»*, le hubiera gustado decirle.

Ese mediodía, dejó que la doble ración de pastillas que le ofreció Pepe viajara por todo su cuerpo, pensando que quizás le ayudarían a poner orden en los desórdenes mentales que pudiesen habitar bajo su piel. Pepe dejó que durmiese hasta la hora del desayuno del día siguiente.

—Buenos días, José —oyó que le decía Pepe mientras movía ligeramente su cuerpo para despertarle.

—Llámame Ci... —respondió al ver la amable sonrisa de Pepe.

—Está bien, como digas —respondió Pepe sin mostrar el más mínimo gesto de sorpresa—. Ci es un bonito nombre, me gusta. Vamos Ci, te acompaño a desayunar y luego vamos a visitar a la doctora Vidal.

—Pepe —dijo Ciriaco mientras tocaba prudentemente el brazo del enfermero—, lo de Ci, queda entre tú y yo.

—Desde luego, Ci —respondió el enfermero tras colocar las manos sobre sus hombros y mirarle fijamente—, entre tú y yo. Oficialmente, José, Ci, entre nosotros. Discreción total por mi parte —continuó el enfermero mientras su dedo índice sellaba de lado a lado sus labios.

Ciriaco leyó los pensamientos del enfermero escritos con letra clara en sus pupilas: *«Pobre chico, está peor de lo que imaginaba»*. ¡Había tanta ternura en su mirada!

—Me ha comentado, el enfermero, que has dormido bien —dijo la doctora Vidal después de sentarse en su butaca frente a Ciriaco.

Ciriaco se dio cuenta al instante de que la doctora había recibido el informe detallado de su cuidador. Era lógico, más aún, si se tiene en cuenta que Pepe le había mostrado pruebas evidentes de interés por su salud.

Ciriaco asintió con la cabeza mientras pensaba cómo evitar introducir elementos que condujesen a un diagnóstico de mayor gravedad del que aparecía en el informe.

—Me gustaría que me hicieses unos dibujos esta mañana —continuó la doctora después de levantarse, de coger unos folios en blanco, un lápiz y de dirigirse a una mesa redonda que había en una esquina de la consulta—. Acércate, José.

Ciriaco se sentó junto a la doctora. Sobre la mesa solo había unos folios y el lápiz. Ningún elemento más distraía su atención.

—Bien, José, primero quiero que escribas tu nombre completo —dijo la doctora mientras le invitaba a coger el lápiz.

Ciriaco cogió el lápiz. *«Los putos apellidos»*, pensó al darse cuenta de que no los recordaba. Acercó el folio y escribió en el centro, con letra clara «José». El tamaño era tan grande que hacía imposible escribir los apellidos.

—Claro y grande —dijo la doctora—. No cabe en el folio ni una letra más, ¿no es así?

Ciriaco guardó silencio.

—Bueno, quizás en otro papel. Ahora, si te apetece —continuó la doctora mientras le acercaba un folio en blanco—, me gustaría que me dibujases algo. Tómate el tiempo que quieras, vuelvo dentro de un rato.

El lápiz comenzó a deslizarse sobre el papel, dejando en su recorrido trazos suaves pero decididos. Sobre el papel surgían elementos que Ciriaco observaba a través del cristal de la ventana: la silueta de los árboles, el amplio paseo, los bancos situados a ambos lados y la figura que la mañana anterior había conocido mientras abrazaba el aire. Completó el dibujo con sombras de intensidades distintas, dando de ese modo a su trabajo, una interesante profundidad. Sin darse cuenta, había conseguido mantenerle atento y concentrado durante una larga media hora. Dejó el lápiz sobre la mesa y sonrió satisfecho por su trabajo. De repente, cambió su expresión. Las sombras más fuertes le recordaron el dibujo del padre Matías. *«Quizás debería preocupar más a la doctora con el dibujo —pensó—. Yo diría que este no parece el de un chiflado».*

La doctora Vidal sostuvo durante un buen rato el dibujo entre sus manos. Las sombras, de un negro intenso, ocupaban una buena parte del folio, y la fuerte presión que Ciriaco había utilizado le permitía recorrer con la yema de los dedos los trazos por el dorso del papel. Se sorprendió al descubrir a los pies del dibujo, con letra pequeña y una presión normal, «José López Pinto».

—Veo que en este folio sí te ha cabido tu nombre completo. Me alegro, es un bonito nombre… y también es un bonito dibujo. ¿Te gusta dibujar?

Ciriaco asintió con la cabeza.

—Está bien, le diré al enfermero que mañana te acompañe a nuestra pequeña biblioteca y que te dé el material para que puedas hacerlo.

Eufrasio Menéndez era uno de los pocos supervivientes de la matanza llevada a cabo por las tropas del coronel Yagüe,

"El Carnicero de Badajoz", en enero de 1939. El personal del manicomio había huido por miedo a las represalias y los pacientes, los que se aguantaban en pie, salieron del recinto en busca de algo que ponerse a la boca. Eufrasio fue uno de los primeros que cayó herido en la cacería de los legionarios. El manojo de hierba húmeda, que había arrancado de la ladera del Llobregat, permanecía aferrado a su mano cuando dos días después regresó por su propio pie al manicomio. Durante casi un año estuvo acurrucado en un rincón del dormitorio de uno de los pabellones, y hubiera muerto allí si las Hermanas Hospitalarias hubieran demorado su regreso. Le procuraron todas las atenciones que precisaba en su rincón, consiguiendo, con una gran dosis de compasión y de sacrificio, que Eufrasio fuese cediendo y confiando en ellas. Pasado un año, aceptó dormir sobre la cama que instalaron junto a su rincón; seis meses más tarde acudía al comedor con la condición de que una de las hermanas permaneciese a su lado, y seis años después salía para recorrer los escasos cincuenta metros que separaban el pabellón de la sala de estar y la biblioteca.

Cuando Ciriaco entró en la sala, encontró a Eufrasio en un rincón concentrado en sus escritos. Desde hacía veinte años su actividad diaria se limitaba, después de levantarse y recorrer los cincuenta metros de paseo, en sentarse en la mesa de siempre y llenar de palabras, folios y folios que luego depositaba en una caja de cartón bajo su cama.

Ciriaco se sentó en una mesa próxima frente a él y esperó, mientras le observaba discretamente, que José le trajera lápices y papel.

—Aquí estarás bien —dijo el enfermero mientras dejaba sobre la mesa algunos papeles y lápices—. Eufrasio está siempre concentrado en sus escritos y no te distraerá.

Durante varios días, Ciriaco estuvo llenando folios con dibujos que, como Eufrasio, depositaba en una caja de cartón bajo su cama. Dibujaba todo lo que observaba y todo lo que le venía a la mente: el mobiliario de la sala en la que se encontraba, el paisaje que veía a través de las ventanas, el jardín y la casa del padre Matías, la fuente Canaletas, figuras de enfermos, la expresión de sus rostros... Solía variar la intensidad de los trazos, sobre todo, cuando se acercaba la doctora Vidal y le saludaba con una palmadita en la espalda.

Una mañana observó que Eufrasio, enfrascado en sus pensamientos, adoptaba una bonita postura para plasmarla en el papel. Cogió el lápiz y con disimulo hizo un proporcionado retrato. Cuando terminó el dibujo y alzó la vista, vio que la mesa de Eufrasio estaba vacía, se acercó y dejó sobre ella el dibujo. Dos días después, cuando Ciriaco llegó a la sala, encontró en el lugar donde se sentaba un folio con un escrito de Eufrasio. Sin hacer ruido, cogió el folio entre sus manos y leyó con extrema atención y visiblemente emocionado.

En el sótano, oscuro y húmedo
se esconden imágenes y palabras,
entre maderas podridas
abrazadas por telarañas.

En las grietas de mi mano
el musgo arropa a las ratas,
mientras tú alzas la copa
y mi lengua lame sabia.

¡Entra en mi bosque encantado
mientras los enanos bailan!
¡Embriágate de colores
y sueña conmigo que no sueñas nada!

La muerte afila guadañas.
La noche, el río y los abedules cantan.
Un rayo de luz viaja a la luna
y en el pliegue de su labio lleva,
tus imágenes y mis palabras.

Ciriaco guardó entre sus bosquejos las palabras de Eufrasio. Cada día, antes de ponerse a dibujar, leía el poema y esperaba con ansiedad que dejase otros sobre su mesa. Era la primera vez, desde hacía veinte años, que Eufrasio se comunicaba con alguien. Fue el inicio de una amistad que se afianzaría día a día. Solo hubo dibujos, poesía y algún caminar, juntos y en silencio, por el paseo de los plataneros. Les bastaba un simple movimiento de saludo que se hacían con la cabeza y que duraría hasta el día en que Ciriaco…

29

Los agentes Echevarría y Conde se presentaron en el despacho del inspector Márquez a las ocho en punto, tal como les había ordenado la mañana anterior.

—Buenos días, jefe —dijo el agente Conde mientras efectuaba con su mano derecha un saludo militar.

—Le hemos subido un café, jefe —dijo Echevarría mostrando una sonrisa que llegaba de oreja a oreja.

—Bien… gracias. Dejaos de peloteos y gilipolleces y sentaos de una vez.

El inspector Márquez se levantó de la butaca en la que había pasado toda la noche y se acercó a la ventana. Se distrajo observando cómo algunos transeúntes se apeaban de los tranvías que circulaban por Vía Layetana camino de sus trabajos y abrían sus negros paraguas para protegerse del aguacero. Flexionó los brazos un par de veces y estiró sus adormiladas piernas. Se acercó a la mesa, sorbió lentamente el café hasta la última gota, se volvió a sentar y encendió un cigarrillo, dejando que el humo saliera por su boca poco a poco, como el que sale por la chimenea de un tren de juguete, mientras miraba cómo la ceniza ocultaba la brasa.

—¿Qué hay de Ayala? —preguntó el inspector.

—Todo resuelto —respondió Conde—, Echevarría lo lanzó en dirección a las Baleares.

—¡Déjate de cachondeo, Conde!

—Sí, jefe, era una broma.

—No estoy para bromas, ¡joder! Prestad atención al segundo tema que os comenté y, ya sabéis, no quiero fallos.

El inspector Márquez volvió a levantarse de la butaca después de dejar la colilla del cigarrillo apagada y completamente destrozada en el cenicero.

—Tú, Conde, vas a encargarte del doctor Armengol.

—Descuide, jefe, ya puede ir redactando el acta de defunción —respondió el agente mientras dibujaba en el aire la señal de la cruz.

—¿Te he dicho que le liquides? ¡Cierra la boca y escucha de una puta vez!

—Vale, jefe, soy todo oídos.

—¡Calla de una vez! —intervino Echevarría después de soltarle una colleja.

—Tú, Conde, como te he dicho, te encargas del doctor. Quiero que te conviertas en su sombra, que no le pierdas de vista ni cuando vaya a mear. Quiero saber con quién habla y dónde se encuentra cada minuto del día. ¡Ah!, y, sobre todo, avísame si aparece Ciriaco.

—A sus órdenes, jefe, delo por hecho.

—Tú, Echevarría, te encargarás de la puta. Te vas a la calle Unión y te quedas las veinticuatro horas del día en el bar de la Carmela. Le cuentas que eres un marinero en paro o lo que cojones se te ocurra, pero no quiero que pierdas de vista la puerta de la casa de Lola. Si el cabrón de su hijo aparece por allí, primero le coses a hostias y luego me lo traes aquí.

—¿Y cuándo duermo, jefe?

—Cuando Lola cierre las piernas, ¡cabeza hueca! Y que no se te ocurra unirte a la fiesta, porque te corto los huevos.

Echevarría cerró la boca de inmediato después de soltar una nueva colleja a Conde, que sonreía mientras repiqueteaba con el dedo índice su cabeza.

—¡Venga, a la puta calle! —ordenó el inspector Márquez tras levantarse y abrirles la puerta—, y no olvidéis mantenerme al corriente.

El agente Conde se convirtió en un asiduo visitante del hospital Clínico. Apostado cada mañana en una esquina de la calle Diputación, esperaba que el doctor Armengol saliera de casa y le seguía, a una distancia prudencial, hasta que entraba en su despacho del hospital. Sentado en una sala de visitas próxima a la consulta, observaba atentamente a todos y cada uno de los pacientes que iban a visitarle. Conde se había convertido, tal como le había ordenado el inspector Márquez, en su sombra, y no le perdía de vista ni siquiera cuando iba a comer o cuando operaba en el quirófano. Por la tarde, siempre alrededor de las seis, el doctor Armengol salía del hospital, bajaba por la calle Villarroel hasta la avenida de José Antonio Primo de Rivera, atravesaba la plaza Universidad y seguía por la calle Pelayo hasta las Ramblas. Lola le esperaba cada tarde en la fuente de Canaletas, a las siete, tal como indicaban los informes de Conde y de Echevarría. Lola, ataviada con sus mejores atuendos, abrazaba y besaba al doctor cariñosamente, y cogidos de la mano bajaban por las Ramblas hasta la terraza del *Café de la Ópera*, frente al Liceo. Los agentes Echevarría y Conde, sentados en una de las mesas del concurrido establecimiento, no les perdían de vista ni obviaban ningún detalle en los informes que cada mañana el inspector Márquez encontraba sobre su mesa.

«25 de octubre. "L" y "DrA" han seguido la misma rutina de cada día. El mismo horario, el mismo recorrido, la misma cafetería, la misma consumición. Conversan relajadamente durante un par de horas. "DrA" paga la cuenta y se dirigen al domicilio de "L", al parecer para cenar, aunque por lo que tarda, igual, también se la folla. Alrededor de las diez de la noche bajan al portal "DrA" besa a "L" y regresa caminando a su domicilio en la calle Diputación. La luz del piso permanece abierta hasta altas horas de la noche. "L", con su vestimenta de puta, atiende a cuatro o cinco clientes cada noche: estudiantes adolescentes, hombres maduros y algún marinero con uniforme blanco con alguna copa de más. Nunca más de cinco. Alrededor de las doce de la noche apaga las luces. No hemos observado ninguna visita más. Ni salidas ni entradas. Ni rastro de "C". Seguiremos con el trabajo hasta nuevo aviso. "AC" y "AE"»

El doctor Armengol no tardó en descubrir la presencia de Conde y de Echevarría. Acostumbrado al movimiento del hospital, no le pasó desapercibida la presencia de un hombre, bajo y delgado, que vestía siempre con traje gris oscuro y que actuaba con disimulo cada vez que salía de su consulta para hacer entrar o despedir a sus pacientes. Mientras caminaba, no se giró ni una sola vez para comprobar si le seguían. Su presencia en la terraza de la cafetería evidenciaba suficientemente que no les habían quitado el ojo de encima, a él y a Lola, ni un solo instante. El doctor Armengol le había comentado a Lola sus sospechas y esta no tardó en confirmarlas.

—Están detrás de nosotros esperando a ver si aparece Ciriaco —comentó el doctor mientras contemplaban, sentados en la terraza de la cafetería, el ir y venir de la gente.

—Deberías avisar a Ciriaco, no sea que se le ocurra salir del escondite para venir a vernos.

—Pensaré cómo hacerlo, pero tengo que ir con cuidado. Si les pongo en bandeja la más mínima pista, lo pasará mal.

—Ha hecho lo que debía hacer y el inspector Márquez también tiene que pagar por ello. No hay justicia para gente como nosotros. Tu idea de ingresarlo en el manicomio ha sido extraordinaria.

—Sí, pero arriesgada. Espero que Ciriaco sepa regatear las situaciones difíciles con las que se va a encontrar.

—No te quepa la menor duda, mi niño es tan inteligente como tú y tan habilidoso como su padre.

—Bueno, ya veremos. Lo importante ahora es ganar tiempo para decidir qué hacemos con el inspector.

—Cuando desaparezca el inspector, se acabaron los problemas. Estoy convencida de que ese cabrón no ha soltado ni una sola palabra a sus superiores.

—Tienes razón, Lola, es imposible que vaya alardeando por la comisaría de tanta barbaridad. Los únicos que deben estar al corriente son estos dos pollos que tenemos cuatro mesas más abajo.

—Estos soplapollas no me preocupan —sentenció Lola—, y cuando desaparezca el inspector se pondrán a silbar como pajarillos.

El doctor Armengol acompañó, como de costumbre, a Lola hasta su casa. Los agentes Conde y Echevarría no tardaron en levantarse y seguir sus pasos. Durante la cena, el doctor Armengol explicó a Lola que iba a ausentarse un par de días de Barcelona. Había sido invitado a un congreso médico en París y pensaba que era una buena oportunidad para hacer algo que andaba dándole vueltas en la cabeza y que, si salía bien, podría ayudarles a salir con vida de este complicado asunto.

—¡A París!

—Bueno, lo de menos es el congreso médico. Ya te contaré cuando regrese, si todo sale como tengo previsto.

—Sabes que el soplapollas del inspector no te va a perder de vista.

—Sí, cuento con ello, pero creo que podré despistarle.

—¿Y cuándo te vas? —preguntó Lola.

—La semana que viene. El jueves sale un tren a las tres de la tarde de la estación de Francia. Es importante que vengas a despedirme y que el fortachón, que no te quita el ojo de encima, te siga. Me las ingeniaré para que la lapa que tengo pegada al culo se entere y suba conmigo al tren.

30

El tren se puso en marcha minutos después de que el reloj de la estación marcara las tres de la tarde. El agente Echevarría, de pie a la entrada del andén, ocultaba su rostro tras el periódico que sostenía abierto entre las manos. El doctor Armengol había visto subir al agente Conde en el vagón posterior al suyo mientras se despedía de Lola. *«El inspector Márquez está en el vagón de delante»*, le había dicho mientras la besaba.

—¡Cuídate! —dijo el doctor Armengol asomado a la ventanilla del compartimento que había bajado hasta media altura—, dentro de tres días estoy de nuevo en casa.

—Vendré a esperarte —respondió Lola mientras el tren se alejaba.

El doctor viajaba solo en el compartimento. Abrió la puerta y miró a ambos lados del pasillo. Algunos viajeros iban de arriba abajo, cargados con maletas, buscando la cabina que les habían asignado. Cerró la puerta corredera, colgó la chaqueta en el pequeño armario, aflojó el nudo de la corbata y se sentó en la litera. Abrió la pequeña maleta en la que había introducido algo de ropa y sacó el periódico que había comprado en el quiosco de la estación. Vio a través de la puerta corredera como Conde pasaba con gran disimulo, en varias ocasiones, antes de llegar a la estación fronteriza de Portbou.

El tren estuvo detenido aproximadamente media hora, tiempo necesario para que los guardias de frontera recorriesen los vagones comprobando la documentación de los pasajeros. Durante unos instantes, el doctor Armengol vio al inspector Márquez de espaldas charlando con uno de los policías en el andén de la estación. Minutos después, el mismo policía entraba en su cabina.

—Buenas tardes —saludó el policía después de abrir la puerta corredera.

—Buenas tardes —respondió el doctor.

—El pasaporte, por favor.

El doctor Armengol se levantó de la litera, abrió el armario, sacó el pasaporte del bolsillo de su chaqueta y se lo entregó al policía. Lo abrió, y leyó sin prisas las anotaciones.

—¿Es usted Juan Armengol?

—Sí, soy yo.

—Me enseña, por favor, su billete.

El doctor Armengol buscó en la chaqueta y le entregó el pasaje de ida y de vuelta en el que, además de su nombre, aparecía el destino, los horarios de salida y de regreso, y el número de cabina.

—¿Viaja usted a París por negocios?

—No, soy médico.

—¿Algún paciente importante?

—No, no, voy a un congreso.

—Desde luego, un congreso. Y…, ¿tiene usted algún documento relacionado con el mismo?

—Bueno, tengo una carta de invitación y el programa —dijo después de coger un sobre con información que tenía en la maleta y entregárselo al policía—. ¿Ve?, aquí figura la conferencia que daré mañana a las seis de la tarde.

—¿No le importa si tomo nota?

—No, en absoluto. De todas formas, si quiere, quédese el programa, tengo otro en la maleta.

—Bien, gracias —dijo el policía después de devolverle el pasaporte y los billetes, y de guardar el programa en su bolsillo.

—Según consta en el billete, regresa usted pasado mañana.

—Sí, así es.

—Bien, no le molesto más. Que tenga un buen viaje.

—Gracias. No ha sido ninguna molestia.

El doctor Armengol cerró de nuevo la puerta tras salir el policía y se acercó a la ventanilla. Supuso que su demora en bajar del tren se debía a la visita que habría hecho al inspector para transmitirle toda la información. *«Quizás decidan apearse y regresar a Barcelona* —pensó—. *Seguirme hasta París, quedarse dos días y volver es una pérdida de tiempo».*

El tren arrancó instantes después de que se apeasen el policía del control fronterizo y el inspector Márquez. Después de que el tren abandonara la estación, el doctor Armengol se dirigió a los servicios situados en el extremo del vagón. Tres cabinas más allá, vio al agente Conde plácidamente estirado sobre la cama.

Eran aproximadamente las diez de la noche cuando llegaron a la estación de Aviñón. El doctor Armengol había guardado sus cosas en la pequeña maleta y saltó al andén en el momento en que la locomotora, después de oír un corto y agudo silbido, reiniciaba su marcha hacia París. A la salida de la estación, entró en un taxi y le entregó al conductor un papel con la dirección del destino.

—No está cerca de aquí —comentó el chófer—. Tendré que cobrarle la tarifa especial y el kilometraje.

—Está bien. No dispongo de mucho tiempo. He de coger el tren que sale de Aviñón a París a las ocho de la mañana. Si no le importa, espera que haga la gestión y me trae de nuevo a la estación.

—Ningún problema —respondió el taxista mientras cerraba la puerta del vehículo después de que el doctor se sentase junto a su pequeña maleta de viaje.

Un sencillo bar a pie de carretera era el lugar de encuentro.

—Gracias, Pierre, por venir. No te hubiera molestado si no es porque el asunto es importante.

—No tienes que darme las gracias por nada, Juan. Estoy encantado de volver a verte y dispuesto a echarte una mano en todo lo que necesites.

—No se trata de mí, Pierre, se trata de Ciriaco.

—¿Un nuevo lío?

—Sí, Pierre, y esta vez de los gordos.

El doctor explicó a Pierre cómo habían ido evolucionando últimamente las cosas. Pierre y Sofie estaban más o menos al corriente de todo lo sucedido gracias a las cartas que se habían ido enviando, con la complicidad del padre Anselmo, desde que Ciriaco regresara de Francia.

—Pierre —prosiguió el doctor Armengol—, Ciriaco necesita un destino y un pasaporte. Estoy trabajando el tema del destino, pero necesito que tú me ayudes con el asunto del pasaporte.

—No te preocupes, Juan, Ciriaco tendrá pasaporte. ¿Es muy urgente?

—Bastante. No nos queda tiempo. No sé lo que tardarán en averiguar dónde escondo a Ciriaco.

—Dame una semana, Juan.

—Gracias, Pierre, me gustaría seguir conversando contigo, pero he de regresar a Aviñón. Te tendré informado. Ah, da un fuerte abrazo a Sofie.

El revisor golpeó la puerta de la cabina del agente Conde una hora antes de que el tren, procedente de Barcelona, llegara a la estación de Austerlitz, en París. Dejó sobre la cama su pequeña bolsa de viaje y se dirigió hacia el vagón restaurante para desayunar. Al pasar delante del compartimento del doctor Armengol, vio la puerta cerrada y las cortinillas bajadas, lo que le hizo pensar que podría disfrutar con tranquilidad del desayuno.

La puerta seguía cerrada pocos minutos antes de que la locomotora ralentizara su marcha al entrar en la estación. Conde deslizó ligeramente la puerta corredera del compartimento y vio que estaba vacío. No había nada que le hiciese pensar que el doctor pudiera regresar a la cabina. Se dirigió por el pasillo hacia el vagón restaurante y tampoco estaba allí. El chirriar de las ruedas lo avisó de que el tren estaba a punto de detenerse y de que pronto los pasajeros abandonarían los vagones. Fue a la puerta de salida más inmediata y bajó al andén antes de que el tren detuviese definitivamente su marcha. Observó con atención la puerta del vagón en el que viajaba el doctor Armengol y no le vio apearse. Tampoco bajó por ninguna de las puertas de los vagones próximos.

—Ponme inmediatamente con el inspector jefe Márquez —ordenó el agente Conde, por teléfono, al policía de la centralita de la comisaría de Vía Layetana, mientras observaba a través de los cristales de la cabina telefónica de la estación cómo el andén se iba quedando vacío.

—Jefe, soy Conde.

—¿Y qué coño quieres a estas horas?

—He llegado a París y no he visto bajar del tren al doctor. Había muchos pasajeros bajando y…

—¡Eres un inútil, vas a chupar comisaría hasta que te jubiles!

—Yo… jefe…

—Llámame dentro de media hora. Averiguaré dónde va a dar la conferencia —dijo el inspector, enormemente cabreado, antes de colgarle el teléfono.

El inspector Márquez le facilitó los datos después de localizar el programa del congreso que la policía de fronteras le había entregado y de confirmar, mediante una llamada al Hospital Clínico, que el doctor Armengol intervenía en el mismo.

—La conferencia es en el Palacio de Congresos y tiene habitación reservada en el hotel La Fayette. No le pierdas de vista ni un solo segundo. Mañana regresará a Barcelona en el tren que sale de la estación de Austerlitz a las ocho de la noche.

—Confíe en mí, jefe. Le llamaré cuando localice al doctor. Como muy tarde, cuando inicie su discurso.

—¡Más te vale que esté allí! —le respondió en tono amenazante el inspector.

El doctor Armengol comenzó su intervención a primera hora de la tarde. Conde, sentado en las últimas filas del auditorio, respiró aliviado al verle subir por los escalones del estrado. *«¡Uf!, de buena me he librado»*, pensó.

31

—¿Cuánto por un quiqui? —preguntó Echevarría a Lola en el portal de la calle Unión.

Lola le miró con descaro después de reconocer al agente que la había estado vigilando, torpemente, de la mañana a la noche desde hacía días.

—Pues no sé qué decirte —respondió Lola—, igual te digo que he bajado ya la persiana.

—¡Déjate de leches y dime cuánto!

El agente Echevarría, que había pasado todo el día sentado en la barra del bar *La Carmela*, había bebido más de la cuenta. Después de ver subir al tren al inspector Márquez y a Conde, se sentía a gusto pensando que no había nadie, en un par de noches, a quien pasar informes.

—Pues… veinte duros tú y veinte duros por las copas que llevas de más, ¿qué te parece?

—Con veinte vas que ardes.

—Con veinte… una manoletina y un vistazo rápido, sin manoseo, a las montañas de Montserrat.

—¡Anda, vamos para arriba!

Lola subió incómoda hasta su piso. En otras ocasiones, cuando cerraba barraca, cerraba barraca, fuera cual fuera la cantidad que ofreciesen. Pero en esta pensó que, si cedía, el energúmeno que venía siguiéndoles desde hacía días no sospecharía.

—Bonita casa —dijo Echevarría al entrar en el comedor.

—Pasa al dormitorio, el comedor lo utilizo para comer.

—¿Te apetece un plátano? —irrumpió el agente mientras bajaba la cremallera del pantalón.

—Solo manoletina. Es lo que hemos pactado.

—Yo los pactos me los paso por el forro de los cojones. O sea, que ábrete que estás empezando a cabrearme.

—Será mejor que te marches —respondió Lola con aplomo mientras el agente Echevarría la empujaba bruscamente hacia la cama.

—¡Te he dicho que te marches! —insistió Lola.

Echevarría la golpeó con fuerza en la cara, dejándola aturdida. Después la violó en varias ocasiones y la golpeó, y volvió a golpearla cada vez que Lola se resistía.

—¡Siéntate! —le gritó el policía después de despacharse a golpes y a polvos hasta quedar exhausto—. Ahora, ¿me vas a decir dónde se encuentra Ciriaco?

—¿Quién es Ciriaco? —respondió Lola mientras secaba con la mano el hilo de sangre que caía de sus labios.

—No te pases de lista —soltó Echevarría mientras le arreaba un nuevo guantazo—. Estoy harto de esperar que aparezca ese cabrón, o sea, que es mejor que empieces a cantar.

—No sé dónde está y…

El impacto de un puñetazo en el pómulo la hizo caer de la silla. Sintió un dolor intenso cuando su cabeza rebotó contra el suelo. Vio cómo el agente se levantaba y se dirigía hacia ella.

—¡Habla, puta, o te mato!

—Sé dónde está —respondió Lola con las últimas fuerzas que notó que le quedaban—, pero no te lo diré nunca.

Vio bajar el enorme pie del agente sobre su cabeza antes de perder el conocimiento.

El doctor Armengol llegó a Barcelona a primera hora de la mañana. Había dormido plácidamente durante toda la noche y esperaba con ansiedad encontrar a Lola esperándole en el andén de la estación. Miró a ambos lados y no estaba. Vio al agente Conde bajar del tren con disimulo y cómo se ocultaba tras una de las columnas.

Esperó en el andén un buen rato y, al ver que Lola no venía, salió y cogió un taxi.

—Usted dirá.

—Déjeme en el Liceo, por favor.

—¿Qué, de regreso a casa? —preguntó el taxista con ganas de conversación.

—Sí, de nuevo a casa —respondió el doctor.

—¿Viene de muy lejos?

—No —respondió secamente, consiguiendo dar por finalizada la conversación.

Recorrió a paso ligero la corta distancia que había entre el Liceo y la casa de Lola. Subió de dos en dos los escalones, intuyendo que algo no iba bien, y se encontró la puerta del piso precintada. Metió su llave en la cerradura, rompió el precinto y entró nervioso en el comedor. Lo encontró todo revuelto, de patas arriba, como si hubiera pasado un tornado. Tropezó con muebles, objetos y cristales hasta llegar a la habitación de Lola. Una enorme mancha de sangre en el suelo le provocó un dolor intenso en el pecho. Oyó que alguien se acercaba.

—¡Doctor!

—Hola, Carmela, ¿dónde está Lola? ¿Qué ha pasado?

—Tranquilícese, doctor. Está bien. La han llevado al hospital Clínico.

—¿Quién ha sido?

—Un hombre grandullón que andaba merodeando por aquí desde hacía días. Pero no se preocupe, le han dejado seco los amigos del barrio. No paraba de gritar que era policía. ¡Qué iluso! Quizás creyó por algún instante que la placa iba a salvarle de la brutal, pero merecida paliza que le propinaron. Les importó una mierda si era policía o no. No hubo piedad, ni navajazo que se perdiese en el vacío. Se tardarán años en recoger los restos que quedaron esparcidos por las calles del barrio, para que orinen sobre ellos los borrachos y se alimenten ratas y perros, que no andan precisamente desganados. Ese cabrón ya no tiene arreglo, ya no existe, ha ido a parar directamente al infierno, sin pasar ni siquiera una temporada en el cementerio.

—¡Hola, Lola! —le dijo el doctor Armengol mientras la besaba en la frente. Yacía inconsciente sobre la cama de la unidad de cuidados intensivos del hospital. Llevaba la cabeza vendada, y una aguja clavada en la vena del brazo dejaba entrar el suero que, gota a gota, descendía por un tubo de plástico desde una botella apuntalada en el aire. Absorto en mil y un pensamientos, notó una mano que se había posado sobre su hombro.

—Lo siento, Juan.

—Gracias, doctor Nogué —respondió el doctor Armengol al girarse y ver a su amigo y compañero—, ¿quién la ha atendido?

—El doctor Aytés. Anoche estaba de guardia.

—¿Está en su consulta?

—Sí, me ha dicho que le fueses a ver cuando llegases.

El doctor Armengol volvió a besar la frente de Lola oculta tras el vendaje y se dirigió, acompañado por su amigo, al despacho del doctor.

—Lo siento, Armengol —dijo mientras se levantaba de su escritorio y le abrazaba—. La ingresaron ayer a medianoche.

—¿Cuál es tu diagnóstico?

—Está muy grave. Ha sufrido un traumatismo craneoencefálico con rotura del temporal izquierdo. La hemos operado de madrugada, pero tengo la impresión de que solo nos ha servido para ganar algo de tiempo. Por otro lado, tiene varias costillas rotas, el bazo destrozado y diversos derrames internos.

El doctor Armengol tomó asiento y colocó la cabeza entre sus manos. El mundo se le caía encima tras recibir el informe desesperanzador del doctor Aytés. Sabía que era un excelente profesional y un buen amigo, y estaba seguro de que había hecho todo lo que estaba en sus manos.

—¿Cuánto le queda?

—No creo que más de cuarenta y ocho horas. Lo siento mucho, Juan.

—Gracias. Me quedaré un momento aquí, si no te importa.

—Desde luego, iremos a comer algo. Quédate el tiempo que quieras.

Dejó que las lágrimas recorrieran su rostro y que su sabor a amargo inundase su alma. Mil imágenes desfilaron por su mente en tan solo unos minutos. Las tertulias en casa de Lola con Paco y Ciriaco, los paseos de los domingos, los aperitivos en el *Café la Ópera* enfrente del Liceo, el calor de la mano de Lola en la fuente Canaletas… Nada volvería a ser igual. Tenía que superar este momento como había superado otros en su vida y esperar que el futuro les deparase ocasiones de ser felices a Ciriaco y a él como las que había vivido con Lola y Paco.

Abrió el cajón del escritorio y cogió un folio con el logo del Hospital Clínico. Sabía que el riesgo era grande, pero no podía privar a Ciriaco de despedirse de su madre.

> *Hospital Psiquiátrico de San Boi de Llobregat.*
> *Dra. Vidal,*
>
> *Debido a un grave accidente, la madre del paciente José López Pinto se encuentra en un estado de máxima gravedad. La paciente ha solicitado la visita de su hijo y, por razones humanitarias, he accedido a su petición.*
> *Una ambulancia del hospital recogerá al paciente a las nueve, si usted no tiene inconveniente, y regresará con él a las doce de la noche. Estaré a su lado para darle soporte durante la visita.*
>
> *Cordialmente,*
> *Dr. Albiol*
> *Jefe del Servicio de Psiquiatría.*
> *Hospital Clínico de Barcelona*

Ciriaco bajó de la ambulancia en el servicio de urgencias del hospital a las nueve y media de la noche. El doctor Armengol le esperaba en la puerta de acceso y tuvo que controlar sus gestos cuando sus miradas se encontraron. Ciriaco interpretó con acierto la actitud de su tío Juan y dejó que este llevase la iniciativa.

—Vamos a efectuarle unas pruebas rutinarias —dijo el doctor mientras apretaba el brazo de Ciriaco—, y esta misma noche regresará al hospital.

Ciriaco se mantuvo en silencio mientras su tío daba instrucciones a un sanitario para que aproximara la camilla.

—Échese, señor López, el enfermero se encarga de todo.

El doctor Armengol ayudó al sanitario a cubrir a Ciriaco con una sábana. Mientras colocaba una pequeña almohada bajo su cabeza, Ciriaco descubrió en la mirada de su tío una enorme tristeza.

El sanitario llevó a Ciriaco por los pasillos hasta la unidad de cuidados intensivos. El doctor Armengol seguía la camilla unos metros más atrás por precaución, no fuese que el inspector Márquez o el agente Conde anduvieran merodeando con la esperanza de atrapar a Ciriaco.

El sanitario le colocó sobre la cama que había junto a la que se encontraba Lola. Una cortina medio corrida impedía que sus miradas se encontrasen. Ciriaco la hubiera conocido a pesar del vendaje que ocultaba gran parte de su rostro. Segundos después, el doctor Armengol acercó una silla y se sentó a la cabecera de la cama de Ciriaco.

—Es muy importante que mantengas la calma —le dijo con voz susurrante mientras le cogía la mano y la apretaba entre las suyas—. No disponemos de mucho tiempo y un solo error hará que todos nuestros planes se vayan al garete.

—Descuida, tío, sé controlarme —respondió Ciriaco.

—Ha sucedido algo muy grave y tenemos que ser fuertes en estos momentos.

—¿Se trata de Lola?

—Sí, desgraciadamente se trata de ella.

—¿Qué le ha pasado...? ¿Dónde está...? —preguntó Ciriaco mientras se incorporaba bruscamente.

—Está muy grave. Te he traído aquí para que puedas verla. Pero no podremos vengarnos si pierdes un solo minuto los nervios.

—¡Quiero verla...!

El doctor Armengol corrió la cortina, permitiendo que las miradas de Lola y Ciriaco se encontrasen.

—¡Madre! —gritó con los dientes apretados Ciriaco, mientras un dolor horrendo invadía todo su ser.

Ciriaco se acercó a su cama y cogió la mano de Lola mientras sus ojos buscaban respuestas en los de su madre.

—¡Hijo...! —respondió Lola con voz muy tenue.

—Madre..., ¡qué te han hecho...!

—Acércate..., cariño...

Ciriaco pegó su cara a las vendas que ocultaban el rostro de su madre mientras apretaba con una fuerza escalofriante la barandilla de metal de la cama de Lola.

—Has sido lo mejor de mi vida —dijo Lola—. Tienes que prometerme que vas a ser valiente..., que harás caso a Juan..., que...

—Te lo prometo, madre —respondió Ciriaco mientras las lágrimas brotaban a borbotones de su alma entristecida.

—Acabad con esto y empezar una nueva vida. Hacedlo por tu padre y por mí. Prométemelo... hijo...

—No hables, madre. Te lo prometo. ¡No quiero que mueras, madre! ¡Te quiero, madre...!, te quiero..., por favor, no te vayas...

Ciriaco notó la rigidez en la mano de Lola y vio que sus ojos dejaban de hablarle. Notó el abrazo fuerte de su tío Juan y su rabia contenida, mientras apretaba sus labios contra sus cabellos.

—Hemos de ser fuertes, Ciriaco —le susurró al oído mientras le mantenía inmovilizado con su brazo—. Te voy a soltar. Después llamaré al enfermero para que te lleve de nuevo a San Boi. Confía en mí, el inspector Márquez pagará por sus actos. Te lo prometo.

Ciriaco regresó en la ambulancia al manicomio a las doce de la noche. Su tristeza era tan grande que ni se dio cuenta de que el enfermero, Pepe, tuvo que cogerle en brazos y ponerle sobre la cama. Dejó que la pastilla, acompañada por un vaso de agua, se deslizara hasta su estómago y deseó, por unos instantes, no volver a despertar.

32

—Doctor, un tal Márquez desea verle —le comunicó por teléfono la enfermera de recepción.

—Dígale que ahora no puedo atenderle. Que venga mañana a las ocho de la tarde. Estaré en mi consulta.

—Me ha dicho que vendrá mañana —respondió la enfermera tras unos segundos.

El doctor Armengol comunicó a su enfermera que estaría ausente todo el día. Salió del hospital y se dirigió caminando hacia las Ramblas. Se detuvo en la fuente de Canaletas y recordó el beso y la mano de Lola mientras se le humedecían los ojos. Pasó el resto de la mañana sentado en el *Café de la Ópera* con la mente vagando entre recuerdos. Por unos momentos vio a Lola sentada a su lado, a Paco pidiendo un helado de vainilla y chocolate para el niño, a Ciriaco balanceando sus pequeñas piernas sin alcanzar el suelo…

—¿Comerá algo, doctor?

—No, gracias, ponme otro café, Pedro, por favor.

—Enseguida, doctor. Siento lo de Lola. Bueno…, ya sabe…, la gente del barrio la quería.

—Gracias, Pedro, lo sé.

Apuró el café y se dirigió al puesto de flores de la Paqui, que le propinó un fuerte abrazo nada más verle.

—Gracias, Paqui, hazme un par de ramos de flores. No me pongas orquídeas, ponme flores alegres de colores vistosos.

—Está hecho, doctor, como las que le gustan a Lola.

—Eso, como le gustaban a Lola.

Cogió un taxi y pidió al chófer que le llevara al cementerio de Montjuic.

—¿Le espero? —preguntó el taxista.

—No, gracias, dígame cuánto le debo.

—Nada, doctor, usted no se acordará de mí, pero yo sí me acuerdo de Lola. Ha sido un placer traerle. Si necesita algo, solo tiene que llamarme —dijo el taxista mientras escribía su nombre y un número de teléfono en un pequeño papel.

—Gracias, Carlos —respondió el doctor Armengol al leer el nombre. Me quedaré un buen rato y, si no le importa, me irá bien estar solo.

—No se preocupe, doctor. Llámeme cuando quiera.

Las flores se amontonaban junto al nicho de Lola. Coronas, ramos grandes, pequeños, flores sueltas, manojos de hierbas sin flor, flores de tela, de plástico, flores desplantadas de los parterres de plaza Cataluña, flores robadas de otros nichos, jarrones con flores, jarrones vacíos. En cada uno de ellos, un mensaje firmado con un beso.

El doctor Armengol leyó la mayoría de ellos: *«Te echaremos en falta». La Paqui y Carmela*; *«Que Dios te tenga en su gloria», Padre Anselmo*; *«Mi mejor polvo», Francisco*; *«No hemos perdido un cliente, hemos perdido una amiga», Café de la Ópera*; *«Mañana no trabajaremos», tus putas compañeras de las Ramblas…* El doctor Armengol escribió en un trozo de papel: *«Pasará algún tiempo, pero volveremos a vernos», Ciriaco, Paco y Juan*.

Cuando regresó a casa, llamó por teléfono y le pidió al padre Anselmo que pasara a verle.

—Siento lo de Lola —le dijo el padre Anselmo nada más llegar a casa del doctor.

—Gracias, padre. He visto las flores y tu nota en su nicho.

—No ha sido nada. Era una buena persona.

—Sí, lo era.

—Quizá si no te hubiera comentado nada sobre el padre Matías, nada de esto hubiera pasado. Primero Paco, ahora Lola, Ciriaco desaparecido, y tú en medio de todos estos líos.

—Estoy donde quiero estar, padre. Y si son culpables de algo, yo lo soy tanto como ellos.

—No seré yo quien te diga lo que tienes o no tienes que hacer. No puedo pedirte que perdones, ni tampoco que olvides.

—No puedo perdonar ni olvidar. Los responsables de la muerte de Paco y de Lola merecen ser castigados, y la justicia nunca llegará hasta ellos. Bajo el paraguas de la dictadura se cometen muchos atropellos. Este, no es más que uno entre muchos.

—Te conozco, Juan, desde hace tiempo y sé que no vas a desistir de tus planes. Lo único que puedo pedirte es que pienses dos veces las cosas.

—Es probable, padre, que pase bastante tiempo antes de que volvamos a vernos. No voy a contarte nada, no quiero comprometerte, pero sí quiero pedirte un favor.

—Si está en mis manos, cuenta con ello.

—Quiero que tengas una copia de las llaves de este piso y que vengas de vez en cuando a echar un vistazo. Te dejaré dinero suficiente para que puedas cubrir los gastos corrientes, y mañana iré al notario y te daré poderes para que puedas hacer lo que creas más conveniente.

—¿A dónde piensas ir? —interrumpió el padre Anselmo.

—Es mejor que no sepas nada. Cuando pase algún tiempo, me pondré en contacto contigo.

—Siento perder un amigo. Echaré en falta los paseos y nuestras largas conversaciones.

—Yo también, y tú lo sabes. Me has ayudado mucho y has escuchado siempre mis preocupaciones con mucha comprensión y mucho respeto. El mundo funcionaría de otra manera con personas como tú.

—Bueno, déjate de pamplinas que me vas a emocionar. Los dos sabemos que hay personas que merecen más que yo tus elogios.

El doctor Armengol acompañó al padre Anselmo hasta el colegio de los Jesuitas en la calle Caspe. Después de despedirse, con un fuerte abrazo que se prolongó durante varios segundos, se dirigió caminando hasta la calle Unión, a la casa de Lola. Recogió algunas fotografías y un cuaderno de dibujo de Ciriaco y bajó al bar de la Carmela.

—¡Hombre, doctor, me alegra verle por aquí! —dijo la Carmela mientras le echaba los brazos.

—Gracias, Carmela, he venido solo a buscar algunas cosas a casa de Lola.

—La casa de Lola es suya, y puede disponer de ella para lo que quiera.

—Gracias, pero creo que te irá bien a ti si la alquilas. Los tiempos son difíciles y tú sabrás sacarle partido. Es un bonito piso.

—Ya sabe que esta es su casa y siempre será bien recibido. Y si necesita compañía, ya sabe, no tiene más que decírmelo. Estoy segura de que Lola lo aprobaría sin pestañear.

—Te tomo la palabra, Carmela. Quizás cuando pase algún tiempo. ¿Quién sabe? Y si necesitase compañía, ¿quién mejor que tú?

—¡Este es el hombre de mi Lola, con los cojones bien puestos!

—Bueno, Carmela, no te entretengo más que tengo algo de prisa. He dejado todo tal como lo tenía Lola, haz con las cosas lo que te parezca bien. Ciriaco y yo no las necesitaremos.

A las ocho de la tarde, el inspector Márquez se presentó en la consulta del doctor Armengol. Vestía como de costumbre un traje gris oscuro, camisa blanca y corbata azul de Prusia, sujeta a la camisa con un pasador de oro. Tras una apariencia impecable se escondía un ser despreciable, capaz de transformar en realidad sus más horribles ideas y tétricos deseos.

—Buenas noches, doctor.

—Buenas noches, inspector. Siéntese, enseguida estoy por usted —respondió el doctor Armengol mientras acababa de redactar unos papeles.

—Mucho trabajo, supongo.

—El habitual, pero creo que no ha venido usted a interesarse por mi trabajo.

—No, desde luego, ese no es el motivo de mi visita.

—¿Entonces…?

—Verá, en primer lugar, quería decirle que siento sinceramente lo de Lola…

—Ya, y supongo que ahora me añadirá que también siente lo de Paco. Vamos, que está muy apesadumbrado por sus muertes y por el dolor que nos ha causado a los demás. Aparque la hipocresía y dígame a qué ha venido.

—La verdad, doctor, es que mi profesión es harto complicada y que a veces suceden cosas que no podemos controlar.

—No veo qué complicaciones ocasionaban al cuerpo de policía, a esta ciudad o a la humanidad en general, Lola y Paco.

Estoy convencido de que debe de haber cosas más importantes de las que ocuparse.

—No es tan sencillo. Los hechos se encadenan unos con otros y cuando te das cuenta, el problema se ha solucionado o se ha complicado más.

—Me imagino que en el caso que nos ocupa se ha complicado más, ¿no?

—La verdad es que sí —respondió el inspector.

—La verdad es que nunca ha sido un caso policial —le replicó el doctor—. Usted ha actuado fuera de la ley, por su cuenta, probablemente para saldar favores o por propio orgullo.

—¡No le permito que…!

—Tendrá que esperar otro momento y otro lugar para amenazarme. No creo que le convenga montar un espectáculo en el hospital y que salga a la luz todo el asunto.

—A usted tampoco le conviene. Usted, doctor, es un médico conocido, con prestigio, y me imagino que le interesa seguir así. Perder todo por un par de…

—Veo que aflora de nuevo su verdadero carácter. Mejor será que reduzcamos el tono de la conversación o acabaremos a tortas.

El doctor Armengol se levantó de su butaca y se dirigió hacia una pequeña nevera. Abrió la puerta y cogió una botella de vino blanco que hacía compañía a algunos medicamentos. Llenó dos vasos de plástico que tenía sobre la nevera y le ofreció uno de ellos al inspector Márquez.

—Esto nos ayudará a coger el tono adecuado, ¿no le parece, inspector?

—No sé, estando de servicio…

—Creo que ha quedado suficientemente claro que no es un asunto oficial, pero… —dijo el doctor Armengol mientras hacía el gesto de retirarle el vaso de la mano.

—De acuerdo, acepto su invitación. Además, he visto la etiqueta y un blanco de Antonio Barbadillo no puede irse al retrete.

Apuraron el vaso hasta la última gota de un solo trago. El doctor Armengol llenó de nuevo los vasos hasta la mitad y colocó de nuevo la botella en la nevera.

—Bueno —dijo el doctor Armengol mientras se sentaba en su butaca—, este segundo vaso nos lo tomaremos poco a poco.

—¿Puedo fumar, doctor?

—Fume, fume, las visitas por hoy se han acabado. Abriré un poco la ventana.

—Retomando el motivo de mi visita, le seré claro.

—De acuerdo, siga.

—Usted sabe dónde se encuentra Ciriaco y creo que es mejor que colabore por el bien del chico y de usted mismo. Tarde o temprano le encontraré y todavía podemos evitar que se produzcan más desgracias.

—¿Me está amenazando?

—Entiéndalo como quiera, pero ya ha visto que no siempre es fácil controlar a mis ayudantes.

—Bueno, a uno ya no tendrá que controlarlo, la gente del barrio se encargó de su aorta. Y el otro, el que me sigue de la mañana a la noche, no da la talla, por lo menos no la dio en mi viaje a París. Tal como están las cosas, creo que será mejor que usted personalmente se encargue de zanjar el asunto.

—El agente Conde es un experto policía, más de lo que usted se imagina.

—No lo dudo, pero hay ocho horas de mi viaje a París de las que no ha podido contarle ni una sola palabra.

—Tampoco me hablará usted de esas ocho horas, ¿verdad?

—En detalle, no. Pero le diré que no llegamos en el mismo tren. Él llegó ocho horas antes.

El inspector Márquez notó cierto sofoco. Aflojó el nudo de su corbata y desabrochó el cuello de la camisa.

—Si le apetece, sáquese la chaqueta —sugirió el doctor Armengol.

—¿No le importa?

—No, en absoluto.

—Volvamos al asunto que me interesa —continuó el inspector después de sacarse la chaqueta y dejarla sobre la camilla—. ¡Qué calor hace aquí!

—¿Se refiere a Ciriaco?

—¿Piensa colaborar o no?

—Sí, inspector, voy a echarle una mano.

—¿Me está tomando el pelo? —intervino con irritación el inspector Márquez mientras se secaba el sudor de la frente.

—No, en absoluto. Aunque no lo crea, esta visita va a resultarle muy provechosa.

—Doctor, siento un cosquilleo extraño en las manos —dijo mientras se frotaba los dedos.

—Es normal, inspector, dentro de pocos segundos los notará por todo el cuerpo.

—¡Cómo!

—Si no atiende, no se enterará de lo que digo. Después del picor, no podrá moverse ni articular palabra, y en un par de minutos perderá el conocimiento. Se quedará profundamente dormido, probablemente soñando con Lola, con Paco o Ciriaco, y no habrá "Condes" ni "Echevarrías" que puedan evitarlo. Su profesionalidad deja mucho que desear. Pensaba que conocería el proverbio de Epicuro que dice *«Has de mirar con quién comes y bebes antes que lo que comes y bebes, porque comida sin amigo es comida de leones y lobos»*

—¡Qué me ha dado…! —dijo el inspector con una voz entrecortada que resonaba insistente en sus oídos y dilataba las pupilas de sus ojos. Sus labios se movían incapaces de completar una frase, de articular palabra— Es usted… un cabrón… Le voy a… No puedo…

—Escúcheme, le quedan aproximadamente… ¡Inspector, inspector!, ¿me escucha, inspector? *«Se acabó»* —se dijo el doctor Armengol—, ya no está en este mundo.

33

En la pequeña biblioteca del sanatorio de San Boi, Ciriaco pasaba una tarde más concentrado en sus dibujos. En ellos se reflejaba la tristeza por la pérdida de Lola, también el odio y la rabia por no haber podido evitar su muerte. Sabía que tenía que controlar sus emociones, evitar que su estado anímico fuese percibido por la doctora Vidal o por el resto del personal. No podía exponerse a recibir dosis mayores de medicación o cualquier otro tratamiento que le hiciese perder facultades o que le condenase a pasar el resto de su vida entre los altos muros del manicomio. Se encontraba físicamente bien, comía lo suficiente y dormía plácidamente las ocho horas establecidas. Entre tanto desorden en su vida, encontraba un orden que le permitía reflexionar sobre su pasado, su presente y su futuro. *«Hay que vivir entre locos para descubrir la cordura* —pensaba Ciriaco—, *y convivir entre cuerdos para conocer la locura».*

Las personas con las que convivía, y especialmente los "locos" como él, habían conseguido, sin pretenderlo, que su estancia en el manicomio fuese más agradable de lo que se imaginó en un principio. Eufrasio, sentado frente a él, continuaba enfrascado en sus poesías, aunque, de vez en cuando, levantaba la vista y permanecía largo rato mirando cómo dibujaba. Hipólito era otro paciente de San Boi, asiduo también a la biblioteca, aunque solo fuese para contar una y otra vez los volúmenes de las estanterías. Solía soltarle una colleja cada vez que pasaba por su lado para luego regalarle una afectuosa sonrisa que le llegaba de oreja a oreja; Aquilino hacía guardia en el comedor y no dejaba que nadie se levantase hasta haber comprobado que el plato estaba limpio como una patena; Miguel Ángel, se pasaba todo el día tomando medidas de puertas, paredes y ventanas. No había objeto en el manicomio, interior o exterior, que hubiese escapado a su transformación en números, y de tener que lidiar con otros números en arriesgados y complejos cálculos matemáticos; Juan Carlos, ataviado de la mañana a la noche con un estrafalario atuendo deportivo, atravesaba una y mil veces la meta imaginaria situada entre los dos últimos plataneros del paseo. Luego, regresaba saludando a un público distraído y volvía a iniciar su maratón particular. Jesús, otro de los desajustados amigos de Ciriaco, lanzaba piedras a uno y otro lado de su playa imaginaria, para que su invisible perro corriese tras ellas. Siempre volvía con la piedra en la boca y Jesús, con una sonrisa de oreja a oreja, le premiaba con un inexistente terrón de azúcar.

Por las mañanas, Eufrasio y Ciriaco recorrían en paralelo el paseo de arriba abajo, con las manos en los bolsillos y sin dirigirse ni una sola mirada y ni una sola palabra. La mutua compañía era suficiente y las largas caminatas hacían que se les abriese el apetito. Ciriaco encontró con esta actividad diaria tiempo para reflexionar, para sosegarse, para hacer el ejercicio que necesitaba para desentumecer sus músculos. Por otro lado, observó que la doctora Vidal, Carmen la llamaban los pacientes más veteranos, veía con agrado su evolución, lo cual era sumamente importante, ya que evitaba que el tratamiento farmacológico que recibía, y que no siempre podía evitar su ingestión, fuese en aumento.

Una madrugada del mes de diciembre se produjo un gran revuelo en la apacible institución en la que Ciriaco estaba ingresado. Del pabellón de nuevos ingresos salían gritos descomunales que recorrían, de punta a punta, todos los rincones del sanatorio. Algunos locos, ajenos a lo que sucedía y asomados a las ventanas de los diferentes pabellones, contemplaban el ir y venir de médicos y enfermeros. Otros, presos de un pánico aterrador, corrían por los pasillos o se escondían bajo sus camas. Ciriaco permaneció toda la noche asomado a la ventana, intentando descubrir a qué se debía esa flagrante alteración del orden.

Con las primeras luces del día llegó el silencio y la calma a la unidad de nuevos ingresos y, paulatinamente, también llegó a todos y cada uno de los pabellones. A través de los cristales, Ciriaco vio a la doctora Vidal que caminaba, aparentemente fatigada, hacia el pabellón donde él se encontraba. Tras ella, dos enfermeros empujaban una camilla sobre la que yacía inerte un hombre, sujeto con correas de la cabeza a los pies. Se acercó hasta la puerta del largo y ancho dormitorio repleto de camas alineadas a ambos lados y observó, a través de la pequeña ventana, cómo los enfermeros introducían la camilla en una pequeña y aislada habitación, situada en el extremo de la planta. Después de que uno de los enfermeros cerrara la puerta con llave, escuchó los breves comentarios y las instrucciones que la doctora Vidal les dio a los enfermeros.

—Es importante que esta noche estéis atentos —dijo la doctora Vidal—. No me preocupa el paciente que acabamos de ingresar; afortunadamente, dormirá todo el día. Lo que me preocupa son los otros. Ha habido bastante revuelo esta noche y es fundamental que vuelvan a la rutina lo antes posible. Mañana quiero vuestra mejor sonrisa al despertarles. Es conveniente que vean que todo sigue igual, que nada ha cambiado.

—No se preocupe, doctora —respondió uno de los enfermeros—, váyase tranquila a dormir, que nosotros nos ocuparemos de todo.

Cuando uno de los enfermeros entró en la habitación, Ciriaco ya se encontraba echado en la cama. Se acercó a él y le tapó con la sábana.

—¿No duermes, José?

Ciriaco se giró sin decir nada y cerró los ojos.

El día siguiente transcurrió con la normalidad habitual gracias a la habilidad del personal y las buenas costumbres de los internos. En la habitación del extremo de la planta reinó, durante tres días, el más absoluto silencio.

—José, tienes visita con la doctora Vidal —le dijo el enfermero interrumpiendo el nuevo dibujo que había iniciado Ciriaco—. Después continúas, lo dejamos todo tal como está. Ya sabes que Eufrasio no permitirá que nadie toque nada.

Ciriaco se levantó y le siguió hasta el despacho de la doctora Vidal. Hacía un frío espantoso aquella mañana de diciembre.

—Siéntate un momento —le indicó el enfermero—, cuando termine con el nuevo paciente, entras tú.

Se sentó en el banco que había junto a la puerta y escuchó con total claridad, debido al alto tono de voz que utilizaba el nuevo paciente, gran parte de la conversación.

—Cálmese —oyó que decía la doctora Vidal—, no vamos a adelantar nada si sigue con esa actitud. Estoy aquí para ayudarle, pero debe calmarse.

—¡No necesito calmarme! —oyó que decía encolerizado el nuevo paciente—, esto es un error y le exijo que me quite estas correas inmediatamente.

—Las correas se las han puesto porque usted no es capaz de controlarse. En el momento en que usted se tranquilice no hará falta que esté inmovilizado. Podrá usted salir y pasear como el resto de los pacientes y entretenerse con lo que más le apetezca.

—¡Está usted llamándome loco!, ¿cree de verdad que estoy loco?

—No me gusta la palabra "loco", y menos con el sentido en que usted la usa. Yo soy médico y mi trabajo aquí consiste en ayudar a las personas que ingresan.

—¡Usted va a necesitar ayuda como no me suelte! ¡No sabe en el lío que se va a meter!

—Será mejor que continuemos esta conversación en otro momento —dijo la doctora Vidal mientras hacía una señal a los enfermeros que permanecían en el despacho para protegerla de una posible agresión. Uno de los enfermeros cogió una jeringuilla y extrajo de un pequeño frasco diez centímetros cúbicos de veronal.

—¡Dígales a estos chupapollas que no se atrevan a tocarme! ¡No necesito más pinchazos!… ¡Me cago en tu puta madr…!

Pocos minutos después, dos enfermeros sacaron al nuevo paciente del despacho de la doctora Vidal, sentado en una silla de ruedas, inmovilizado con una camisa de fuerza y totalmente inconsciente. Su cabeza caía flácida sobre su pecho.

—Pasa, José —le dijo la doctora distraída mientras observaba cómo se llevaban al agresivo paciente por el pasillo.

Ciriaco entró en el despacho y se sentó frente a la doctora Vidal, que presentaba muestras evidentes de cansancio en su rostro.

—Qué tal, José, ¿cómo te encuentras?

—Bien…, doctora.

—¡Hombre! —dijo la doctora al escuchar por primera vez la voz de Ciriaco—. Me alegro. Estaba deseando tener buenas noticias.

Ciriaco le regaló una breve sonrisa.

—He observado, y también me han informado, que te has adaptado muy bien. Los otros… pacientes parece que han aceptado tu presencia, incluso, según me ha comentado el enfermero, Eufrasio, tu compañero de biblioteca, te ha obsequiado con una de sus poesías.

—Sí.

—Un gran avance, el de Eufrasio, hacía años que no se comunicaba con nadie y tampoco salía a pasear. Estoy convencida de que tu compañía en la biblioteca y durante los paseos le agrada. No creo que tarde en decir algo.

Ciriaco volvió a mostrarle una sonrisa amable, pero decidió no añadir nada más por el momento.

—Bueno, José, si necesitas algo, solo tienes que venir a verme. La medicación nos está ayudando y estoy convencida de que dentro de unos meses no será necesaria y podrás volver a casa, ¿qué te parece?

Ciriaco arqueó los hombros hacia arriba con la intención de que la doctora pensase que no tenía prisa en volver a casa, que donde estaba ahora se encontraba bien. La doctora Vidal se levantó de la mesa y puso las manos sobre sus hombros, presionándolos con afecto.

—Eres un buen chico. Ya verás como todo se soluciona. Tienes toda una vida por delante.

La lluvia y una copiosa nevada les obligaron a permanecer encerrados en los pabellones casi toda la semana. Algunos pacientes, despojados de sus actividades rutinarias, deambulaban por los pasillos visiblemente alterados. Otros permanecían todo el día echados sobre sus camas, esperando con resignación que el tiempo mejorase. Los enfermeros, más nerviosos que de costumbre, intentaban calmar los ánimos, aumentando, por indicación del cuerpo facultativo, las dosis de medicación. Nadie estaba a gusto con las inclemencias del tiempo, ni tampoco con el desmesurado poder de ese Ser Superior que se ensaña con ellos y les castiga con dureza.

Ciriaco, presa del aburrimiento, se esforzaba en controlar sus nervios y en no responder a las provocaciones e impertinencias de los pacientes con los que convivía y se había sentido cómodo desde su ingreso a principios del mes de noviembre. Pasaba muchas horas echado y, en ocasiones, cuando recordaba a Lola y a Paco, los ojos se le llenaban de lágrimas. Echaba en falta a su tío Juan, y más de un pensamiento giró en torno al modo de fugarse, de abandonar el lugar que le había permitido mantenerse fuera del alcance del inspector Márquez. *«¿Cómo acabará todo esto?* —se preguntaba Ciriaco—. *¿Por qué estoy aquí?, Lola y Paco muertos y yo aquí jugando al escondite mientras ese cabrón anda suelto atropellando a la gente a cara descubierta. ¡Qué coño estará tramando, tío Juan!, ¿por qué no me dice algo?».*

—José —oyó que le llamaba el enfermero mientras le tocaba el hombro—, tienes que ir al pabellón de entrada, tienes visita.

34

El padre Anselmo permanecía de pie junto a la ventana cuando Ciriaco entró en la sala de visitas. Vestía sotana negra y un par de libros en la mano que dejó sobre la mesa cuando se dirigió hacia él para abrazarlo.

—Esperaré fuera —dijo el enfermero al observar que la visita no alteraba los ánimos del paciente.

—Gracias —respondió el padre Anselmo.

Cogió por el brazo a Ciriaco y le condujo hacia unos sillones que había junto a la ventana.

—Tienes buen aspecto —comentó el padre Anselmo mientras tomaban asiento.

—¿Ha pasado algo?

—No, no, no ha pasado nada. Tu tío está bien. De hecho, él me ha pedido que viniese a verte.

—Necesitaba esa noticia, saber que está bien y lo que pasa fuera de estas paredes. Me alegro de que haya venido, gracias.

—Bueno, no me des las gracias, tu tío y yo nos conocemos desde hace años y estoy encantado de poder ayudarle, aunque no esté de acuerdo con él en algunas cosas. Bueno, qué importa, le entiendo y le tengo un gran aprecio.

—¿Sabe qué le ronda por la cabeza? —preguntó Ciriaco.

—De eso quería hablarte precisamente. Es importante que me escuches con atención y, sobre todo, es imprescindible que controles tus nervios.

—No se preocupe, padre, he aprendido muchas cosas aquí durante estas semanas, sobre todo a controlarme.

—Me imagino que así es. Debe ser complicado simular que estás enfermo ante tantos pacientes y médicos.

—He tenido suerte y, si quiere que le sea franco, tampoco estoy tan seguro sobre si estoy cuerdo.

—Más bien creo, como tu tío, que sí lo estás. Eres inteligente y tu tío está completamente seguro, si no, no se hubiera arriesgado a traerte aquí —dijo el padre Anselmo mientras acercaba su sillón al de Ciriaco y le cogía la mano.

—Cuénteme, padre, dígame de una vez por qué ha venido.

—Está bien, se trata del inspector Márquez.

—Sí, y…

—Fue a ver a tu tío al hospital para convencerle de que era mejor que le dijese dónde te habías escondido si quería evitar males mayores.

—¿Le amenazó?

—Sí, algo así, ya conoces a tu tío.

—¡Le ha hecho algo!

—Nada, Ciriaco, tranquilízate, ya te he dicho antes que tu tío está bien.

—¿Entonces?

—Pues que le suministró un fuerte somnífero, aún no sé cómo se las arregló, le metió en una ambulancia…

—¿Y…? —interrumpió nervioso Ciriaco.

—El inspector Márquez está ingresado aquí. La ambulancia le trajo la semana pasada.

—¡Hostia…! Perdón, padre. Es el nuevo paciente que está aislado en la planta de mi pabellón.

—Me imagino, por tu sorpresa, que no le habías visto.

—No, no pude verle la cara el día que salía del despacho de la doctora Vidal, pero, por lo que pude oír, las cosas no le van demasiado bien aquí.

—Me lo imagino. Tiene un carácter muy fuerte. Tu tío dice que lo que sea de él está en sus manos. Dice que debéis darle una oportunidad, la que él no dio a Lola y a Paco. En algo tenéis que diferenciaros, ¡por amor de Dios!

—No se merece una oportunidad.

—Todos merecemos una oportunidad, Ciriaco, incluso las personas más detestables. Tu tío es inteligente, quiere que sea él, con sus aciertos y sus errores, quien determine su destino.

—No pienso facilitarle las cosas, padre.

—Lo entiendo, Ciriaco. Me tranquiliza pensar que lo que pase dependerá de él y no de lo que hagas tú.

El enfermero entró en la sala de visitas para avisar a Ciriaco de que era la hora de comer. El padre Anselmo le dio un abrazo y aprovechó para susurrarle al oído. ¡Cuídate! Este abrazo es de parte de tu tío.

Por la tarde, Ciriaco se echó en su cama y estuvo un buen rato reflexionando sobre la nueva situación en la que se encontraba. Su perseguidor, el inspector Márquez, responsable de la muerte de Lola y de Paco, se encontraba en el mismo pabellón y en la misma planta que él. Apenas cincuenta metros les separaban y sentía un enorme deseo de comprobar que la persona que debía pagar por los actos que tanto dolor habían causado se encontraba allí.

Se levantó y empezó a dar cortos paseos por el pasillo. Cada vez que caminaba en dirección al extremo de la sala, en el que se encontraba la habitación donde estaba el inspector, se acercaba un metro más. Cada vez estaba más cerca del asesino de sus padres. Una y otra vez se cruzó con enfermeros y pacientes, sin que le prestasen la menor atención. Todo a su alrededor se desenvolvía con normalidad cuando se acercó y observó, a través de la ventanilla, el interior de la habitación.

Sí, era el inspector jefe Márquez, allí estaba, echado sobre la cama, con los brazos y los pies inmovilizados con gruesas correas. Una mordaza impedía que su boca escupiese el más pequeño chillido. Tal como estaba el ánimo de los pacientes, no iban a permitir que un chiflado de remate alterase el orden. Por un instante sus miradas se encontraron, permaneciendo ancladas la una a la otra durante varios minutos. *«Querías encontrarme* —le dijo Ciriaco deletreando las palabras sin que por su boca saliese un sonido—, *pues aquí estoy. No voy a ayudarte, no voy a tener piedad de ti»*.

Una voz a su espalda le cogió desprevenido y se giró con brusquedad. El enfermero, quizás desde hacía algunos minutos, aguardaba paciente con unos medicamentos en la mano.

—Hola, José. Deberías estar con los otros compañeros. Este paciente no se encuentra nada bien.

Ciriaco asintió con la cabeza, metió las manos en los bolsillos y se retiró un par de metros, dejando vía libre al enfermero.

—Gracias —dijo este mientras abría la puerta y pasaba al interior de la habitación, dejándola ligeramente entornada.

Ciriaco apoyó su espalda contra la pared y agudizó el oído. El tenue murmullo de los pacientes que recorrían una y otra vez el pasillo no le impidió escuchar las voces del enfermero y del inspector.

—Si me promete no gritar, le quitaré la mordaza —oyó que decía el enfermero—. Muy bien, Matías, hoy le encuentro mucho mejor. Le pondré la inyección y verá lo bien que descansa.

—¡No me llamo Matías, soy el inspector jefe de policía Márquez…!

—Sí, desde luego, usted disculpe —oyó que decía el enfermero—, dentro de unos días podrá pasear y charlar con los compañeros. ¿Sabe? Aunque le parezca mentira, el mismísimo general Napoleón se encuentra entre nosotros y también otras personalidades importantes…

—¡Es usted imbécil o es que no me ha oído!

—No, no, le he oído perfectamente, inspector jefe de la policía Márquez, no se me olvidará.

—¡El doctor Armengol me tendió una trampa…! ¡Su sobrino le cortó los cojones al padre Matías…! ¡Está aquí…, le he visto con mis propios ojos!

—Descanse, no se altere, inspector jefe, nosotros nos ocuparemos de todo.

Ciriaco se alejó unos cuantos metros al darse cuenta de que la conversación había finalizado y de que el inspector Márquez estaba entrando de nuevo en la profundidad de los sueños. Vio salir al enfermero con una breve sonrisa.

—No hagas ruido —le dijo el enfermero a Ciriaco al pasar por su lado—, el "inspector jefe de policía Márquez" desea que no le molesten.

Los gritos, forcejeos y puntapiés hicieron acto de presencia los días siguientes. No había forma de mantener calmado al nuevo paciente, "El Inspector", así le llamaba la mayoría del personal del manicomio. Los médicos se reunieron en varias ocasiones para discutir sobre el tratamiento que debían aplicarle. Unos eran partidarios de mantener el procedimiento farmacológico inicial y si fuese necesario aumentar la dosis, por lo menos, hasta que se redujese su nivel de agresividad. Otros optaban por una actuación más contundente, el electroshock o la cirugía eran los únicos medios capaces de aliviar al paciente de su locura.

—Está bien —dijo el doctor Cortina al finalizar la última reunión—, incrementaremos la dosis una semana más. El próximo lunes, según cómo evolucione el paciente, tomamos una decisión.

Los vientos no soplaron durante aquella larga semana a favor del inspector. Incapaz de explorar nuevas vías para facilitar el descubrimiento de su verdadera identidad, el inspector Márquez mostraba abiertamente su agresividad cada vez que el efecto de los fármacos disminuía. Ciriaco no dejaba de presionarle con su presencia. Acudía frecuentemente a observarle por la ventanilla de la habitación. En otras ocasiones, cuando le trasladaban atado a la silla de ruedas a alguno de los despachos, le veía en los pasillos sin encontrar en su mirada la más mínima señal de bondad y arrepentimiento. Una tarde, cuando el enfermero le llevaba a visitar al médico, Ciriaco caminó junto a él con la mano sobre su hombro, bajo una sonrisa complaciente del enfermero.

—Eres un buen chico, José —le dijo el enfermero al ver el gesto amistoso de Ciriaco.

—¡No se llama José! —gritó el inspector tras girar la cara y clavar sus dientes en la mano de Ciriaco.

Ciriaco vio sin inmutarse cómo la sangre que brotaba de su mano teñía de rojo el pijama del inspector. El enfermero le agarró la cabeza y le colocó la mordaza mientras los ojos de Ciriaco le miraban complacidos. *«Acabas de firmar tu sentencia»*, se dijo. Por primera vez vio cómo el pánico recorría de punta a punta el cuerpo del inspector. La sangre corría por la comisura de sus labios mientras su mirada buscaba la de Ciriaco, suplicándole ayuda.

El lunes por la tarde, una descarga eléctrica de dos minutos alteraba la actividad cerebral del inspector Márquez. Fue necesaria la ayuda de varios enfermeros para colocarle sobre la camilla de la sala donde le aplicarían el electroshock. Un enfermero le afeitó la zona frontal de la cabeza y le aplicó una fría emulsión sobre su frente. Después, el inspector Márquez vio, sin poder evitarlo, cómo le colocaban un par de pequeñas placas metálicas, unidas a unos cables eléctricos, cerca de las sienes. El tiempo pasaba muy lentamente y el terror que experimentaba hizo que se orinase encima.

—Tranquilo, todo va a ir bien —escuchó que le decía el enfermero que le quitó la mordaza para ponerle un mordedor de goma en la boca—. Apriete, Matías, le ayudará.

—Soy el inspector… —Fueron las últimas palabras que le escucharon decir aquella tarde, antes de que el doctor Cortina hiciese girar el botón hasta la raya que marcaba trescientos voltios.

El cuerpo del inspector Márquez se tensó arqueándose durante dos largos y dolorosos minutos. Mil imágenes brotaron mezcladas en su mente a velocidades vertiginosas. El presente y el pasado viajaban descontrolados por los axones de sus neuronas, invadiendo desordenadamente los espacios intersinápticos. La luz y la oscuridad, el ruido y el silencio, las formas, los colores y los tamaños se le aparecían desprovistos de sus condiciones básicas.

El doctor Cortina giró el botón hacia la izquierda hasta la posición de *stop*. La bombilla que colgaba del techo de la habitación recuperó su intensidad habitual. El enfermero extrajo la goma de plástico de la boca del inspector y desabrochó las hebillas de las correas de cuero. Uno de los brazos cayó a plomo por el lateral de la estrecha camilla y quedó suspendido en el aire, balanceándose. La primera de las seis sesiones de electroshock que le aplicarían al inspector Márquez a lo largo del mes había finalizado.

35

Después de buscar infructuosamente al inspector Márquez, el agente Conde decidió visitar al doctor Armengol. Le siguió desde el hospital Clínico hasta su domicilio en la calle Diputación. El doctor Armengol no tardó en darse cuenta de que el agente Conde caminaba tras él a escasa distancia. Al llegar a la portería del inmueble, escuchó su voz.

—Buenas noches, doctor.

El doctor Armengol guardó silencio. Sin girarse, pulsó el botón del ascensor y esperó pacientemente que se detuviera.

—Tenemos que hablar. No me obligue a utilizar la fuerza.

—Está bien, suba.

El viaje en el ascensor se hizo eterno. El doctor Armengol daba un vistazo a la correspondencia que había recogido del buzón, sin prestar ninguna atención al agente Conde, que movía la cabeza sin saber en qué parte del diminuto habitáculo detenerla.

—¿Alguna de Ciriaco? —acabó soltando el agente en tono socarrón.

—No, esta semana no. Tampoco del inspector Márquez, ni de su compañero…, por cierto, ¿se llamaba…?

—Echevarría, doctor.

—Eso. Bueno, Echevarría ya no escribirá más a nadie, ¿no le parece? —dijo el doctor después de apearse del ascensor y abrir la puerta del piso.

—No era mala persona.

—Desde luego que no, ¡un angelito!

—Siento lo de Lola. Fue un accidente desafortunado.

—Eso mismo es lo que me dijo el inspector jefe Márquez, ¡un accidente!, siéntese y no sea hipócrita.

El doctor Armengol dejó la correspondencia sobre la mesa, se quitó el abrigo y se sentó.

—No voy a ofrecerle nada. No me agrada su visita, o sea, que cuanto antes acabemos mejor.

—Eso depende de usted. Por mi parte, yo no tengo ninguna prisa —respondió Conde después de levantarse y sacarse la gabardina que dejó sobre el sofá—. ¿Le importa si enciendo un cigarrillo?

El doctor Armengol le señaló donde había un cenicero.

—Usted sabe dónde está el inspector Márquez y tiene que decírmelo.

—¿Qué le hace suponer que sé su paradero?

—La última vez que hablé con él por teléfono, me dijo que iba a ir a visitarle.

—¿Y?

—Desde entonces no he tenido más noticias.

—Bueno, tranquilícese, ya aparecerá.

—La cosa no es tan simple. El inspector Márquez no es el agente Echeverría. Hace más de tres semanas que no pone el pie en la comisaría y están empezando a hacer demasiadas preguntas. Si no aparece pronto, no me quedará más remedio que hacer un informe oficial. Si destapo este sucio asunto, nadie va a salir bien parado y tenga por seguro, que hasta el ejército se va a poner a buscar a Ciriaco y no piense que usted se va a salir de rositas. Le van a hacer cantar *La Traviatta* y, si no afina, va a volver a ver a Lola y a Paco antes de lo que esperaba. Me pregunto si entonces podrá usted ayudar a Ciriaco. Más vale que vayamos pactando algo o la cosa se va a poner fea de verdad pero que muy fea.

El cigarrillo se había consumido en el cenicero y el agente Conde encendió otro, con tanto apresuramiento que no se dio cuenta de que a lo que estaba prendiendo fuego era al filtro.

—¡Hostia! —gritó mientras escupía el mal sabor que el chamuscado filtro le había dejado en la boca—. ¿Tiene un vaso de agua?

El doctor Armengol se levantó sin mediar palabra y fue a la cocina a buscar uno. Cuando regresó, encontró al agente Conde, poniéndose la gabardina apresuradamente, como si fuese a perder el tren. Cogió el vaso que traía el doctor y bebió un buen sorbo que mantuvo durante unos instantes en el interior de la boca. Después de fijar su mirada rabiosa en los ojos del doctor, inclinó lentamente la cabeza hasta sus pies y escupió sobre ellos la mezcla de saliva, agua, rabia y el sabor a filtro quemado que se había acumulado en su boca.

—El tiempo se le está acabando, doctor. Le doy cuarenta y ocho horas para que me diga dónde se encuentra el inspector Márquez. Le espero pasado mañana en mi despacho en Vía Layetana a esta misma hora. No se le olvide, doctor.

—¿Eso es todo, agente?

—Más le vale que tome en serio lo que le digo. El juego del escondite se ha acabado y vamos a empezar por aclarar dónde se encuentra el inspector Márquez. Si colabora, estoy dispuesto a buscar una salida para Ciriaco y así acabamos de una vez con este puto asunto.

El doctor Armengol escuchó con atención las palabras del agente Conde, pero no les dio más credibilidad que las que puede pronunciar un pedigüeño a la puerta de una iglesia. De lo que sí que era consciente, y en ello coincidía con el agente Conde, es que el tiempo se estaba acabando, que no había posibilidad de alargar la situación mucho más allá de esas cuarenta y ocho horas que el agente le había dado.

Miró su reloj. Las agujas marcaban las nueve y cuarto. El escupitajo del agente permanecía visible a sus pies, la mitad sobre el mosaico del suelo y la otra sobre su zapato. Caminó hasta la ventana y apartó la cortina. Había anochecido y las farolas y luces de los coches permitían ver el reducido número de personas que caminaban por las aceras. En ningún momento pensó que el agente Conde pudiese estar oculto a la espera de cuáles iban a ser sus próximos movimientos. De nuevo volvió a tener la certeza de que el juego se había acabado.

Se puso el abrigo, cogió las llaves y salió de casa. Caminó por la calle Caspe hasta el *Café Tívoli* y entró, después de mirar a un lado y a otro de la calle. No le pareció que le hubiesen seguido, pero si así hubiera sido, qué importaba.

—Buenas noches, doctor —oyó que le decía el camarero desde la barra.

—Buenas noches, Carlos. Está esto muy tranquilo.

—Invierno, jueves y sin teatro, la verdad es que la noche no anima mucho a salir. Me sorprende verle hoy por aquí.

—Tienes razón. Se me hizo tarde y tengo la nevera vacía y muy pocas ganas de moverme del barrio. Este frío, como dices, no invita a salir y menos acompañado del *chirimiri* que está empezando a caer.

—¿Le preparo entonces algo, doctor?

—Una tapita de jamón y un pincho de tortilla serán suficientes. Ah, y una copa de rioja.

Colgó el abrigo en el perchero y se sentó en el taburete de la barra.

—¿No prefiere mejor una mesa, doctor?, estará más cómodo.

—No, gracias, Carlos, hoy voy con los minutos contados.

—Como diga, la tapita y el pincho ya están en marcha, y aquí tiene este Marqués de Cáceres que está de muerte —comentó el camarero mientras llenaba sin prisas la copa hasta el borde.

El doctor Armengol bebió un sorbo y se dirigió hacia la cabina de teléfono que había en el fondo del local. Una luz tenue se encendió cuando cerró las pequeñas puertas plegables a su espalda. Sacó una tarjeta del billetero y buscó el número que había escrito en su dorso. Marcó el número de la central de teléfonos y a los pocos segundos una voz femenina respondió al otro lado de la línea.

—Buenas noches, ¿en qué puedo servirle?

—Buenas noches, señorita, necesito que me ponga usted con Francia.

—Marque usted el número cuando oiga la señal. No se retire, por favor.

Después de escuchar un pequeño pitido, marcó los números y esperó unos instantes. La señal de llamada empezó a dar avisos intermitentes. Pasaron unos segundos, que se le hicieron larguísimos, antes de que una voz respondiera.

—*Bonne nuit* —oyó que le decía Sofie.

—*Bonne nuit,* Sofie, soy Juan Armengol.

—Qué agradable sorpresa, ¿cómo está Ciriaco? Hace días que no tengo noticias de él, y usted, ¿está bien?

—Pues verás, Sofie, las cosas se han complicado un poco. Lo que comenté a tu padre cuando nos vimos en Aviñón no ha hecho más que empeorar. Tenemos un par de días para llevar a cabo lo que planeamos, ¿está tu padre?

—No, no está, está en Lyon precisamente a recoger lo que ya sabes.

—Estupendo, cuando llegue, dile que me llame al número que le facilité. Esperaré su llamada mañana a las diez, ¿crees que habrá regresado?

—Sí, llegará a casa antes de medianoche. Le pondré al corriente y descuida, mañana a las diez acabáis de concretar.

—Gracias, Sofie.

—De nada, Juan, ni el tiempo ni la distancia han podido cambiar mis sentimientos. Un instante entre sus brazos fue suficiente.

—Gracias de nuevo, siento que no puedas hablar con él, pero te aseguro que todo va a salir bien. Te lo prometo.

—No hace falta que me lo prometas. Sé que todo irá bien, porque conozco a mi padre, y tú no me causas la menor incertidumbre.

—Hasta mañana, Sofie.

—*Bonsoir,* Juan, *nous parlerons demain.*

36

A las siete de la mañana el doctor Armengol entraba en su despacho del hospital Clínico. Había pasado la noche prácticamente en vela, dándole vueltas a todas y cada una de las gestiones que debería llevar a cabo. Era consciente de que el margen de los errores que podía cometer era muy pequeño, y de que estaba en sus manos la vida de la persona que más quería en este mundo, Ciriaco.

La conversación con Sofie la noche anterior le había tranquilizado. Sabía que Pierre no le fallaría. Miró su reloj y calculó que todavía faltaban un par de horas para recibir su llamada. Abrió su agenda de teléfonos y buscó el número del psiquiátrico.

—¿Dígame? —preguntaron al otro lado de la línea.

—Soy el doctor Albiol, del hospital Clínico, quisiera hablar con la doctora Vidal.

—No cuelgue, enseguida le paso, doctor.

La espera se le hizo interminable. Se sentó en su butaca, bebió un vaso de agua de un solo trago y respiró hondo.

—Buenos días, doctor, soy la doctora Vidal, ¿en qué puedo ayudarle?

—Buenos días, doctora. La llamo en relación con el paciente Cir... —tosió al darse cuenta de que se había equivocado—, disculpe, esta tos me tiene...

—No se preocupe, aunque las tratemos, no somos inmunes a las enfermedades.

—Tiene usted razón, podrían darnos algún privilegio frente a ellas, ya que tanto hacemos por los demás, especialmente a usted, que desempeña la profesión en una de las especialidades más difíciles de la medicina. ¡La admiro!, doctora Vidal.

—Gracias, doctor Albiol, es usted muy amable. ¿Me preguntaba por…?

—Sí, por José López Pinto, el joven que enviamos aproximadamente hace un mes.

—Buen paciente, está siguiendo bien el tratamiento y mi pronóstico es francamente positivo. Creo que antes de seis meses podrá salir y recibir atención vía ambulatorio.

—Estupendo, la felicito por su trabajo.

—Gracias, no es frecuente en el trabajo que se acuerden de uno para felicitarle.

—El motivo de mi llamada es para pedirle autorización para que mañana el paciente José López se desplace hasta aquí para someterle a un test que se está elaborando en el departamento de investigación para pacientes depresivos.

—Muy interesante, doctor.

—Gracias, esperamos que el trabajo que se está llevando a cabo pueda ser útil lo antes posible. Desde luego, usted será la primera en disponer de este importante test de detección de personalidades con predisposición a esta compleja enfermedad. Si no tiene inconveniente, mañana pasará una ambulancia a buscarle a primera hora, ¿le parece bien a las ocho?

Juan Armengol tragó saliva mientras secaba su mano sudorosa sobre la bata.

—Ningún problema, doctor, pero deberá regresar al centro mañana mismo.

—Sí, sí…, antes de la cena estará de regreso.

—Ya sabe, nuevos procedimientos, más papeles, informes…, ¡qué le voy a contar!, hay tanta burocracia que al final no nos quedará tiempo para atender a los pacientes.

—Tiene usted razón, pero no se preocupe, mañana antes de las nueve de la noche el paciente estará de nuevo en el centro. Ha sido un placer conversar con usted y espero que podamos quedar un día para cambiar impresiones.

—Estaré encantada. Espero su llamada doctor, ¡ah!… y, cuide esa tos.

—Lo haré, doctora. Gracias y hasta pronto.

Echó el cuerpo hacia atrás, inclinando el respaldo de la butaca lo más que pudo, desabrochó el botón superior de la camisa y aflojó un par de dedos el nudo de la corbata. Secó con el pañuelo el sudor que había anidado en su frente y en sus manos. Hasta el auricular del teléfono daba muestras de haberle acompañado en esos delicados y angustiosos momentos. Volvió a beber agua después de inspirar y espirar tres o cuatro veces seguidas, apoyó los codos sobre la mesa y sostuvo un largo rato el rostro entre sus manos. «*¿Por qué?* —susurró entre sus dedos—, *¿por qué la vida tiene que ser tan complicada, por qué tanto odio y tanta maldad, por qué no están Lola y Paco, por qué, por qué, por qué…?*».

La enfermera de la centralita del hospital interrumpió aquellos instantes de tensión, de dolor y de recuerdos.

—Buenos días, doctor, un tal señor Luchón pregunta por usted.

Miró el reloj y vio que las agujas marcaban las diez en punto.

—Páseme la llamada. Gracias.

—Hola, Pierre, ¿qué tal el viaje?

—Bien, Juan, nada más llegar, Sofie me puso al corriente y, al parecer, no disponemos de mucho tiempo.

—Así es, Pierre, si está todo a punto deberías venir hoy mismo a Barcelona. A mí me es completamente imposible desplazarme y es difícil, dada la urgencia, recurrir a algún amigo.

—Lo entiendo, Juan. No te preocupes. Este mediodía cogeré un tren en Aviñón y antes de que anochezca estaré en Barcelona.

—Gracias, Pierre, ya tienes mi dirección. Si coges un taxi en la estación de Francia, no tardarás más de quince minutos en llegar. No sé si estarán vigilando mi casa, pero si lo hacen, nadie te conoce y nadie te relaciona conmigo.

—Tranquilo, Juan, tengo experiencia y, por suerte o por desgracia, he vivido situaciones mucho más complicadas. Confía en mí. Tranquilízate y no te derrumbes, lo tengo todo bien atado, pero prefiero explicártelo cuando llegue.

—Tengo algún dinero en casa, pero no sé cuánto necesitas.

—Lo importante ahora no es eso, yo me encargo de todo.

—Gracias, Pierre.

—Nos vemos esta noche.

Colgó el teléfono y reflexionó durante un buen rato sobre cuál debería ser su siguiente paso. En primer lugar, aparentar la mayor normalidad posible. Atendería por la mañana al mayor número de pacientes citados y derivaría los de la tarde a otra consulta con cualquier excusa. Después, comería en el bar de la Carmela, como solía hacer cada mediodía. Antes, pasaría por el banco a retirar una cantidad de dinero que no llamase la atención. Quizás veinticinco mil pesetas para el pago de unas obras en el inmueble resultarían creíbles. Ya por la tarde le pediría al padre Anselmo que se acercara a su casa y le pondría al corriente, por si fuese necesario contar con su ayuda. Prepararía algo de cena y esperaría la llegada de Pierre.

Faltaban pocos minutos para que el reloj marcara las nueve y media de la noche, cuando sonó el timbre de la puerta.

—Pasa, Pierre, ¿qué tal el viaje?

—Bien. Al bajar del taxi he visto a alguien observando el portal de tu casa, me da la espina que es policía. Me ha sorprendido, porque en ningún momento ha disimulado su presencia.

—Probablemente, es el agente Conde, mi sombra, tanto de día como de noche, en el hospital, o dónde me encuentre. Pero no te preocupes, su talento no llega muy lejos. Ponte cómodo. Apagaré las luces y saldré de casa para distraer su atención y para no darle pie a que se pregunte sobre tu llegada. No tardaré más de media hora.

Vio al agente Conde nada más salir del portal. Introdujo las manos en los bolsillos y caminó sin prisas hasta el *Café Tívoli*. Notó la mirada clavada en su nuca. Pudo verlo, a través de los cristales, apostado en la acera de enfrente, apoyado en la pared junto a las taquillas del cine *Novedades*. Se sentó en un taburete de la barra y pidió un par de tapas y una copa de vino. El agente Conde le observó comer sin prisas mientras charlaba con el camarero. *«No te queda mucho tiempo* —se dijo—, *o aciertas mañana, o no vuelves a tomarte una copa de vino»*.

Cuando salió del *Café Tívoli*, tres cuartos de hora más tarde, ya no había nadie apoyado en la pared junto a las taquillas del cine *Novedades*. Cruzó la calle y miró la cartelera, sin prisas, recreándose con las imágenes. Disimuladamente, miró a un lado, después al otro. Una mujer caminaba del brazo de su compañero con la cabeza apoyada en su hombro. Un par de coches alumbraron con sus faros la puerta cerrada del colegio de los Jesuitas de la calle Caspe. La humedad y el silencio flotaban en el aire de esa oscura noche de invierno.

37

La doctora Vidal entró en la sala dormitorio y se acercó a la cama de Ciriaco. Eran las diez de la noche y los pacientes esperaban, con ánimo desigual, el momento en el que atravesarían el umbral para vivir los momentos más dulces o terribles del día. Unos habían caído en un sueño profundo tras escuchar el "buenas noches", o el ligero chasquido que con los dedos acostumbraba a hacer el enfermero Pepe antes de girar el interruptor de la luz. Otros daban vueltas en la cama, inquietos, como si buscasen en la oscuridad de la noche a alguien que les ayudase a decidir sobre qué lado dormir. Ciriaco observaba, como cada noche, el ir y venir del enfermero. Le hubiera gustado afinar todos aquellos instrumentos desafinados que le habían hecho compañía desde que ingresó. Le habían regalado historias increíbles y facilitado material para componer sueños, esta y muchísimas otras noches.

—Buenas noches, doctora Vidal.

—Buenas noches, Pepe.

—¿Necesita algo, doctora?

—No, solo quería decirte que mañana vendrá una ambulancia a buscar a José a las ocho de la mañana para hacerle unas pruebas en el Clínico.

—¿Algo importante? —interrumpió el enfermero.

—No, se trata de un nuevo test…

—Doctora.

—¿Sí?

—Mañana tengo el día libre y me iría bien aprovechar el viaje de la ambulancia para ir a Barcelona.

—No hay problema, podrías regresar con José por la noche. El doctor Albiol me dijo que solo necesitaba trabajar con él unas pocas horas y que estaría de regreso antes de anochecer.

—Estupendo, no sabe las caminatas y el tiempo que me ahorro —comentó el enfermero mientras abandonaban el dormitorio.

Ciriaco aparentó dormir cuando se acercó la doctora Vidal y le arregló la sábana. Aunque la conversación había sido casi un susurro, pudo escucharla con claridad.

La medicación que le daban le ayudaba a coger el sueño con facilidad. La pastilla de la noche era la única que dejaba pasar más allá de la boca, porque había escuchado a Pepe decirle, en reiteradas ocasiones, que le ayudaría a dormir. Las otras, las del desayuno, las de antes de comer o las de la tarde, esperaban bajo su lengua el momento oportuno para ser expulsadas.

Aquella conversación le desveló por completo. Por más que se preguntaba cuál sería el motivo de su nuevo viaje a Barcelona, no encontraba la respuesta ni a uno ni al otro lado de la almohada. Había dos cuestiones que se le presentaban como evidentes: la primera, que su tío andaba detrás de esta nueva salida, y la segunda, que se trataba de algo urgente que no admitía demora. Después de dar una y otra vuelta hacia uno y otro lado de la cama, llegó a la conclusión de que era la última noche que pasaría en compañía de aquellos seres, recluidos y etiquetados por el simple hecho de ser diferentes, en modales y costumbres, del resto de los mortales que caminan de la mañana a la noche protegidos por el paraguas de la "normalidad". Nadie le había molestado durante su estancia en el psiquiátrico, le respetaban y él respetaba a los demás, fuesen cuales fuesen sus historias, sus manías o sus formas de reír, hablar o caminar. Cada loco celebraba su alegría o arrastraba su cruz sin adjudicar al vecino las suertes o las desgracias de su vida. Vivían con ambas, con la esperanza de que les dejasen en paz, en su mundo diferente, en su mente distraída, en su bosque encantado, en su extraño laberinto al que se accedía por ninguna puerta y se abandonaba por ninguna salida. Estar, respirar, sentir el calor del sol y el frescor de la sombra de los platanares que se alzaban frondosos a uno y otro lado del pequeño paseo y unos cuantos bancos que invitaban a sentarse, a descansar y a ensoñar, era el principio y fin de todos los días. ¡Había tanto orden entre tanto desorden!

Las luces del dormitorio comunitario, al que habían trasladado a Ciriaco después de las primeras semanas de aislamiento, estaban apagadas y una tenue luz se filtraba a través de las ventanas, protegidas por barrotes que disuadían cualquier pensamiento de fuga. Solo algún ronquido o ruido proveniente de algún acto de masturbación compulsiva, de los que nadie se quejaba, interrumpía el silencio que reinaba en el dormitorio. Ciriaco se levantó procurando hacer el menor ruido posible y se acercó a la cama donde dormía Eufrasio, su silencioso compañero de biblioteca. Se sentó en el borde de la cama y recitó en voz baja la primera estrofa del poema que Eufrasio le había regalado. *«En el sótano oscuro y húmedo… »*, después dobló el papel y lo guardó en el bolsillo. Se arrodilló y colocó su caja de cartón en la que guardaba sus dibujos debajo de la cama, junto a la caja de cartón en la que su amigo Eufrasio guardaba sus palabras. Antes de levantarse, sus miradas se encontraron y una breve sonrisa de afecto apareció en los labios de ambos.

Sobre el cabezal, en el lugar que habitualmente ocupaba el crucifijo, estaba el dibujo de Ciriaco.

—Buen viaje, como te llames.

—Eufrasio, amigo, me llamo Ciriaco —le dijo mientras besaba su frente.

La ambulancia aguardaba, en silencio, sin sirenas ni destellos luminosos y bajo un cielo gris plomizo, ante la puerta de entrada del edificio de recepción del Hospital Psiquiátrico de San Baudilio. Eran las siete y media de una mañana y la lluvia, que caía con intensidad, mantenía al conductor sentado frente al volante ataviado con su uniforme blanco. Las gotas de agua, que habían invadido la totalidad del parabrisas, permanecían inmóviles, alterando caprichosamente las luces encendidas de la planta de recepción. Los contornos del edificio y de las ventanas habían perdido la compostura, y la rectitud que les definía y caracterizaba brillaba por su ausencia. Se acomodó en el asiento y miró su reloj. El segundero había iniciado su último trayecto hacia las ocho, y lo siguió en su recorrido hasta el punto negro dibujado bajo el número doce. Alzó la mirada y observó movimiento tras los cristales de la planta de recepción. Puso el motor en marcha y accionó el interruptor del limpiaparabrisas. Las luces y las formas entrelazadas recobraban, con el barrido intermitente de la escobilla, su apariencia habitual. Se abrió la puerta y un par de personas, protegidas por un amplio y negro paraguas, se dirigieron a paso ligero hacia donde estaba estacionada la ambulancia. El conductor giró la maneta del elevalunas hasta que el cristal hubo descendido lo suficiente para poder escuchar lo que le decían desde el exterior.

—Buenos días —dijo el enfermero Pepe, que vestía, como Ciriaco, ropa de calle.

—Si usted lo dice…

—Iré detrás con el paciente…, puede viajar sentado.

—Cierre bien la puerta trasera y, por favor, procure que el paciente no se mueva demasiado.

—Descuide, no hay problema, cuando quiera podemos irnos.

A través de una pequeña ventanilla trasera, Ciriaco observaba cómo la ambulancia abandonaba el hospital y se dirigía calle abajo. La lluvia los acompañó durante todo el viaje y la oscuridad obligaba a los coches que circulaban en uno u otro sentido a llevar las luces encendidas.

—José, ¿te gustaría dejar el centro? —preguntó el enfermero a Ciriaco.

Ciriaco continuó mirando a través de la ventanilla trasera sin contestar. Pepe, el enfermero, no dio muestras de sorpresa. Estaba acostumbrado a que la mayoría de sus preguntas o intentos de conversación quedasen suspendidos en el aire, sin saber si le había oído o si no le quería responder. Fuese cual fuese el motivo del silencio, nunca se alteraba. Por unos instantes, Ciriaco se sintió mal. Pepe le había procurado un trato exquisito desde que llegó al hospital y él no había podido darle ninguna muestra de agradecimiento. La verdad era que su estancia hubiera sido complicada de no haber sido por él. Probablemente, a otros pacientes no les servía de mucho la información y las explicaciones que daba a cada momento, pero a Ciriaco sí. A él, le sirvieron para saber a qué iba a enfrentarse y con ello conseguía el tiempo suficiente para prepararse, tanto física como mentalmente.

—¿Sabes dónde me llevan? —preguntó Ciriaco sin apartar la mirada de la ventanilla.

Pepe quedó un tanto sorprendido, no por la pregunta, sino porque durante el tiempo que habían compartido, desde que Ciriaco llegó al hospital, no había escuchado su voz más que en un par de ocasiones.

—Vamos al hospital Clínico. Me han dicho que quieren pasarte un test, ya sabes, hacerte preguntas sobre ti, sobre cómo te encuentras… nada que deba preocuparte, José.

—¿Tú también vas al Clínico?

—No, yo no —respondió Pepe, satisfecho de poder mantener aquella breve conversación con Ciriaco—. Es mi día libre y aprovecharé para ir a visitar a la familia.

«*Yo también tenía familia* —le hubiera gustado comentarle—, *y unas tardes de domingo para pasear por las Ramblas, para sentarnos en una terraza y disfrutar del calor y los colores de la primavera. Yo tenía una madre, Lola, la puta más hermosa del barrio, y también un padre, hábil en el arte de la apropiación indebida, y escurridizo como el jabón entre las manos. No debieron morir así…*». Sí, le hubiera gustado decírselo, pero lo mantuvo en el borde de la lengua, haciendo un gran esfuerzo para mantener el silencio.

La voz del conductor, anunciando la llegada al hospital Clínico, interrumpió bruscamente sus dolorosos recuerdos. El chófer se apeó del vehículo y abrió la puerta trasera.

—Doctor, es todo suyo. Pasaré a recogerle a las ocho de la tarde si no tiene inconveniente.

—Está bien, a las ocho —respondió el doctor.

—Le acompañaré hasta psiquiatría —interrumpió el enfermero mientras cogía del brazo a Ciriaco y le ayudaba a bajar de la ambulancia.

—No se moleste, puedo apañármelas solo.

—No, no es ninguna molestia, doctor. Creo que José se sentirá más tranquilo.

—Como quiera.

—Creía que le estaría esperando el doctor Albiol —intervino el enfermero Pepe.

—¿Le conoce?

—Sí, la doctora Vidal me dijo que le estaría esperando.

—Ya, bueno, nos espera en mi consulta —respondió el doctor Armengol mientras conducía del brazo a Ciriaco.

Pierre no se giró cuando el doctor abrió la puerta de la consulta, lo suficiente para que pasase Ciriaco y para dar a entender al enfermero Pepe, que en ese momento daba por finalizado el encuentro.

—Bien, gracias por acompañarnos —dijo en tono decidido el doctor Armengol—, le espero a las ocho.

—De nada, doctor, a las ocho vendré a recoger a José.

Juan, cerró la puerta y abrazó con fuerza a Ciriaco. Pierre le soltó una colleja mientras le decía:

—Tienes un par de cojones, chaval, pero espabila o de aquí no sales vivo.

38

Era una tarde lluviosa de primavera cuando salieron del Hospital Clínico, semiocultos en sus chubasqueros y bajo la sombra de un par de paraguas, en dirección al puerto. El doctor Armengol caminaba del brazo de Pierre pegado a las fachadas de las casas que se alineaban en grupos, configurando, matemática y geométricamente, la cuadrícula del ensanche de Barcelona. Ciriaco les seguía por la otra acera, a unos treinta metros de distancia, adivinando el cruce en el que su tío Juan iba a girar y el itinerario que vendría después. Lo habían recorrido tantas veces juntos y eran tan exactos los giros que podría seguirle sin mirarle hasta la céntrica plaza de Cataluña. A partir de allí, Ciriaco ya no estaba seguro del recorrido que seguirían. Años atrás bajaban por las Ramblas hasta la calle Unión y a pocos metros de doblar la esquina entrarían, superado el bar de la Carmela, en el portal de la casa de sus padres, en el portal de Lola y de Paco, de su tío Juan y de él, de los amigos del barrio, de los clientes fijos y también de los esporádicos venidos de todos los países del mundo. Hubo una época en que pensó, cuando aún estudiaba en el colegio de la calle Caspe, que un día el coño de su madre sería declarado por la Unesco patrimonio de la humanidad.

Aquella tarde lluviosa de primavera siguieron un itinerario sobradamente conocido. Bajaron por las Ramblas bajo sus paraguas, caminando con la misma velocidad y decisión que la que habían tomado después de salir del Clínico. Las flores de los puestos agradecían la lluvia insistente que mantenía mojados sus pétalos de vivos colores. Los pajarillos observaban, protegidos bajo los encartonados techos de sus jaulas, a los pocos transeúntes que deambulaban en aquellas horas, por aquellos barrios, bajo aquel cielo gris que escupía agua y amenazaba con seguirla escupiendo durante todo el día. Pasaron por delante del *Café de la Ópera* y vieron a Pedro apostado a la entrada, esperando el momento de poder volver a desplegar las sombrillas y colocar mesas y sillas para dar servicio a todo aquel que decidiese detenerse, aunque fuese por algunos instantes, a contemplar la hermosa fachada del teatro del Liceo, o a los variopintos personajes que amenizaban las Ramblas cualquier tarde soleada del año. Pedro se fijó en ellos, pero no les reconoció. A Juan le vino a la memoria una de las muchísimas tardes en las que se sentaban en la terraza y Paco, con tono solemne, pedía: «*Por favor, camarero, unas cervecitas para nosotros y un helado para la criatura. ¡Ah!, y ponga también unas aceitunas y... *». Mientras, Lola, ataviada con sus mejores atuendos, observaba con las cejas arqueadas y una sonrisa burlona cómo su esposo y protector se pronunciaba con tan exquisita elegancia.

Esta vez su tío Juan no giró a la derecha cuando llegó a la calle Unión. Ni siquiera torció la cabeza, para no recordar una de las etapas más felices de su vida, o para evitar que el dolor por la pérdida de sus seres más queridos se avivara en sus entrañas, haciéndole caer de rodillas sobre el mojado y resplandeciente pavimento. Ciriaco, sí giró la cabeza y aminoró sus pasos al llegar al cruce con la calle Unión. Vio las luces encendidas del bar de la Carmela y a algunos transeúntes que se protegían de la lluvia en el umbral de su casa. Algunos vecinos habían encendido ya las luces y podía verlos, centrados en sus quehaceres cotidianos, a través de balcones y ventanas. Su tío Juan y Pierre continuaron rumbo hacia el puerto sin detenerse, lo que obligó a Ciriaco a acelerar el paso que había andado distraído desde que se inició el descenso por las Ramblas. Giraron a la izquierda al llegar a la calle Escudillers y entraron en el restaurante *Los Caracoles,* uno de los restaurantes con más fama de la ciudad, regentado por la familia Bofarull desde hacía más de cien años. Uno de los Bofarull, Agustín, había estudiado con Juan y desde entonces, aunque no se veían con la frecuencia que hubieran deseado, habían mantenido una sincera amistad.

—Buenas noches, Juan.

—Hola, Agustín. ¿Qué tal la familia?

—Bien, todos bien.

—Gracias por atender mi llamada. Sé que hay que reservar con antelación, pero…

—No te preocupes, Juan. Me imagino que es algo importante y, como me pediste un sitio discreto, te he guardado la pequeña y acogedora sala *Barandilla.* Allí podréis cenar tranquilos.

—Seremos cuatro. El padre Anselmo vendrá un poco más tarde. ¿Te acuerdas del padre Anselmo?

—Cómo no, lo más decente que he conocido entre los numerosos pastores que tiene la Iglesia.

—Perdona, este es Pierre, un amigo, y el joven es mi sobrino Ciriaco.

—Encantado de conoceros —respondió el señor Bofarull mientras estrechaba sus manos—, ahora, pasad y sentaos, enseguida un camarero os trae la carta.

—No tenemos prisa, si no te importa, esperaremos a que llegue el padre Anselmo para cenar.

—Os dejo solos, si necesitáis algo, solo tenéis que decírmelo.

Cerró la puerta y dejó que se acomodasen en aquella pequeña sala cuya capacidad no superaba la docena de personas. Pierre se sacó la chaqueta de pana y dejó a un lado la pequeña bolsa de viaje que había colgado de su mano durante todo aquel largo y desapacible día. Juan también colgó la suya en el perchero, y Ciriaco hizo lo mismo con su ligera cazadora.

—Bueno —dijo Pierre después de tomar asiento—, si hemos llegado hasta aquí, podemos llegar más lejos.

—No han sido fáciles estos últimos años —intervino Juan mientras ponía cariñosamente su mano sobre el hombro de Ciriaco.

—No puedo deshacerme de un sentimiento de culpa que me acompaña dondequiera que esté —dijo Ciriaco.

—La culpa no es tuya —interrumpió Pierre—, es de todos esos cabrones que andan por la vida alterando el orden natural de las cosas. Bueno —prosiguió—, creo que es mejor no dar más vueltas al asunto y centrarnos en lo que en estos momentos nos concierne.

—Tienes razón, Pierre —respondió Juan—, estar atentos esta noche es lo que más nos conviene.

El padre Anselmo, vestido de paisano, entró en la sala y saludó a todos con una sonrisa en sus labios. Un camarero le seguía con las cartas en la mano.

—Si me permiten, les recomiendo la especialidad del día, la paella de bogavante.

—Bien —asintió Juan después de recibir la aprobación de todos—, y para abrir boca, tráiganos una ración de caracoles, unas gambas al ajillo y unas navajas a la plancha. ¿Os parece bien? Ah, y una botella de *Barbadillo*.

—Escuchadme un momento —prosiguió Juan una vez hubo abandonado la sala el camarero—, el plan que hemos preparado con Pierre es el siguiente: hay un barco que salió ayer de Marsella, navegó toda la noche y llegó esta mañana al puerto de Barcelona.

—Es un carguero que navega con bandera de Cabo Verde —continuó Pierre mientras fijaba su mirada en Ciriaco—, el capitán es amigo mío y te ayudará a salir del país. Un grupo de unos diez marineros han pasado el día…, bueno, ya sabéis, bebiendo y dándole al *triqui*, y regresarán al barco algo después de medianoche. Sobre las once y media o las doce estarán en las Ramblas a la altura de esta calle, es decir, de Escudillers, y he pactado con uno de los marineros para que incorporen al grupo a Ciriaco, le ayuden a pasar la aduana y a embarcarse. He traído en esta bolsa algo de ropa, parecida a la que utilizan los marineros, y también un pasaporte que acredita la nacionalidad caboverdiana de Ciriaco. No creo que haya problemas. Estoy convencido de que todo saldrá bien —sentenció Pierre.

El silencio se adueñó de la sala por unos instantes, que se prolongaron al entrar un par de camareros con los entrantes y dos botellas de *Barbadillo* que colocaron en unas cubiteras de aluminio repletas de cubitos de hielo. Uno de los camareros descorchó una de ellas y llenó, después de recibir el visto bueno de Juan, las copas de los comensales.

—La paella de bogavante estará en unos diez minutos —dijo mientras depositaba de nuevo la botella en la cubitera y rodeaba su cuello con una servilleta blanca.

—Si lo he entendido bien —reanudó la conversación Ciriaco—, todos estos planes solo servirán para que yo salga del país, pero y Juan, ¿qué pasará con tío Juan? No creo que el agente Conde le permita seguir viviendo cuando se entere de lo sucedido al inspector Márquez y de que yo he huido.

—Esto es solo parte del plan, Ciriaco —intervino el padre Anselmo—. Tu tío cogerá un tren hacia Francia con Pierre mañana por la mañana. En casa de Pierre estará seguro y yo le tendré cerca para ir resolviendo algunos asuntos. Cuando todo este tema se haya olvidado, volveréis a veros, te lo prometo.

—Ahora —intervino Pierre—, comamos y apuremos las copas hasta la última gota. Brindemos por el comienzo de una nueva etapa llena de vida y alegrías. Olvidemos por una noche las tristezas —concluyó mientras alzaba su copa de vino.

La lluvia había cesado cuando salieron del restaurante en dirección a las Ramblas. Eran las once y media de la noche. Disimulaban su presencia bajo la oscuridad de un portal, desde el que podían ver los pocos transeúntes que bajaban por el paseo central o por las aceras laterales. Las agujas de sus relojes no paraban de dar vueltas y los segundos se hacían eternos. Ciriaco, bajo el brazo de su tío, aguardaba con impaciencia el momento que marcaría el principio de un futuro que se le antojaba feliz y prometedor.

Pasadas las doce de la noche, un grupo de marineros que no superaba la docena apareció en el paseo central de las Ramblas. El volumen de sus voces y los desplazamientos indisciplinados, de uno a otro lado del paseo, evidenciaban su estado de saciedad en todos los aspectos. Ciriaco abrazó con fuerza a su tío mientras le susurraba al oído: *«Prométeme que volveremos a vernos»*. Después estrechó la mano de Pierre y le pidió que le hiciese llegar noticias de Sofie.

—Dile…

—¡Dile qué! —soltó Pierre al ver a Ciriaco bloqueado.

—Dile que la quiero.

—Creo que le va a gustar.

—Bueno, padre, tengo que irme, acuérdese de llevar de vez en cuando unas flores a la tumba de Lola y de Paco.

—No te preocupes, Ciriaco. Tendrás noticias nuestras a través de un amigo.

Una lágrima recorría su mejilla cuando dejó la oscuridad del portal para dirigirse al escandaloso grupo que pasaba a escasos metros. Desde el portal vieron cómo uno de ellos pasaba el brazo por encima de los hombros de Ciriaco y le adjudicaba, sin más preámbulos, una botella de vino, después de efectuar un largo y sonoro sorbido. Bajo el amplio jersey de lana gris y una gorra que camuflaba medio rostro, Ciriaco, giró por unos momentos la cabeza para despedirse con la mirada y para enviarles una pequeña sonrisa cargada de tranquilidad, de confianza en sí mismo y para confirmarles que todo iba a salir bien. Juan respondió al mensaje moviendo afirmativamente la cabeza mientras luchaba por retener una lágrima que acabó por abrirse camino hasta la comisura de sus labios. Su sabor era salado, como el mar que iba a separarlos quién sabe por cuánto tiempo.

Juan, Pierre y el padre Anselmo les siguieron a una distancia de la que nadie apostaría por relacionarlos con el grupo de marineros que caminaba zigzagueando delante de ellos. En el muelle, un barco de carga de mediano tamaño esperaba, con las luces encendidas y sus motores en marcha, que los marineros, que un par de guardias civiles retenían a pie de pasarela, subieran a bordo. Pudieron ver cómo mostraban sus documentos a la pareja de guardias pertrechados con sus verdes uniformes, su tricornio de color negro brillante y un fusil colgado del hombro. Los marineros bromeaban con los guardias, invitándoles a beber vino y a cantar una pequeña estrofa improvisada con sabor a despedida. Tras unos escasos minutos, que a ellos se les hicieron eternos, vieron a Ciriaco que subía por la pasarela del *Santo Antao*. Tras él, el resto del grupo, que iba desapareciendo de cubierta según iban llegando. Solo uno de ellos, vestido con un amplio jersey gris y una gorra calada hasta las orejas, se quedó en cubierta apoyando sus brazos sobre la barandilla de babor mientras observaba cómo replegaban la pasarela, como levaban anclas, como se separaba el barco lentamente del puerto y como tres personas enfundadas en chubasqueros contemplaban como el buque maniobraba poniendo rumbo a la salida del puerto.

39

Las primeras luces del amanecer aparecieron junto a la Isla de Santiago y recibieron al *Santo Antao* en el puerto de Praia. Un sol de un intenso amarillo indio, que cegaba la vista, se asomaba por el horizonte del inmenso Atlántico pintando las blancas nubes de rojos, magentas y naranjas penetrantes. Un camino de luz se abría desde el astro rey hasta la popa del barco y proyectaba su silueta sobre las calmadas aguas del puerto. Ciriaco observaba desde proa el despertar del contorno del malecón y el de las casas, de escasa altura, poco motivadas por competir para alcanzar el cielo. Los perfiles estilizados de las embarcaciones de pesca iniciaban su salida a la mar, probablemente un día más —imaginó Ciriaco—. Una generación más de sufridos isleños, con piel de color de chocolate, zarpaba como hombres libres, sin las cadenas que llevaron a sus abuelos desde Gambia a hasta el otro lado del inmenso océano. Ahora, como hombres libres, volvían a surcar los mares en busca del elemento básico que poner sobre la mesa para amenizar las tertulias con familiares y amigos antes de despedir a un sol complaciente que volvería a visitarles al día siguiente.

Un par de hombres recogieron los largos de proa y popa que los marineros del *Santo Antao* lanzaron desde cubierta para atracar el navío. Después de una larga semana de navegación, interrumpida por una breve parada técnica en Agadir, quedó completamente inmovilizado cuando tensaron las cuerdas en los oxidados puntos de amarre del puerto de Praia. La pasarela descendió por el lado de babor hasta poner pie en tierra firme, mientras Ciriaco se despedía del capitán y de la reducida tripulación, protagonistas, junto con el mar, de una experiencia de armonía y de quietud que permanecería siempre en su memoria.

Un hombre de color, con las mangas de camisa arremangadas hasta los codos y unos pantalones sujetos a los hombros por unos coloridos tirantes, se acercó con su sombrero de paja en la mano a la pasarela por la que descendía Ciriaco.

—¿Eres Ciriaco?

—Sí —respondió distraído, devolviéndole la sonrisa amable que le había regalado el hombre de color.

—Me ha pedido el padre Javier que viniese a buscarte.

—¡El padre Javier! —repitió sorprendido.

—Sí, el párroco de Santo Amaro.

—¡Ah…!, de Santo Amaro —repitió de nuevo.

—Bueno, tengo la camioneta aquí —dijo Sam, mientras señalaba el vehículo—, si no te importa, mejor nos ponemos en marcha. Tengo que recoger unas cosas en el mercado de Assomada y no puedo retrasarme.

—¡Oh…! Sí, desde luego —respondió Ciriaco mientras caminaba tras él.

La destartalada camioneta sorteó los contenedores de mercancías descargados en el puerto y atravesó la ciudad para coger la carretera interior que atravesaba, de punta a punta, la isla de Santiago. Después de recorrer durante más de media hora una calzada adoquinada y sembrada de socavones de todos los tamaños, llegaron al pueblo de Assomada, localidad situada a medio camino entre Praia y Tarrafal. Sam se apeó de la camioneta y estiró sus piernas cansadas, más por el efecto de los continuos baches que por la distancia recorrida.

—No tardaré más de veinte minutos —dijo mientras abría el portón trasero y cargaba sobre sus hombros un saco de arpillera que debía de contener piedras a juzgar por la expresión que apareció en su rostro.

—De acuerdo —respondió Ciriaco mientras bajaba de la camioneta y se masajeaba el dolorido trasero maltratado por una ruta sin piedad y por un asiento escasamente acolchado.

En pocos segundos se vio rodeado por un grupo de niños que reían y corrían a su alrededor, acercándose lo suficiente para pellizcar sus piernas y retirarse lo justo para no ser alcanzados. Les dejó hacer mientras observaba con curiosidad la intensa actividad comercial que se desarrollaba en la plaza. Los hombres iban y venían cargados con todo tipo de productos, mientras las mujeres, sentadas a uno y otro lado, organizaban sus puestos de venta, colocando en ellos una amplísima gama de manjares del campo. Sus coloridos trajes y los pañuelos que recogían sus cabellos combinaban armoniosamente con los amarillos y verdes del plátano, con el rojo del tomate, los sienas de la patata y el kiwi o el marrón tostado de los granos de café. Ajenos al bullicio, los bebés, enganchados a los negros pezones de sus madres, mamaban sin cesar al ritmo de palabras criollas y bajo una lluvia de olores que penetraba dulce y agradablemente por todos y cada uno de los poros del cuerpo. Ciriaco cerró los ojos un instante mientras recordaba el olor de su madre, y el de las flores de los numerosos puestos del paseo de las Ramblas. Por un instante, volvió a escuchar la voz de su padre sobre un fondo de cantos de pajarillos revoloteando por las ramas de los enormes plataneros del paseo: *«Por favor, Pedro, un helado para el niño y unas cañitas para…».*

40

—Buenas tardes, jefe… ¿Me conoce?… Soy Conde, el agente Conde —insistió mientras se agachaba en busca de una mirada que le ayudase a calibrar el estado en el que se encontraba su jefe, el inspector de policía Antonio Márquez.

Una tarde más, el inspector, sentado en una silla de ruedas, permanecía ausente sin esperar nada y sin poder ir a ninguna parte. La cabeza caía hacia delante y la mirada permanecía clavada en unas manos flácidas que descansaban inmóviles sobre sus piernas. De la boca, involuntariamente abierta, pendía un hilo de saliva que llegaba sin romperse hasta el pantalón del pijama. Los pies, enfundados en unas zapatillas, aparentemente cómodas, no daban la impresión de que fuesen a moverse, ni aunque corriesen sobre ellos un ejército de ratas pestilentes.

¡Cómo no iba a estar así después de diez descargas eléctricas de doscientos veinte voltios! Lo de colocar los cables, rojo y negro, en los cataplines de los detenidos en los calabozos de Vía Layetana era un simple y agradable cosquilleo si lo comparaban con el raudal de corriente que le procuraron en la sala de electroshocks. En nada le ayudó su fuerte carácter, ni gritar cada vez más con más ardor, no solo que era policía, sino que además era el inspector jefe Márquez. De nada le sirvieron sus amenazas y sus intentos de desasirse de los musculosos brazos de los enfermeros que le condujeron, una y otra vez, a la sala de electroshocks. Más bien todo lo contrario. Cuanto más se desgañitaba vociferando que era el inspector jefe Márquez, más se parecía su voz y sus forcejeos a las de aquellos otros enfermos, parroquianos de la sala de descargas, que manifestaban ser Napoleón, el conde Vlad Tepes o el mismísimo Jesucristo. Si volviera a nacer y pudiera reflexionar sobre su vida anterior, desearía, entre otras muchas cosas, no haber perdido la calma el día que, malintencionadamente, le ingresó el doctor Armengol en el psiquiátrico. No llevaba ninguna placa ni documento que acreditase su identidad. Un simple papel con el logotipo del Hospital Clínico informaba, de manera exhaustiva, sobre su precaria salud mental.

—Ya veo que hoy tampoco está usted para atender visitas…, ni siquiera si se trata de un compañero del cuerpo…, de un amigo —insistió el agente Conde mientras notaba que se le humedecían los ojos—. *«A esos cabrones ni una lágrima»* —pensó.

—¿Se encuentra bien? —preguntó el enfermero Pepe, que se había acercado a saludar al agente Conde.

—Sí, sí, perfectamente —se apresuró a responder el agente, temeroso de que cualquier error o titubeo pudiese acabar en una puesta a punto de su estimado cerebro.

—Mala suerte lo de su compañero —prosiguió el enfermero Pepe con gesto compasivo.

—Sí, desde luego, muy mala suerte, doctor…, bueno, enfermero —interrumpió nervioso el agente.

—Gritaba tanto y daba unas muestras de agresividad tan grandes… ¡Quién iba a decir que tras ese descomunal alboroto se escondía una verdad!

—¡Qué me va usted a decir! —respondió mientras recordaba las innumerables situaciones en las que los golpes, los insultos, las maldiciones habían estado presentes en los sótanos de Vía Layetana.

—¿Y del joven José… bueno, quiero decir, Ciriaco, se sabe algo? —preguntó el enfermero.

—De momento no, ni tampoco del cabrón, bueno, disculpe lo de cabrón, de su tío, el doctor Armengol.

—No parecía mal chico.

—No, no, un angelito —añadió mientras imaginaba a Ciriaco amputando los testículos al padre Matías y cicatrizando las heridas a golpe de plancha—, y disculpe que no entre en detalles, ya sabe…, reserva profesional, y más aún porque el caso sigue abierto.

—Lo siento, agente, no era mi intención sacarle ningún tipo de información. Aquí se comportó correctamente con el personal y con los otros pacientes, incluso hizo algún que otro amigo.

—Ya, unas vacaciones para él, amenizadas con barbacoa de sesos. ¡Pobre inspector!

—Bueno, agente, no quiero molestarle más, le dejo en compañía del jefe Márquez —dijo el enfermero mientras se alejaba.

—Ahora que estamos solos, jefe, le diré que no se sabe ni un carajo de dónde se han metido ese par. Es una lástima que no podamos hablar de este tema de hombre a hombre. Hace seis meses que vengo a visitarle y nada, ni la menor señal de su rustido cerebro. Perdone lo de rustido, imagino que no debió disfrutar cuando le chamuscaron los sesos. La verdad, si es que quiere que sea sincero con usted, es que no hay caso, que no hay orden de búsqueda y captura, que el asunto se ha cerrado por órdenes de arriba. Ya sabe, el delegado del gobierno, el obispo…, nadie quiere que se ventilen a los cuatro vientos los errores de la policía ni los de alguno de los curillas de la Santa Madre Iglesia. Pero bueno, usted se ha librado de todo esto. No hay mal que por bien no venga. Para serle más claro, toda su mala leche no ha servido para nada. No sé si capta lo que le digo —prosiguió el agente Conde mientras pasaba una y otra vez la mano por delante de los ojos del inspector—, pero de aquí, lo que se dice de estas cuatro paredes, no le saca ni Dios, y me sabe mal, porque malo, lo que se dice malo, usted no era… Ya se sabe que un par de hostias hay que soltar de vez en cuando en comisaría o donde se tercie, y más en estos tiempos de rojos y malhechores, pero, claro, sin pasarse. Lo de Paco, la verdad es que usted se pasó un poquillo, y lo de Lola…, ha de admitir que por más tiesa que se le pusiese a Echevarría se pasó seis estaciones.

No me va a decir nada, ¿verdad? Ya sabe que lo siento, pero, claro, he de pensar también en mí, en mi futuro, en mi familia, y rechazar su puesto hubiera sido el final de mi carrera. Y si no hubiera cedido y me hubiera ido de la lengua, ¿qué? Mejor mirar al cielo y silbar. Seguir husmeando y removiendo mierda me hubiera servido, en el mejor de los casos, para ganar un pasaje hacia Melilla o alguna de las colonias africanas, y no le cuento si el premio hubiera sido que me metiesen aquí para hacerle compañía el resto de mis días. ¡Uf…!, se me pone la piel de gallina con solo pensarlo. Me da miedo la corriente, y tanto voltio… Si estuviera usted en mis huesos, hubiera hecho lo mismo. Estoy seguro. ¿Sabe qué le digo?, que creo que es lo mejor. Usted en Babia, ni se entera de lo que ocurre a su alrededor ni lo sufre; el energúmeno de Echevarría menos, descuartizado en el Rabal; el padre Matías a lo que tiene que estar, a sus oraciones en el otro mundo, y no al acecho de pipiolos indefensos, y yo…, bueno, yo, merezco una segunda oportunidad, hasta, si me aprieta, algún pequeño reconocimiento o incentivo por mi lealtad al cuerpo, por mi disposición a guardar silencio en un tema de tanta envergadura. De todas maneras, jefe, no descarto vengar este atropello si la cosa se pone a tiro, más aún, teniendo en cuenta que, si un día apareciesen y cantaran, mi futuro estaría en peligro. Le doy mi palabra de que no descarto actuar con cierta contundencia si me entero de su paradero.

41

Las gaviotas revoloteaban al atardecer, un día más, junto a la pequeña embarcación pesquera que navegaba frente a la costa de Tarrafal. Las aguas golpeaban el colorido casco que se hundía y resurgía de un mar, de un intenso azul turquesa, que mecía incansablemente a quien se echaba en sus brazos. El sol, a punto de retirarse, pintaba la superficie del océano inmenso con infinitos colores que iban del escarlata al rojo, pasando por el naranja y el amarillo ámbar, hasta llegar al verde limón. Un espectáculo, una espontánea fusión, un abrazo que dejaba, en aquel que lo observaba, una sensación de calidez y de paz indescriptible. Ciriaco se agarraba con una mano al pequeño mástil de proa, mientras con la otra acercaba trozos de pan a las bocas de las gaviotas, capaces de mantenerse un instante en punto muerto con sus hermosas alas desplegadas. Lola, se aferraba una tarde más a la pierna de su padre, asegurándose así de que aquellas gaviotas tan grandes no se lo llevasen a un cielo lejano en el que, le habían contado, vivían seres queridos que nunca llegaría a conocer.

Tarrafal es un pequeño pueblo costero al norte de la isla de Santiago, una de las islas a sotavento del archipiélago de Cabo Verde. Habían pasado cinco años desde el día en que Ciriaco, con la ayuda de su tío Juan, de Pierre y del padre Anselmo, abandonara la ciudad de Barcelona, en un barco con bandera caboverdiana. Las cuentas habían sido saldadas y ahora, por fin, podía disfrutar de la vida que siempre había deseado.

—¿Se pondrá bien, doctor?

—No se preocupe, solo es una fractura. Ya hemos colocado el hueso en su sitio y dentro de un mes volverá a jugar a fútbol con sus amigos como antes —comentó el doctor Armengol mientras enyesaba el brazo.

—Gracias, doctor. No sé cuándo podré pagarle. Quizás…

—No me debe usted nada. ¡Ah!, por cierto, la lubina que me trajo la semana pasada estaba buenísima. Dígaselo a su marido de mi parte.

—Gracias, doctor, es usted un ángel, un …

—Venga, venga, no me dé más las gracias. La espero aquí dentro de una semana para asegurarnos de que evoluciona satisfactoriamente —respondió el doctor Armengol mientras abandonaba la pequeña sala de consultas.

El padre Javier le esperaba a la salida del modesto centro asistencial que el doctor Armengol había abierto en un pequeño local, pocos meses después de su llegada a la isla de Santiago.

—Hola, Juan.

—Buenas tardes, padre. ¿Qué le trae por aquí?

—He recibido carta del padre Anselmo —respondió el padre Javier mientras sacaba un sobre del bolsillo interior de su negra sotana.

El doctor Armengol reconoció enseguida la letra. En el sobre estaba escrito el nombre del padre Javier y la dirección de la Parroquia de Santo Antao en Tarrafal.

—¿Vendrás a cenar esta noche con nosotros?

—Ojalá pudiese, Juan, pero mañana salgo a primera hora para Praia y quiero preparar unos papeles. Me gustaría ver a

Paquito y a la niña, pero ya sabes…, burocracia, burocracia y más burocracia.

—Ya, bueno, quizás mañana cuando vuelvas.

—Mañana, perfecto. ¿No vas a leer la carta?

El sobre esperaba en el bolsillo del doctor Armengol mientras su dedo índice recorría el perímetro en sierra del sello de correos.

—Después la leeré, Javier. Disfruto más de la compañía del padre Anselmo con el estómago lleno —respondió mientras su uña cuarteaba sin piedad el rostro sepia del Generalísimo Franco.

—No seré yo quien te prive de ese capricho, pero mañana me cuentas…

—Anda, marcha, que mañana no te levanta ni Dios.

Amigo Juan,

Esta probablemente sea la última carta mía que recibas, al menos por algún tiempo. La cuestión es que las cosas se han complicado y que la vigilancia a la que estoy sometido por parte del agente Conde, mejor dicho, del inspector jefe Conde y sus secuaces, puede acabar con vuestra localización. Conociéndole como le conozco, no creo que la lejanía o las fronteras sirvan para disuadirlo de su único propósito. Tengo el convencimiento de que no cejará en su empeño y que su objetivo no es otro que el superar los logros de su antecesor, el desafortunado inspector Márquez, cuyo estado, según me han comentado, es definitivamente irrecuperable. ¡Dios perdone vuestros ajustes de cuentas!

Por otra parte, mis superiores me han comunicado que la semana próxima debo trasladarme a Roma para atender diferentes temas en la Embajada Española. Me temo que hay algo turbio en este asunto, quieren alejarme de algo que se avecina y me temo que no sea nada bueno.

No contestes a esta carta, aunque sea a través del padre Javier, ni intentes contactar conmigo. Creo que os tienen localizados. Si estoy equivocado, y solo son suposiciones de un viejo que chochea sin fundamentos, entonces, cuando esté seguro, te escribiré.

Dios quiera que mis sospechas no hayan llegado demasiado tarde. No me perdonaría que mi torpeza, enviando las cartas a través del padre Javier, les hayan conducido hasta vosotros. Si es así, espero que me perdonéis, porque yo no podré hacerlo.

Dales un abrazo a todos y muy especialmente a los niños, y también a Sofie y a Ciriaco.

Para ti, mi mejor amigo, todo mi afecto.

Anselmo.

Después de guardar la carta en el bolsillo y secar con el pañuelo la humedad de sus ojos, caminó por la cálida arena, se sentó junto a Sofie y puso su brazo sobre sus hombros.

—Hola, Juan, ¿qué tal el trabajo?

—Como siempre, una tarde tranquila con los pacientes habituales. Pequeños males y grandes agradecimientos. Como sigan trayéndome gallinas y huevos voy a acabar poniendo una tienda de comestibles.

—Con algo tienen que pagar si no tienen dinero. Además, las gallinas y los huevos tienen más valor para ellos.

—Tienes razón, Sofie.

—Las mujeres casi siempre la tenemos.

—¿Eres feliz, Sofie?

—Pero bueno, ¿a qué viene esa pregunta y ese tono?

—No, nada, cosas de un viejo que os quiere con locura.

—Yo también te quiero, Juan, y nunca podré agradecerte lo que has hecho por nosotros. Gracias a ti estoy con Ciriaco, un mediocre pescador, pero un excelente padre y un maravilloso compañero de viaje. Soy enormemente feliz, y nada ni nadie podrá borrar nunca de mi mente estos momentos.

Juan se estiró sobre la arena. Sofie observaba cómo la pequeña barca, inconfundible por sus franjas amarillas y rojas pintadas a babor y a estribor sobre el luminoso verde del casco, se acercaba hacia la orilla, mientras daba de mamar al pequeño Paco, un insaciable angelito de piel tostada y olor a recién nacido. Lola corría hacia su madre, poco después de que la angulosa quilla de la pequeña embarcación pesquera abriese en canal las primeras arenas de la orilla. Las olas, coronadas de espuma, iban y venían lamiendo todas y cada una de las diminutas partículas que conformaban, en perfecta armonía, la tranquila playa de Tarrafal.

—¡Mamá, mamá —gritaba Lola—, he dado de comer a las gaviotas! Papá me daba trozos de pan y yo…

Sofie miraba cómo Ciriaco, con el torso desnudo y los pies descalzos, arrastraba la barca fuera del agua. En una pequeña cesta de mimbre todavía coleteaba alguna anjova. Se propuso, una vez más, acostar a los niños temprano para sentarse en el porche junto a él. Deseaba abrazarle y contemplar, una tarde más, cómo el sol les regalaba, con generosidad, una infinita gama de colores. Una noche más decidió que amaría a Ciriaco, salvaje y dulcemente, sobre la arena.

Los días en Tarrafal se sucedían como las cuentas de un rosario, uno tras otro, unidos por un hilo de felicidad capaz de aguantar los mayores temporales sin romperse. Las horas, minutos y segundos ofrecían a Sofie, a Ciriaco y a Juan todo lo que cualquier ser humano anhela encontrar en el largo viaje de la vida: paz, afecto, libertad y algo en lo que creer y por lo que luchar cada mañana después de levantarse.

Algo se rompió en el interior de Ciriaco cuando una bala tatuada atravesó sorpresivamente su cabeza de lado a lado. Entró inmaculada por el occipital y salió ligeramente manchada de rojo por su frente. En milésimas de segundo, el devastador proyectil impuso el caos más absoluto en su cerebro al interrumpir, sin contemplaciones, millones de conexiones axónicas. La posibilidad de evocar algunos de los muchísimos episodios de su ajetreada y corta vida se vio bruscamente anulada. No sintió dolor alguno. El mortífero metal consiguió que Ciriaco cayera a plomo sobre la blanca arena de la playa de Tarrafal, pero no logró derribarlo. Quedó sentado, con las rodillas separadas, la cabeza erguida, el torso recto. Las manos descansaban mansamente sobre sus muslos. Se mostró resplandeciente como un querubín, dorado como un Buda por un sol acaramelado que contemplaba, desde el balcón de su mirada, un atardecer más. Sus ojos miraban sin ver, pero retenían viva, como si de una fotografía se tratase, la imagen de su hija Lola corriendo hacia su madre. Sofie la miraba con dulzura, con el amor de madre, mientras amamantaba y acunaba al pequeño Paco. De los labios entreabiertos de Ciriaco, despojados de su último aliento, fluía una indestructible y prolongada sonrisa.

El gatillo de la pistola del inspector jefe Conde retrocedió de nuevo hasta la culata, presionado por un frío y despiadado dedo. Aflojó el índice. Un nuevo proyectil, indiferente a la belleza infinita de un cielo azulado teñido de amarillos y magentas, entraba por la intersección del frontal con los parietales y recorría de nuevo todo el cuerpo de Ciriaco, de arriba abajo, sin borrar la sonrisa de sus labios y sin causarle el más mínimo sufrimiento. Se avivó en sus ojos ciegos la imagen de su hija Lola corriendo hacia Sofie, que la seguía mirando con dulzura mientras acunaba al pequeño Paco. *«Os quiero»*, oyó que les decía sin decirlo mientras la instantánea permanecía anclada a su retina. Se sintió tan feliz… Después, una última lágrima descendió lentamente por su rostro, deteniéndose brevemente en la comisura de sus labios para continuar, sin prisa alguna, hasta el borde de su barbilla. Sus recuerdos más hermosos llegaron para acompañarle en ese último momento desnudo de prisas, antes de que esa última lágrima cayese sobre la dorada arena de la playa de Tarrafal. Vio cómo su brazo se alzaba hacia el cielo y cómo una gaviota cogía de su mano un trozo de pan. Sintió, por última vez, cómo le abrazaba con sus cálidas alas, se relajó totalmente y dejó que le llevase en su decidido vuelo hacia el azul infinito.

El doctor Armengol observaba cómo Paco y Lola jugaban en la arena de la playa, a la espera de que Sofie les llamase para la cena. Habían pasado dos años desde que se fue Ciriaco y le echaba en falta como si solo hubieran pasado unos segundos. Esa tarde, había puesto en su bolsillo del pantalón el sobre que le entregó Lola hace ya no sé cuántos años. Dudó una vez más en abrirlo. Quizás por miedo a que fuese demasiado tarde. Convencido de que su decisión fue acertada, lo abrió, sin prisas, y comenzó a leer la carta.

Querido amigo Juan:

Seguramente cuando leas esta carta yo estaré criando malvas. No puedo irme sin dejar de expresarte mis sentimientos y agradecerte algo que ha significado mucho para mí, el favor más grande que he recibido en mi vida.

Recuerdo aquella noche lluviosa de abril en la que nos encontramos en el puerto de Barcelona. Tú acudiste a mi llamada y atendiste a mi deseo sin condiciones y sin preguntas. Lo hiciste solo porque te lo pedí, y eso hace que mi agradecimiento no tenga límites.

Con el corazón asustado, te vi bajar la pasarela del barco con mi bebé acurrucado entre tus brazos y, tal como te pedí, se lo llevaste a Lola, mi querida y única nieta. Le entregaste lo mejor de mi vida y estoy convencido de que también será lo mejor de las vuestras.

Para mi desgracia, Juan, mi querida Asha murió al tener el niño. Era de Tarrafal, una de las islas a sotavento del archipiélago de Cabo Verde, y yo, que la amaba locamente, perdí la ilusión de vivir. Ella era mi vida y mi vida dejó de tener sentido con su último aliento.

Me refugié en el único sitio que podía hacerlo, en el mar. El alcohol me ayudaba a dormir y cuando estaba despierto me entretenía puteando sin piedad a las gaviotas, que estúpidamente se acercaban a las aletas de popa de mi destartalado barco. A mi hijo, al hijo de Lola, también lo putearán y le engañarán como yo engaño a las gaviotas. Preocúpate de que aprenda y enséñale a agudizar los sentidos.

Si la suerte no le acompaña, te agradecería infinitamente que le ayudases como me has ayudado a mí. Dile, si la vida se ha portado duro con él, que debe volver a empezar. Dile que en Tarrafal puede vivir en paz, en una pequeña casa que se asoma al mar y desde donde podrá contemplar la belleza infinita del atardecer cuando el sol, el mar y el cielo se tiñen de infinitos colores.

Gracias de nuevo por todo. Abraza a nuestro hijo y a todos aquellos que lo acompañen en su viaje.

Nos volveremos a ver, si hemos de vernos.

Tu amigo, Yaco
Tarrafal, abril de 1940.

Epílogo

Era la noche de fin de año y Pol, poco partidario de las bebidas alcohólicas, había embuchado alguna copa de más. No estaba borracho, pero sí lo suficientemente desinhibido como para empelotarse en la cubierta del velero y correr detrás de Margaret, que tampoco se había quedado corta con el vino, por todas y cada una de las estancias del navío. La joven pareja, ansiosa de sexo después de un interminable año de trabajo, había perdido el control y en cada recoveco se revolcaban como fierecillas en celo. Pronto se acabaron los rincones y con ellos los superficiales toqueteos. Se separaron y caminaron por la cubierta sin darse la espalda, él hacia proa y ella hacia popa. Sus miradas desafiantes no se desconectaron a pesar de las copas y de los balanceos del casco. Un reloj imaginario marcó las once y cincuenta y nueve. *«A las doce»*, sentenció Pol a proa, *«A las doce»*, confirmó Margaret en la bañera de popa. En ese preciso momento, en que un año se despide y otro se asoma, corrieron como caballos desbocados, acoplándose con ferocidad en el primer intento. *«¡Nervio y ansia!»*, exclamaba Pol, cuál si del mismísimo *Gladiator* se tratara. *«¡Aquí me tienes, espatarrada!»*, clamaba la dulce y habitualmente comedida Margaret. *«¡Ya... ya... ya!»*, gritaron al unísono mientras la luna cubría de plata la desnudez de sus cuerpos.

No había luces, ni sombras, ni ángeles, ni demonios, ni tambores, ni trompetas celestiales esperando a Ciriaco. Tampoco llegó a un cielo a un infierno, a no ser que el edén o el averno fuesen la cubierta de un pequeño velero que navegaba, sobre un mar en calma chicha, por las islas de sotavento del archipiélago de Cabo Verde. Transformado en *"esencia"*, Ciriaco transitó por el tupido bosque que Margaret ocultaba entre sus piernas, atravesó sus carnosos labios y recorrió el rosado y cálido camino hacia el mismísimo centro del universo. En las trompas de Falopio se vio sorprendido por un ejército de espermatozoides *"Polnianos"* con hambre de óvulo. Solo uno de ellos consiguió su objetivo. La *"esencia"*, atravesó el acrosoma y se introdujo en su núcleo, obligando a la cola a zigzaguear con mayor velocidad, sorprendiendo así a un óvulo distraído. Podría no haber sucedido, pero sucedió una vez más. En ese preciso instante, a la popa de un velero que navegaba sin rumbo frente a la playa de Tarrafal, comenzó una nueva vida.

Instalado en el Paraíso, disfrutó de la indescriptible belleza del entorno, del inexplicable placer y de la intensidad de la felicidad absoluta. Se sintió tan privilegiado por la cantidad de veces que había alcanzado el cielo, que gozó cada milésima de segundo de los nueve largos meses que duró su estancia en el vientre de Margaret. Después, empezaría una nueva vida y llevaría a sus espaldas, sin saberlo, la historia de Ciriaco y de toda la humanidad.

Sobre el nombre de Ciriaco

Ciriaco Jesús del Milagro Norberto Sebastián Blanes Tort (nombre completo con el que le gustaba que le llamase), agarró con ambas manos el tronco del árbol y lo sacudió con fuerza. Caí, como fruto maduro, a plomo, y troceé en mil pedazos el brazo que protegía mi cabeza. Mi padre mantuvo la extremidad estirada tirando de una cuerda que mordía mi muñeca, mientras el doctor Sabala se entretenía, aquella apacible tarde de domingo, colocando las piezas rotas en la mejor posición posible. Mi amigo Ciriaco, arrepentido y asustado, esperaba en calzoncillos mi regreso con impaciencia. Mientras, mi madre zurcía un siete que se había hecho en los pantalones cuando jugábamos, como bestias descerebradas, en la inhóspita Montaña Pelada.

Han pasado más de cincuenta años. Ya no recuerdo su rostro, pero todavía siento el latido de su corazón inquieto y el aroma de su afecto.

Querido/a lector/a:

Gracias por acoger este libro en tus manos. Soy consciente de que te creaste unas expectativas, entre otras, la de distraerte de tus quehaceres cotidianos y la de sentir algo especial con la lectura y las escenas que imaginaste. Durante un espacio corto de tiempo todo ello cobró vida y, de alguna manera, viajamos juntos compartiendo sentimientos. Espero que haya sido de tu agrado y quiero que sepas que, al escribirlo, puse todo mi interés y entusiasmo.

Antes de despedirme, querido/a lector/a, quiero recomendarte mi libro "El laberinto de las especies" que escribí a solicitud de los lectores que conocieron y amaron a "Ciriaco".

Te envío un afectuoso saludo,

José Luis Meneses

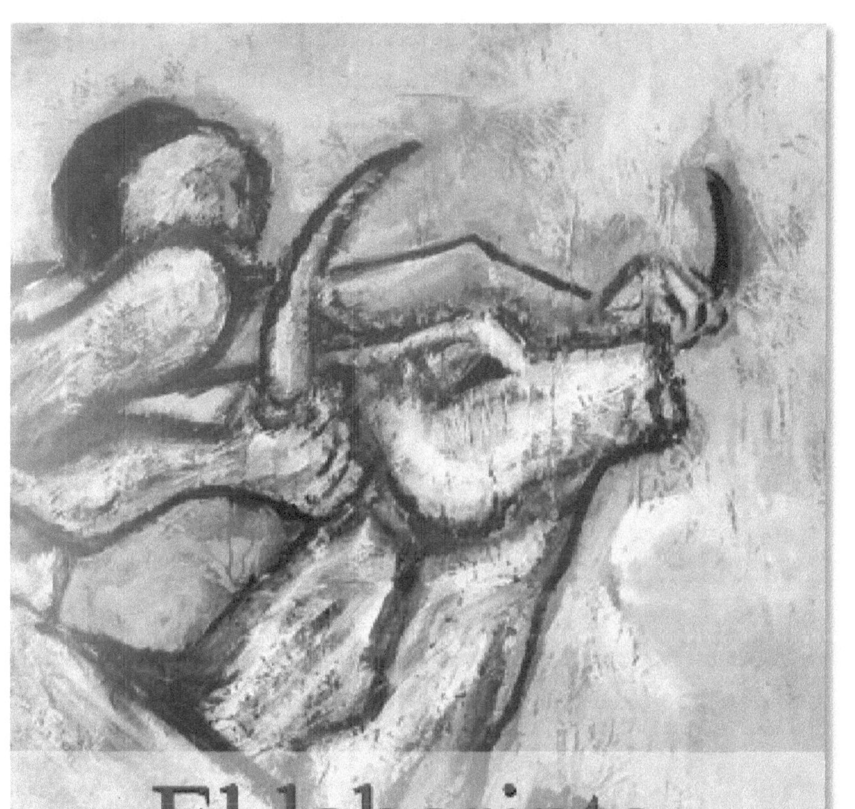

El laberinto
de las especies

J. L. MENESES

A lo largo de su singular viaje por el laberinto de las especies, la vida de Omar se irá entrelazando con las de otras almas portadoras de sentimientos contrapuestos. Repudiado por sus padres biológicos y después de perder a sus padres adoptivos, su fuerte pulsión vital le impulsa a utilizar artes que le permitan sobrevivir a los envites de una sociedad corrompida por el afán de poder y de dinero. Obsesionado por encontrar la respuesta al porqué de su presencia en este mundo, va descubriendo, paso a paso, al ser que anida en su cerebro y que le conducirá a la consagración del amor, justificación de su propia existencia.

He escrito ***El laberinto de las especies*** en agradecimiento a los lectores que disfrutaron con ***Ciriaco*** y me hicieron llegar sus opiniones y sus halagos. Estoy convencido de que esta nueva novela, que enlaza con la anterior, encontrará un lugar entre sus recuerdos agradables.